Re:제로

Re: Life in a different world from zero

부터 시작하는 이세계 생활

Cooking

Washin

Petra
페트라

"시원한 바람인걸.
하지만 오늘 햇볕은 따사로우니
마음은 사양할게."

"엘 후라———!!"

Characters

Re: Life in a different world
from zero
The only ability I got in a different world "Returns by Death"
I die again and again to save her.

다프네
Daphne

『폭식』의 마녀.
두 눈에 ×표 형태의 검은 안대를 대고,
손발은 검은 구속복으로 옭아맨 외견이 특징.

튀폰
Typhon

『오만』의 마녀.
갈색 피부에 녹색 머리.
지극히 평범한 소녀로 보이지만…….

미네르바
Minerva

『분노』의 마녀.
금발벽안. 기운차고
발랄한 건강 미소녀.

Re: Life in a different world from zero

The only ability I got in a different world "Returns by Death"
I die again and again to save her.

CONTENTS

제1장
『메이드・메이드・메이드』
003

제2장
『소녀의 복음』
078

제3장
『벗』
132

제4장
『생명의 가치』
197

제5장
『마녀들의 다과회』
259

제6장
『러브러브러브러브러브러브유』
344

Re:제로

Re: Life in a different world from zero

부터 **시작**하는 **이세계 생활**

나가츠키 탓페이 지음
오츠카 신이치로 일러스트

표지 · 본문 일러스트
오츠카 신이치로

제1장 『메이드·메이드·메이드』

1

──잃어버린 생명의 재구성은 나츠키 스바루에게 늘 견디기 어려운 고통을 부른다.

『사망귀환』의 힘에는 죽는 순간과 부활 사이에 일절 시차가 없다.

의식은 『죽음』 직전의 그것을 이어받아 시간과 육체만이 원래 상태로 돌아온다. 그 의식과 현실의 오차는 무시무시한 물결이 되어 스바루의 영혼을 갈아버린다.

그것은 딱딱하고 차가운 바닥 위에 돌아온 지금도 예외가 아니다.

──그 순간, 처음으로 스바루의 의식에 끼어든 것은 불쾌감이었다.

"──우, 웩?! 콜록! 웨엑!"

의식이 현실을 따라잡기 전에 입안에서 이물감이 들어 격하게 구역질했다. 혀 위에 흙 냄새와 쓴맛이 겹친다. 스바루는 기침을 티트리며 애써 눈꺼풀을 들어 올렸다.

"여기는……."

쉰 목소리로 숨결을 뱉은 스바루는 어둠에 시력을 집중하며 몸을 일으켰다. 몇 번쯤 눈을 깜빡이며 어둠에 눈이 익으니, 그곳은 오래된 석실(石室)—— 본 적이 있는 유적 내부임을 깨달았다.

"묘소 안인가……?"

곰팡내 나는 특유의 공기도 기억에 선하다. 이곳은 틀림없이 『성역』의 묘소다.

스바루는 꺼슬거리는 바닥에 손을 짚고 일어나 무슨 일이 있었는지 혼선을 일으킨 기억을 이어 붙였다. 『사망귀환』 직후, 흘러드는 정보량을 뇌의 처리가 따라잡지 못했다.

『성역』에 피난한 아람 마을 주민을 데리고 마을과 로즈월 저택에 돌아온 참이었을 것이다. 그곳에서 프레데리카와 대치할 예정이었는데, 저택에는 인기척이 없고 불안감이 가슴을 들쑤셨다.

있어야 할 베아트리스와 페트라, 무엇보다 렘의 안부가 마음에 걸려서——.

『——말했었잖아? 약속했었잖아?』

오싹. 요염한 목소리가 신경을 직접 긁는 바람에 스바루의 목이 얼어붙었다.

피에 젖은, 배덕과 열락의 운치가 극에 달한 듯한 목소리다. 그 소리는 사라지는 생명을 바라보면서 절정에 이르러 도취한

숨결과 함께 일방적인 『약속』을 논했다.

갈라져서 내장을 흘린 옆구리를 만졌다. 『사망귀환』한 몸에 당연히 상처는 없다. 그러나 상처 자국은 육체가 아니라 영혼에 깊이 새겨졌다. ――아니.

"배가 따인 게, 저택에 후송된 가장 큰 이유였었지……."

오른쪽 옆구리를 만지던 손가락을 이동해 옆구리 중심을 살짝 그었다. 흉터는 사라졌지만 복부가 베인 것은 스바루의 정사(正史)에 남은 엄연한 사실.

그리고 그 행위를 저지른 상대야말로 스바루에게 있어 이세계 최초의 장애물――.

"――『창자 사냥꾼』, 여기서 재등장이란 말이냐. ……좀, 봐주라……."

땀이 흥건히 솟은 이마를 손등으로 닦았다.

스바루의 뇌리에 떠오른 모습은 자신과 같은 검은 머리를 길게 기른 칠흑의 미녀. 흉악한 날붙이를 쳐들어 스바루의 생명을 두 번이나 앗아간 살육자―― 엘자 그란힐테다.

"그 여자가 왜, 저택에…… 아니, 그쪽도 그렇지만."

『사망귀환』의 정보 정리를 마친 스바루는 다음으로 『현실』 쪽으로 의식을 맞추었다.

대관절 어느 시점으로 『사망귀환』했는가. 장소가 묘소인 이상, 짚이는 타이밍은 두 가지――. 그리고 좁은 석실에서 깨어나는 타이밍은 하나뿐이다.

"묘소의 『시련』을 받은 직후…… 직전? 어느 쪽…… 어느 쪽이든 상관없어! 그보다 내가 『시련』을 받은 다음이란 말은……."

전격적으로 의식과 현실이 연결되고 스바루는 튕기듯 뒤돌아보았다. 돌로 지은 좁은 방 안에서 찾던 인영은 바로 등 뒤의 바닥에 엎어져 있었다.

"——에밀리아!"

은빛 머리카락을 넓게 퍼뜨리고 하얀 뺨을 괴롭게 일그러뜨린 에밀리아의 모습이 보였다.

스바루는 옆에 무릎을 꿇고 앉아 잠든 에밀리아의 얼굴을 만지려다가, 그 순간 망설였다.

"————."

만지면, 에밀리아의 『시련』은 거기서 끝난다. 밖에서 간섭을 받으면 『시련』이 보여 주는 과거는 마치 거품이 터지듯이 한순간에 깨져서 사라지고 마는 것이다.

아마도 에밀리아가 열심히 과거를 극복하려고 발버둥 치든 말든 관계없이.

"하지만 오늘 밤에 실패하는 건 알잖아……!"

스바루는 고개를 흔들어 망설임을 지우고 괴로워하는 에밀리아를 일으켜 가슴에 안았다. 그 즉시 에밀리아의 몸이 크게 뒤로 꺾이며 몇 쯤 떨다가 입이 벌어졌다.

"스바루……?"

"아아, 그래. 나야, 에밀리아. 괜찮아?"

흐릿한 의식 속에서 스바루를 인식한 에밀리아의 부름에 미소를 보냈다. 그 미소와 온기에 안긴 에밀리아가 현실을 이해할 때까지 잠시간의 유예를.

그녀가 그대로 자기가 놓인 상황을, 『시련』의 결과를 받아들인 다음 어린애처럼 울음을 터트리는 것을 그저 가만히 기다린다.

"――아."

적어도 그 마음이 망가지지만은 않도록 자상하게 껴안으며 스바루는 에밀리아가 진정할 때까지 내내 단단히 부여안고 놓지 않았다.

2

"미, 미안해……. 이만, 진정했으니까…… 이야기, 하자."

운반된 류즈의 집, 객실에서 에밀리아가 목멘 소리로 말했다.

그 남보랏빛 눈은 희미하게 붉어서 직전까지 겪은 혼란과 비애의 영향이 짙게 남아 있었다. 그래도 그녀가 꿋꿋하게 행동하려는 이상, 참견하고 싶지는 않다.

"저기, 미안해……. 묘소에서 폐 끼쳐서. 그리고 지금도……."

"에밀리아땅의 경우는, 폐를 끼치는 게 아니라 내가 하고 싶은 일이니까 아무렇지도 않아. 그보다 쓰러지다가 어디 부딪히진 않았고? 지금이라면 내가 부드럽게 어루만져 줄 건데."

"응. 쓰러졌을 때에 살짝 엉덩이를 찧은 것 같아. 조금 찌릿찌릿해서……."

"꿀꺽. 그, 그럼, 거기를 정성껏…… 람 씨? 지팡이, 등 찌르고 있지 않아?!"

일부러 익살스럽게 구는 스바루의 등에 람이 든 지팡이 끝이 꽂혔다. 지적을 받은 람이 지팡이를 뒤틀자 스바루는 비명을 지르며 그 자리에서 뛰어 물러났다.

"너, 너! 좀, 심하잖아?! 봐라, 이거. 피가 번졌어!"

"에밀리아 님, 몸은 괜찮으신지요? 람에게는 숨기지 마시고 말씀해 주세요."

"이렇게까지 날 무시할 수 있는 너도 참 엄청나다, 야!"

에밀리아의 몸 상태를 염려하던 람은 스바루의 항의에 벌레를 보는 눈으로 "핫." 하고 코웃음 쳤다. 그 대화에 에밀리아는 힘없이 웃음을 띠고 말했다.

"……두 사람 다, 고마워. 몸은 괜찮아. ……그러니, 안에서 있었던 일을 이야기, 해야."

입가에는 미소. 그러나 눈초리와 뺨, 목소리에선 피로와 불안을 감추지 못하고 있었다.

그런 에밀리아를 둘러싼 사람들은 『시련』을 위해 묘소에 모였던 이들―― 스바루와 람에 더해, 가필과 류즈, 그리고 왠지 오토까지 다섯 명이다.

그러한 이들의 주목을 받으면서 에밀리아는 머뭇머뭇 『시련』의 내용과 실패로 끝난 결과를 전했다. 그 흐름은 지난번과 거의 동일하다. 다른 점은――.

"그래서, 안에 들어간 나츠키 씨가 무사한 이유는 뭐죠?"

거수한 오토의 의문에 지난번 루프의 스바루는 어물어물 발뺌했다. 『시련』을 받은 걸 숨겨서 자격을 보유하고 있다는 사실을 은닉한 것이다. 이는 전부 같은 『시련』을 받는 에밀리아에게 괜한 압박감을 주지 않기 위한 배려였지만.

　──그 답변을, 이번에는 생각이 있어서 변경했다.

　"이유는 간단하지. 유적이 빛난 걸 본 바대로, 내게도 『시련』을 받을 자격이 있었어. 그래서 나도 『시련』을 받고…… 그걸 클리어했다."

　"──네?"

　스바루의 그 발언에 전원이 얼떨떨해하다가, 바로 격진이 일어났다.

　특히 마찬가지로 『시련』에 도전했다가 실패한 에밀리아의 경악은 유달리 컸다. 남보랏빛 눈을 크게 뜨고, 그 떨리는 보석의 눈에 스바루를 비추고 있었다.

　그 눈길에 스바루는 고개를 끄덕여 대답하고, 놀라움이 남아 있는 방 안을 둘러보면서 말을 이었다.

　"놀라게 한 건 미안해. 하지만 솔직히 운이 좋았어. 『시련』의 내용에 대해 난 우연히 사전에 마음 정리를 해 놨거든. ……식은 죽 먹기는 아니었지마는."

　"흠. 스 도령이… 말인가. 헌데, 그건 또 참…… 번잡하구려."

　『시련』이라고 지칭된 세계에서 부모님과 만난 시간을 회상하는 스바루의 가슴에 아릿한 아픔이 스쳤다.

　스바루의 그 말에 앳된 얼굴의 눈썹을 모은 사람은 『성역』의 대표인 류즈다. 어린 노파의 심각한 목소리. 거기서 자기 팔꿈치를 껴안은 람이 연홍빛 눈을 가늘게 떴다.

"번잡하다…… 확실히. 하지만 이게 바루스의 헛소리가 아니라면 큰 성과야. 사실이라면 결계를 풀 수 있어. 가프, 결계 상태는?"

"……적어도, 이 어르신이나 할멈이 느끼는 제약에 변화는 없구만."

"거짓말했구나. 죽어."

"결론이 빠르다고!!"

웬일로 조급한 기색이던 람의 독설. 그 매서운 말에 머리를 부둥켜안은 스바루는 불현듯 눈치챘다.

"……왜 그래? 가필. 그렇게 무서운 얼굴로."

"──딱히, 암것도 아냐. ……결계가 안 풀려서 그런 거겠지."

"그건 지금부터 설명할 참이었다고. 너네 성질이 급한 거다."

콧잔등에 주름 잡고 스바루를 노려보던 가필이 눈길을 돌렸다. 그 태도가 수긍이 가지 않으면서, 스바루는 에밀리아를 돌아보았다.

에밀리아는 변함없이 눈에 불안감과 곤혹감을 띠고 물었다.

"……가르쳐 줘, 스바루. 『시련』을 넘어……서고, 뭘 봤어?"

"봤다기보다는 알았다는 쪽이 정확하겠는데. 아무래도 『시련』이란 건 심술궂게도 하나가 아닌 모양이야. 첫 번째가 끝나도 앞으로 두 번, 다해서 세 번이라더라."

"앞으로, 두 번이나 더……."

에밀리아의 눈에 어린 불안이 짙어지고 스바루도 안타까운 심정에 가슴이 먹먹했다. 첫 번째, 과거의 『시련』 가지고 이렇게 마음고생을 한다. 앞으로 두 번 더 하라니 말 그대로 정신이 아득했다.

"되게 잘 아시네요. 그런 말을 묘소에서 누구한테 들은 거죠?"

"누구한테……? 아니, 어느 누구란 건 아니야. ……『시련』이 시작됐을 때, 머릿속에 자기 자신의 목소리가 들렸어. 아마 사람 의사라기보다는 다른 뭔가의 영향일 거야."

누가 가르쳐 준 것이 아니라 강제로 이해된 것에 가까운 감각일까. 묘소에서 『누군가』와 만난 기억은 없으니 그렇게 생각하는 게 자연스럽다.

"『미티어』에는 드물게 접촉하기만 해도 사용법을 알 수 있는 물건도 있어. 그 부류겠지."

"전 『미티어』 같이 귀중한 걸 만질 기회는 없었던지라……."

"그러네. 빈티 나는 얼굴이니 말이야."

"저랑 람 씨는 아직 만난 지 반나절밖에 안 된 관계 맞죠?!"

벌써부터 오토를 대하는 방식을 파악하고 있는 람. 스바루는 그들의 대화에 아랑곳하지 않고 침대에 앉은 에밀리아 옆에 같이 앉았다. 그리고 눈을 맞추며 말했다.

"에밀리아, 내가 하나 제안할게. 넌 싫어할지도 모르겠지만."

"제안……? 그건, 뭔데……?"

"──내가, 네 대신에 묘소의 『시련』에 도전해서, 클리어해도 된다는 제안."

"_____."

제시된 말에 에밀리아가 심하게 동요했다. 그 말은 생각하지도 못한 한마디고, 스바루 본인도 던지는 데에는 용기와 각오가 필요했던 말이었다.

──에밀리아를 대신해 스바루가 『시련』을 받아 『성역』을 해방한다.

그것은 지난번 아람 마을로 돌아가는 길에 가필과 대화를 나누다가 떠오른 발상이다.

가는 중에 가필은 에밀리아가 실패를 거듭하며 괴로워하고 있는데도 『시련』에 내보내는 스바루에게 과거를 극복할 필요성의 유무를 따져 물었다.

물론 순순히 수긍한 건 아니었지만 청천벽력임은 틀림없다.

그런 선택도 있다고, 제시할 가치가 있다고 인정할 정도로는.

"나는 네 힘이 되고 싶어. 네가 과거에서 무엇을 봤는지는 몰라. 하지만 그렇게 흐느끼며 괴로워하는 표정을 짓게 둘 바에는…… 손을 내밀고 싶어."

"……스바루."

"『시련』을 받아 『성역』을 해방하는 건 나라도 상관없을 거야. 그렇게 괴로운 경험하며 과거를 정리할 필요는 없어."

느릿느릿 고개를 내저으며 부드럽게 건네는 스바루의 말에 에밀리아의 눈길이 방황했다.

에밀리아의 갈등은 이해한다. 괴로운 과거와의 대면에 그토록 고통을 받았다. 팽개칠 수 있는 역할이라면 팽개쳐서 스바루에게 맡기고 싶은 마음도 분명히 있을 것이다. 그러지 못하는 이유는 강하고 고결한 정신과 한 번 떠맡은 것을 버리지 못하는 책임감. ──무엇보다 다음 있을 『시련』이 자기 때처럼 스바루에게 상처를 주는 것을 두려워하는 마음씨다.

그렇기에 그 마음씨가 족쇄가 된다면, 그건 불필요하다고 가르쳐 줘야──.

"──가만히 듣고만 있었더니, 지 꼴리는 대로 얘기를 진행하는데 말이다."

굴레를 벗길 말이 나오기 전에 심히 속이 뒤틀린 중단 요청이 등 뒤에서 날아왔다. 그 말을 던진 인물은 이를 딱 마주치고 콧잔등에 주름을 잡으며, 몸을 새우등처럼 굽힌 다음 내뱉었다.

"이 어르신은, 그 공주님…… 에밀리아 님 말고 딴 놈이, 『시련』을 받는 걸 반대한다. 적어도! 니한테만은 절대로 절대, 결계를 풀어달라고 부탁할 생각 없어."

"뭣──?!"

그 말은 스바루에게 가필이 떨어뜨린 두 번째 청천벽력이었다. 그러나 두 번째 충격은 첫 번째와는 비교가 되지 않는다.

발언의 내용과 발언자가 연결되지 않아 스바루는 극심한 혼란을 일으켰다. 동요하는 스바루에게 여전히 가필은 이해할 수 없는 현실을 들이밀었다.

"잘 들어. 다시 말한다고. 이 어르신은, 공주님 말고 딴 놈이 『시련』을 받는 걸 인정 못해. 이건 할멈이라도 안 굽힌다. 이 어르신의 조건이라고 생각해 둬셔."

"잠깐! 잠깐잠깐, 잠깐……!"

가필이 내뱉은 말에 스바루는 필사적으로 목소리를 쥐어짰다. 하지만 그 마음속은 경악과 혼란으로 뒤죽박죽이었다.

당연하다. 지금 스바루의 제안은 다름 아닌, 지난번 루프에서 가필이 꺼낸 것이므로.

"그런데, 네가 그 소리를 지껄이냐고……."

"아앙? 이 어르신이 반대하는 게 뜻밖이냐? 속깨나 편하시구만, 야."

"네가 언짢아지지 마라. 원망하는 말도, 찌푸린 얼굴도, 그럴 권리가 있는 건 내 쪽이야……."

지난번에 스바루더러 『시련』을 받으라고 타진해 놓고서, 이 자리에서는 그 제안을 걷어차는 소리를 뱉는다. 가필의, 심경 변화의 진의를 파악할 수 없었다.

"내 안에 눌러삼킬 수 없는 감정이 휘몰아치고 있다만…… 넌 왜 반대하지? 네게도 『성역』의 해방은 빠른 편이 낫잖아?"

"늦고 빠르고 얘기가 아니라고. 이건 도리의 문제지. 안 그러냐, 할멈."

"귀염성 없게 부르지 말라고 했거늘……. 허나 나도 가 도령의 말에 반대하지 못하겠네. 표현 방식의 문제는 있겠네만."

"류즈 씨까지……."

가필의 고집도 모자라 연장자까지 반대하는 바람에 스바루는 곤혹스러워졌다.

감정적에다 기분파로 보이는 가필이라면 시기 차이로 의견이

변할 가능성도 있다. 하지만 류즈가 그러한 반응을 보일 인물이라고는 생각되지 않는다.

류즈는 스바루의 애절한 눈길에 헐렁헐렁한 소매를 휘두르면서 말했다.

"스 도령이 하고 싶은 말은 알고 있으이. 결계가 풀리는 게 빠를수록 낫다는 게지. ……허나 나는 가능한 한 로즈 도령의 의도에는 따르고 싶네."

"로즈월의 의도……."

"──이 『성역』의 해방은, 에밀리아 님의 손으로 이루어져야 한다는 뜻일세."

"흡──."

눈이 가늘어진 류즈의 말을 듣고 에밀리아가 숨을 죽였다. 그녀는 자기 가슴에 손을 짚고서 속눈썹이 긴 눈을 내리깔고는 떨리는 목소리로 말했다.

"여, 역시…… 내가, 해야 돼. ……역시, 내가."

"아니, 에밀리아가 그렇게나……."

"괘, 괜찮아! 스바루야말로 무리하지 않아도 돼. 좀…… 맞아. 좀 갑작스러워서 놀랐을 뿐이지, 무슨 일이 일어날지 알고만 있으면……."

『시련』의 내용이 과거와 대면하는 것이라는 사실만 알면 마음의 준비는 할 수 있다.

에밀리아는 그렇게 허세를 부리지만 그 각오만 가지고는 『시련』 공략에 이르지 못한다는 사실이 이미 증명됐다. 적어도 지금부터 사흘 동안, 에밀리아는 본인의 과거 앞에서 마음이 계속 꺾인다.

그 사실을 아는 스바루의 눈에는 비장한 빛이 깃들었다.

에밀리아가 괴로워한다고, 그렇게 알고 있는데. 두고 볼 수 없다. 보고만 있기 싫다.

그렇기에——.

"스바루는…… 나, 나한테는, 맡길 수 없다고, 생각해?"

"——뭐?"

슬며시 다른 곳에 정신이 팔렸을 때, 불안에 떨리는 에밀리아의 목소리가 질문을 던졌다.

놀란 숨을 내쉬니 에밀리아는 심약하게 고개를 가로젓고 거듭 말했다.

"내가, 못난 모습을 보여서…… 『시련』을 맡길 수 없다고, 그렇게 생각해서…… 그래서, 대신 도전하겠다고."

"아니야. 그런 말이 아니야. 그냥, 과거 같은 걸 억지로……."

"그래도! 똑바로 보지 않으면 『시련』을 넘을 수 없어! 그, 그걸 해내지 못하면 임금님도 될 수 없고. ……마을 사람들도, 『성역』 사람들도 밖에 내보내 주지 못해."

에밀리아는 스바루의 말을 뿌리치고 자기 어깨를 껴안으며 고집을 부렸다. 못난 자신을 상처 입히듯이 그 가녀린 어깨에 손톱을 박고서.

"스바루만 의지할 수는, 없어. 얼마 전만 해도 스바루는 그토록 상처투성이로, 날 위해서…… 그런데 또 그런 짓을 어떻게 시켜……!"

"……그러면 돼. 표현은 안 좋을지도 모르지만, 피장파장이지. 적재적소라는 편이 좋을까? 단지 이 『시련』에 관해선 내 쪽이 궁합이 더 좋을 뿐이야. 내가 할 만하니까 내가 하는 편이 나아. 네가 힘내야 할 기회는 반드시 또 있을 거라고."

"그 기회 중에서 중요한 하나가 바로 지금 아니니? 싫은 일에서 눈을 돌리고, 스바루에게 떠넘기고, 도망쳐서…… 그래서 난 어떻게 되는데?"

──도망치는 게 뭐가 나쁜데. 그렇게 외칠 수 있으면 얼마나 좋았을까.

싫은 일을 피하고, 힘든 일을 외면하고, 괴로운 일을 등지고. 그래서 숨 쉬기 편해진다면 그래야 마땅하다. 스바루 본인부터 여태껏 그러며 살아왔을 것이다.

그렇기에 그렇게 사는 방식이── 나약하다고 비방을 받는다고 해도, 책망을 들을 이유는 없다고 생각하고, 단언도 할 수 있을 것이다.

"────."

그런데도 스바루는 에밀리아의 약한 모습을 긍정해 줄 수가 없었다.

어째서 말이 나오지 않는지 스스로도 알 수 없었다. 단지 입을 다문 스바루의 모습에 에밀리아는 눈을 꼭 감고, 고개 숙이며 입술을 앙다물고 말았다.

그 모습을 보고 가슴이 뜨끔한 스바루는 머릿속에 아무 생각도 없이 말을 걸려다가——.

"——오늘 밤은, 여기까지 하죠."

짧게, 그렇게 말한 사람은 스바루도 에밀리아도 아니었다. 말한 사람은 조용히 에밀리아의 등 뒤로 돌아가더니 하얀 손바닥을 에밀리아의 입에 살짝 대었다. 그 순간——.

"……아."

힘이 훅 빠진 것처럼 의식을 잃은 에밀리아가 앞으로 쓰러졌다.

스바루는 그런 에밀리아를 황급히 받치고, 품속에 안긴 소녀의 잠든 얼굴에 안도의 한숨을 지었다. 그다음, 그렇게 만든 장본인——람을 바라보고 물었다.

"뭘 한 거야?"

"마음을 가라앉히는 향료를 맡게 한 거야. 난폭하다고, 바루스는 화내려고?"

"막무가내인 건 틀림없지만…… 최선이었어. 미안하다. 번거롭게 해서."

"에밀리아 님 일로 바루스에게 사과를 받으니 이상한걸. 언제부터 에밀리아의 보호자 역할을 대정령님께 양도 받은 거야?"

"그럴 마음은……."

없다고 말할 뻔했지만, 스바루는 그 반론에 전혀 설득력이 없다고 어깨를 축 늘어뜨렸다.

모종의 사정으로 팩이 모습을 드러내지 않는 현재, 스바루가 평소보다 더 에밀리아에게 마음을 쓰고 있는 건 사실이다. 『시련』으로 헛되이 마모되는 사실을 알고 있다는 이유도 한몫하고 있다.

그리고 그 사실은 에밀리아 본인도 깨달은 듯했다.

"핫, 어쨌든 얘기는 여기서 끝인가 보구만."

말문이 막힌 스바루와 의식을 잃은 에밀리아. 두 사람을 바라보며 가필이 따분한 듯 코웃음을 쳤다. 그 태도에 불만은 있어도 반론은 나오질 않았다.

오늘 밤의 대화는 끝. 그것을 부정할 여지는 없다. 단지──.

"공주님과는 내일 다시…… 얘기할 수 있으면 좋겠다만."

이어지는 가필의 중얼거림에도 스바루는 아무런 대꾸를 할 수가 없었다.

                              3

"──잠깐 괜찮을까? 묻고 싶은 말이 있어."

화톳불이 밝히는 밤의 촌락에서 스바루는 앞에 가는 그림자에 말을 붙였다.

"아앙? 뭐 할 말이 더 남았냐."

목소리에 발길을 멈추고 돌아보는 그림자가 둘── 가필과 류즈다. 언짢아하는 가필과 표정을 파악하기 어려운 류즈. 스바루는 손가락으로 뺨을 긁으며 그 두 사람에게 말했다.

"그렇게 시비조로 굴지 말자. 질문할 게 좀 있을 뿐이라고."

"질문이라. 우리가 대답할 수 있는 거라면 좋겠네만, 뭘 듣고 싶은 겐가?"

말에 토를 달려는 가필을 제지하고 류즈가 스바루의 질문을 접수했다. 그 태도를 고맙게 여기다가 스바루는 불현듯 고개를 모로 꼬았다.

"그러고 보니 이 집은 원래는 류즈 씨가 살고 있었더랬지. 그럼 에밀리아네를 묵게 하는 동안 류즈 씨는 어디서 자는 거야?"

"……너 이 자식, 그걸 물어서 어쩔 작정이냐, 엉. 말해 두겠는데, 할멈한테 뭔 짓거리라도 해 봐. 이 어르신이 절대 용서 안…… 아파 아파 아파! 뭐냐고, 할망구?!"

"객쩍은 소리도 작작 하라 이거다, 가 도령. 애당초 젊은 사람이 나 같은 늙은이를 어쩌니 마니 생각이나 할까 봐. 당연히 그냥 의문으로 여겼을 뿐이지."

류즈가 가필의 허리를 꼬집고 기가 막힌다는 투로 탄식했다. 물론 가필의 의심은 착각이지만, 류즈의 늙은이 발언에는 미묘하게 수긍하기 어려운 점이 있었다.

어쨌든 지금 의문은 본래의 질문과는 목적이 다르다. 스바루는 헛기침하고 재차 물었다.

"아까 내 제안을 반대한 진의를 알고 싶어. 들을 수 있을까?"

"……그건 아까도 말한 바와 같네. 『성역』의 해방은 에밀리아 님의 손으로 이루어져야 한다고. 그것이 로즈 도령의 바람이니 말일세."

"로즈월의 의도라고 해도 말이지. 그건……."

지난번 루프에서 로즈월과 격론을 주고받은 기억이 되살아나 스바루의 미간에 절로 주름이 잡혔다.

마녀교의 위협이나 『시련』을 통한 결계의 해방──. 로즈월은 그것을 전부 에밀리아의 공적으로 삼기 위한 포석으로 이용하겠다고 당당히 밝혔다. 그것이 왕선에 초래할 메리트는 스바루도 동의할 수 있다. 그러나 그 발상에는 인간의 마음이 너무 없다.

　"류즈 씨네는 그 인간 생각을 지지한단 뜻이야?"

　"착각 마시지. 놈이 싫은 건 이 어르신도 마찬가지다. 근데 얘기가 쉽지 않다고."

　"스 도령의 심정은 이해하네. 나도 기분 좋은 얘기라고는 생각 안 하이. 허나 나는 촌락의 대표로서 결계가 풀린 다음의 사정도 고려해야 하는 입장이야."

　류즈의 발언에 감이 오지를 않아, 스바루는 곤혹스럽게 얼굴을 찌푸렸다. 그러자 스바루의 눈치에 가필이 "이것 봐." 하고 짜증스럽게 머리를 쥐어뜯으며 말했다.

　"결계가 풀려도 여기 사는 치들이 사라지는 건 아니라고. 생활도, 사는 곳도 바뀌어서 뭐가 뭔지 알지도 못하는 노친네들이 누구 신세를 질 것 같은데?"

　"──그렇군. 결계가 풀리고, 정식으로 영지로 편입되더라도…… 이곳이 로즈월의 신세를 지는 건 변함없다. 그래서 류즈 씨 쪽은."

　"로즈 도령의 의향에 거슬렀다가 불편해지기 싫네. 스 도령에겐 미안하네만."

　"……왠지, 로즈월을 더더욱 신용 못하겠군."

지난번 루프의 호감도를 유지 중인 스바루에게 지금 이야기는 더더욱 속이 뒤틀렸다. 스바루의 답변에 류즈는 쓴웃음을 짓고 가필은 한 번 세게 이를 딱 부딪쳤다.

"암튼, 우리는 요구를 전했다. 『시련』을 받는 건 공주님. 자격이 있건 말건, 니가 받는 건 이 어르신이 인정 못해."

"그 공주님이란 호칭 관둬. 에밀리아를 놀림감 삼는 것처럼 들린다."

"반마(半魔)도 안 되고 공주님도 안 된다 이거냐? 잔소리가 아주 많으셔. 그리고 그토록 꽁꽁 싸매고 지키면서 공주님이 아니라면 뭐라는 건데? 어엉? 기사님."

구부정한 자세로 아래쪽에서 스바루를 쳐다보고 있는 가필이 도발적으로 말했다. 그 말을 들은 스바루는 잠시 골똘히 생각하다가 손가락을 세워 그에게 슥 들이밀었다.

"방금 기사님이란 부분, 한 번 더 말해 줄 수 있어?"

"어느 부분에서 감동하고 앉았냐, 자식아……."

쑥스러워하는 스바루와 어이없어하는 가필. 두 사람 사이에서 류즈가 손을 들었다. 그리고 들었던 손을 그대로 옮겨 입에 대고 작게 하품했다.

"스 도령, 슬슬 됐는고? 노인은 늦게 자면 힘드이. 뒷얘기는 내일 함세."

"그 겉모습으로 들으니 위화감이 엄청나군……. 하지만 알았어. 불러 세워서 미안."

"핫, 『자욱한 아벤감』이지. 너, 묘소에 접근하지 마라."

"의미는 모르겠지만, 의도는 알았다. 나도 오늘 밤은 묘소는 더 이상 사절이라고."

졸린 내색을 내비친 류즈와 끝까지 틱틱대는 가필을 보내고 홀로 남은 스바루는 머리 위—— 별이 많은 밤하늘을 올려다보았다. 별하늘이라고 하기에는 구름이 많은 밤이지만, 그래도 지상에 광원이 없는 별빛은 각별하다. 자연스레 마음이 씻겨나가는 기분이 들었다.

"상쾌한 기분에 젖기에는 상황이 너무 각박하지만……."

정신없는 하루와 『사망귀환』, 몸과 마음에 피로가 와락 덮쳐든다. 하지만 스바루는 기합을 넣듯이 뺨을 때리고 임시 숙소로 돌아섰다. 그리고——.

"그래서 아까 한 이야기, 넌 어떻게 느꼈어? 외부인의 의견을 말해 줘."

"……보통, 이 경우에는 제3자의 의견이라고 하지 않아요? 외부인의 의견이라고 말하면 입장이든 의견이든 뜻이 달라질 듯한데 말이죠."

"내 딴에 네 입장을 배려한 거라고. 어디까지나 외부인이란 걸로 해 두면 나중에 발뺌할 여지도 있잖아? 이런 말 하게 하지 마라, 바보야."

"그럼 대화에 실컷 참가했었으니 그 배려도 헛수고네요!"

그런 대화를 나누고 있는 상대는 임시 숙소에서 슬쩍 모습을 드러낸 오토였다. 아마도 방금 대화를 훔쳐 듣고 있었던 듯한 그는 찔리는 기색도 없이 "그나저나." 하고 운을 떼며 말했다.

"이야기를 듣고 솔직하게 감상을 말하자면, 가필 쪽 사람들의 주장은 지당한 게 아닐까요?"

"————."

"변경백의 노림수도 이해가 되고, 왕선 후보로서 에밀리아 님의 입장도 있죠. 확실히 나츠키 씨가 『시련』을 대행해도 공적은 에밀리아 님께서 세운 게 되겠지만…… 그래 가지고 지금 이곳에 있는 당사자들의 수긍을, 요컨대 지지를 얻을 수 있을까요?"

"그 논리는 나도 이해해. 아무리 생각해도 에밀리아가 『성역』을 해방하는 편이 매사가 다 잘 풀리지. 그런데……."

"——에밀리아 님으로는, 『시련』을 극복할 수 없다?"

머뭇대는 스바루의 망설임을 제3자가 사정없이 때려 부쉈다. 돌아보니 그 사람은 에밀리아의 침소를 정리하고 있었어야 할 람이었다. 그 말에 스바루는 씁쓸한 표정으로 고개를 저었다.

"무리라는 말까지는 안 해. 하지만 단기간에 결과를 내기가 어려운 건 알 수 있잖아? 그리고 결계 문제는, 시간을 오래 들일 게 아니지."

"그러네. 적어도 왕선이 판가름 날 3년 이내에 끝내 주길 바라는 바야."

"그건 그거대로 엄청 마음이 느긋한 얘기일세!"

람의 특기인 넉살이라고는 생각하지만, 정색하며 말했기에 진심일 가능성을 미리 덜어냈다. 그리고 그동안 잠자코 있던 오토가 팔짱을 끼고 끄덕인 다음 말했다.

"실제로 나츠키 씨의 염려는 이해할 만해요. 피난을 온 마을 분들의 부담과 『성역』의 식량을 포함한 생활 사정⋯⋯. 머잖아 파탄이 날 게 뻔히 보이니 말이죠."

"안 그래도 느닷없는 피난 생활 때문에 다들 스트레스가 쌓였어. 『성역』의 사람들도 자기들 음식을 나눠 주고 있는 형편이지. 아마 불만은 금방 폭발할걸."

"그렇게 되기 전에 수를 쓰고 싶다라. 복안은?"

"뭐랄까, 말귀를 너무 잘 알아들어서 섬뜩한데⋯⋯. 가능하면 수습할 수 없는 분열이 내부에서 일어나기 전에 마을 사람들을 『성역』에서 해방하는 걸 제안하고 싶어."

람과 오토 앞에서 스바루는 지난번 루프 때도 제안한 인질해 방안을 제시했다.

지난번에는 인정을 받은 제안이다. 그러나 이번에도 통과될 지는 모른다. 왜냐하면 지난번에 이 제안이 통과된 배경에는 『스바루가 시련을 받는 것』이 조건에 포함되어 있었다.

그 조건 자체를 이번에는 『성역』 측에서 금지한 것이다. 교섭이 난항을 겪을 건 예상이 간다.

"같이 망하는 꼴은 그네들도 안 바랄 테고, 결계의 성질상 누군가가 『시련』을 끝내지 않고서는 에밀리아 님은 나가실 수 없다. ⋯⋯제안의 조건은 대충 채운 것 같은데요."

스바루의 제안을 듣고 설명이 모자란 부분을 본인 해석으로 채운 오토가 끄덕였다. 오토의 모습에 람은 감탄한 기색으로 "흐응." 하고 눈을 가늘게 뜨며 말했다.

"놀랐어. 생각 이상의 물건을 건져왔구나, 바루스."

"그치? 길가에 묶여서 굴러다니고 있더라고. 내가 보살필 테니 길러도 돼?"

"잘 보살피는 게 조건이란다."

"개나 고양이처럼 말하지 마실래요?! 댁들도 참 호흡이 척척 맞으십니다?!"

오토의 외침에 스바루와 람의 탄식이 겹쳤다. 그야말로 호흡이 척척 맞는 모습을 증명한 순간에, 스바루는 어떻게 해야 하나 골똘히 생각했다.

인질 해방 제안은, 앞선 대화로 미루어 보아 가필이 순순히 받아들일 것 같지 않다. 그러나 스바루에게는 느긋하게 굴 수도 없는 이유가 있다.

──본격적으로, 『사망귀환』한 사실에도 의식을 돌려야 하리라.

"그렇다면 다음 대화는 그 제안이 초점이 될 것 같네."

"아아, 그러게…… 아니, 뭔 대화?"

"……이건, 이미 다 틀렸겠어."

"혼자서 결론을 내는 거 안 좋은 버릇이라고! 뭔데 그래!"

진심으로 연민하는 람의 태도에 스바루는 발을 굴러 불만을 어필했다. 그 어린애 같은 반응을 보고, 연민을 더 드러내면서 람이 어깨를 으쓱였다.

"묘소의 『시련』과 초췌해진 에밀리아 님. 바루스의 조그만 머리로는 가혹한 상황이 이어진 걸 참작하겠지만, 중요한 약속을 잊은 건 못마땅한걸."

"불성실한 약속은 내게 트라우마인데, 뭐가 있었더라?"

"──『시련』 뒤에, 로즈월 님께서 시간을 마련해 주신다."

진짜로 언짢아하는 람의 말에 스바루는 "아." 하고 입을 벌렸다. 그 얼빠진 얼굴에 람은 자기 팔꿈치를 껴안고 거듭 말했다.

"그 자리에서, 지금까지 있었던 사정과 앞으로의 일을 이야기한다. 그럴 거였잖아?"

4

──이번 『사망귀환』의 초점은 지금까지와는 전혀 다른 부분에 있다.

평소처럼…… 이건 어폐가 있지만, 통상의 『사망귀환』에서 스바루가 중시하는 것을 보면, 주로 상황을 만든 가해자와 그 위협에 대한 방책이 큰 비중을 차지한다.

이전 루프에서 예를 들면 『사망귀환』 상황을 만든 가해자가 마녀교이며, 스바루는 이에 대처하느라 크루쉬 등 다른 진영의 힘을 빌렸다.

그러한 관점에서 말하자면 이번 가해자는 『창자 사냥꾼』 엘자이며, 그녀에 대한 작전은 아마도 전투 아니면 도주, 둘 중 하나를 선택해야 한다.

단, 이번에는 그 이전에 신경 써야 할 점이 명확해지지 않았다. 그것은──.

"——내가 엘자에게 살해당했을 때, 프레데리카 쪽은 어쩌고 있었느냐다."

이번에 저택으로 돌아간 스바루는 프레데리카에게 강한 경계심을 품고 있었다.

『성역』으로 가는 에밀리아에게 전이의 원인이 된 휘석(輝石)을 준 게 원인이다. 그 진의를 아는 것도 목적으로 삼고, 스바루는 각오와 함께 저택으로 되돌아갔지만.

"설마, 마중한 게 엘자의 칼이라니 기가 막히지. 덕분에……제길, 덕분에 아무것도 모르는 채로 『사망귀환』하는 처지가 되고 말았어."

수확이 하나도 없다고 하지는 않겠지만, 거둔 정보가 너무 적다. 가장 큰 현안은 가해자의 존재에 비해 피해자의 존재가 너무 불명료하다는 점이다.

저택에 남은 사람은 프레데리카를 제외하면 베아트리스와 페트라, 그리고 렘——. 과연 세 사람은 그 저택에서 무사히 있었을까. 만약 프레데리카가 스바루 쪽과 적대한다면 엘자와는 연결점이 있는가. 어느 쪽이든 간에——.

"그 맛이 간 여자가, 렘이랑 다른 사람들에게 아무 짓도 안 할 거란 생각은 도저히 안 들어……!"

에밀리아가 살해당하고, 펠트가 살해당하고, 롬 영감이 살해당하고, 스바루 본인도 살해당하고.

스바루는 『창자 사냥꾼』이 가진 살육자로서의 기호를 더할 나위 없을 만큼 신뢰한다. 엘자가 살인 환경에서 사냥감을 못

본 척하는 것은 불가능하다고 말이다.

　그렇기에——.

　"——한시라도 빨리 저택에 돌아갈 필요가 있어. 무슨 일이 일어나고 있는지 알기 위해서."

　그것이 『성역』 해방과 함께 스바루가 도전해야 하는 난제다.

　"——오호라아—. 사정은 파악했다마아—다."

　스바루의 긴 설명을 듣고, 침대에 누운 로즈월은 깊이 끄덕이고 있었다.

　장소는 로즈월이 요양하는 방으로, 실내에는 스바루와 둘밖에 없었다. 오토는 몰라도 람은 동석이 거부된 것이 불만인 눈치였지만, 이 자리는 어쩔 수 없었다.

　음모를 꾸미는 자리에 있는 사람은 적을수록 좋은 법이니까.

　"그건 그렇고 기대 이상의 결과로군. 마녀교의 격퇴에만 그치지 않고, 설마 리파우스 평원의 백경(白鯨) 토벌에까지 참전할 줄이야아—."

　"그쪽 논공식은 훗날에 다시 한다고 얘기가 됐어. 내 수훈은 적지 않다고 해 주는 말에 기대자면 나쁘지 않은 평가를 받을 수 있을 테지."

　"나쁘지 않다는 수주—운으론 끝나지 않을 느낌이 들지만. 그리고 개인적으로도 백경 토벌에 대한 협력에는 감사를 표하고 싶군. ……빌헬름 공은?"

　한쪽 눈을 감고 노란 눈동자만 드러낸 물음. 그 말에 스바루는 한 번 침을 삼켰다.

"네 입에서 빌헬름 씨 이름이 나올 줄은 몰랐는걸. ……있었어. 백경의 마지막 숨통을 끊은 건 빌헬름 씨야. 끝내주…… 그게, 대단하더군."

"그래. ──그건 흡족하군."

"──?"

괜스레 실감이 담긴 중얼거림이라고, 스바루는 의문스러운 마음에 눈썹을 모았다.

로즈월은 아내의 원수에 대한 복수라는 숙원을 빌헬름이 달성한 것을 기뻐하고 있다.

"로즈월, 빌헬름 씨와는 아는 사이였던 거야?"

"……아아─니. 나와는 면식이 없어. 단지 선대가 좀. 그래서 맘대로 그『검귀』의 집념에 성원을 보내고 있었지. 그으─뿐인 얘기야."

그뿐이라고 로즈월은 말하지만, 그의 얼굴에 떠오른 감정은 복잡했다. 방금 말은 도무지 믿을 수 없었다. 그러나 추궁할 여유가 없는 것 또한 사실이다.

"궁금하긴 하지만, 지금은 본론으로 들어가지. 내 제안은 전해졌고?"

"네 공적에 보답하자는 내 얘기도 중요오─하다 싶은데…… 그래. 계속하지. 네 제안이란 즉, 아람 마을의 주민을『성역』에서 해방하자아─는 얘기 말이군?"

재촉한 스바루에게 웃음을 던진 로즈월은 가슴에 두른 붕대를 만지면서 끄덕였다.

"확실히, 에밀리아 님께서 결계 안에 들어온 시점에서 가필 쪽의 의도는 성립한 거나 매한가지. 에밀리아 님께선 결계를 풀지 않고서는 밖에 나가지 못해. 보험으로 인질을 결계 안에 남겨 둘 필요는 그들에게도 없겠지이—."

"일리는 있을 거야. 『성역』의 문제를 뒤로 미루는 것도, 팽개치는 것도 아니지. 다만 상대방도 양보해야 한다는 온당한 제안이라고."

"온당하다니 말 잘 하아—는데. 사실은 네게는 다른 염려도 있던 게에— 아니고? 예를 들면 에밀리아 님께서 『시련』에 마음이 꺾였을 때, 마을 사람의 존재를 인질로 삼아 억지로 묘소에 도전하게 할 요소가 될 수 있다. 그 가능성을 사전에 없애기 위해서……라거나 말이지."

한쪽 눈을 감아 낯익은 노란색 눈동자만으로 로즈월이 스바루를 응시했다. 그 물음에 스바루는 팔짱을 끼고 묵직하게 고개를 움직였다.

"미안. 그 생각은 못했어. 그 발상 무섭다고. 좀 식겁하겠다."

"어라아—? 내가 너무 나갔나? 이거 실례했군. 놀라게 해서 미이—안해?"

도를 넘어선 비관, 혹은 악랄한 사고를 얼버무리듯 웃는 로즈월. 그 웃음에 스바루는 심드렁한 눈길을 보내면서 그가 거론한 가능성을 속으로 부정했다.

선택지로만 따지면 없지는 않다. 그러나 그럴 만한 사람은 없다. 불과 며칠이지만 스바루는 가필이나 류즈, 『성역』의 사람들을 그렇게 평했다.

"어쨌든 말이지. 네 제안은 이해했지만…… 내가 어떻게 해 줬으면 하는 거어—지?"

"지금 제안을, 내가 아니라 로즈월 쪽에서 류즈 씨 쪽에 통달해 줬으면 좋겠어. 이번은 아무래도…… 나와는 관계가 안 좋아질 것 같거든."

"——이번. 흐으—음. 그건 어째서?"

"가필 자식이 내가 심히 마음에 안 드나 보더군. 그 기분파에 붙잡혀서 설득할 시간이 아까워. 해서, 나 말고 다른 사람이 말하는 편이 나아."

스바루가 『시련』에 도전하는 데에 반대한 것도 포함해서 가필의 태도는 지난번 루프 때와 명백히 달라졌다. 가시 돋친 태도와 적대감에 가까운 눈빛은 지난 루프 때 겪어 본 적이 없다. 뭔가 말실수를 했다던가, 혹은 행동 중 뭔가가 신경에 거슬렸다거나.

어느 쪽이든 지금의 가필과 스바루는 접촉을 피하는 게 상책이다.

"감정적이 된 그 녀석이 내 의견이란 이유만으로 무조건 내쳐도 난처해. 류즈 씨도 가필에게 소극적으로 동의하는 것 같아서 그게 좀 무섭고."

"그럴 때 내가 나선다. OK, 좋다마다. 내가 노인장에게 말해 두지. 단지 나도 가필에게는 미움 받고 있으니 곧장 대화가 이

뤄질지는 불안하─아지만은."

　마찬가지로 미움 받는 처지인 로즈월의 흔쾌한 수락에 스바루는 마뜩잖은 표정으로 희망을 의탁했다.

　아마도 이 제안 자체는 마지못하게 수용될 것이다. 며칠 내로 마을 사람의 해방은 약속될 터. ──단, 그것은 스바루가 세운 계획의 첫 단계에 지나지 않는다.

　"그으─럼, 나에 대한 용건은 이걸로 끝으로 보면 되나?"

　"──아직 남았어. 오히려 지금 제안까지 뭉뚱그려서 이쪽이 더 중요한 용건이야."

　그 서두에 로즈월의 얼굴이 한순간 딱딱해졌다. 하지만 그는 금세 그 경직을 흐릿한 웃음으로 바꾸고는 자신의 긴 남색 머리카락을 손가락으로 빗었다. 그리고──.

　"──들어볼까. 뭘 소망한다아─지?"

　차분한 물음에 스바루는 한 번 침을 삼킨 다음, 말을 이었다.

　"인질을 『성역』에서 해방한다는 이야기는 아까 들은 바와 같아. 그 사실을, 아람 마을에 남아 있는 사람들에게 전하러 가고 싶어. 불안해하고 있는 모두에게 가족이 돌아온다고."

　"흐─음. 그건 즉, 결계를 푸는 거나 인질 해방에 앞서서……."

　"나 혼자서 마을에 돌아간다. 당연히 프레데리카가 뭔가 꾸미고 있는 저택에도 말이야."

　달아오른 목소리와 열기를 띤 시선과 함께 스바루는 그 의도를 로즈월에게 발신했다.

　『사망귀환』한 사태를 정리하고, 『시련』에 도전하는 에밀리아를 배려하며, 『성역』의 주민인 가필을 경계하고. 언뜻 스바루는 냉정한 것처럼 보인다.

그러나 스바루의 속내는 끝 모를 초조함에 당장에라도 터져나갈 것만 같았다.

저택에 남은 프레데리카와 엘자 사이의 연결점 및 저택에서 대관절 무슨 일이 벌어졌는지. 그것을 조급히 알고 싶다. 며칠의 설득을 기다릴 수도 없을 만큼.

"네 우려는 잘 알아. 하나 내가 아는 한, 프레데리카는 경솔하게……."

"──네가, 뭘 알아."

"_____."

뭔가 스바루의 불안을 덜어낼 말을 자아내려던 로즈월의 입을 다물게 한다. 내뱉은 스바루의 나지막한 목소리에는 지독하게 거무칙칙한 감정이 담겨 있었다.

당연한 노릇이다. 로즈월의 사견에 프레데리카가 어떻게 보이든 관계없다. 스바루가 본 것이 사실이다. 미래에 반드시 『무슨 일』이 발생한다. 그 사실이 훨씬 무겁다.

"머리가 좋은 너답지 않은 말 하지 마. 프레데리카는 에밀리아에게 휘석을 주었어. 그건 그 녀석이 뭔가 꾸미고 있단 증거야. 너도 그렇게 말했었잖아."

"……그럼에도 원해서 남에게 위해는 끼치지 않아. 그런 용기가 있는 애가 아니─이지."

"용기는 나도 없어. 하지만 필사적이지 못할 이유는 못 돼."

궁극적으로, 그 인간을 떠미는 충동에 명확한 답은 없다. 스바루가 내달려 온 원동력도 용기가 결코 아니다. 그저 『싫어했을』뿐이다.

"로즈월, 반나절 거리라고. 파트라슈와 나뿐이면 하루 만에 돌아올 수 있어. 그렇게 해도 된다는 허락과, 그렇게 시킬 수 있는 허가를 주선해 줘."

"만약 그 뜻을 허락하고, 만약 프레데리카에게 명확한 적대 의사가 있어서, 만약 그 아이가 네게 적의를 행동으로 옮겼다면…… 너는 어떻게 할 거지?"

"————."

"그 아이에게도 아인(亞人)의 피는 흐르고 있어. 저택에서 일하게 하는 사정상, 그만한 무예도 배우게 했지. 안타아—깝지만 너는 맥도 못 쳐."

"쓰, 쓸데없는 소리를……."

로즈월의 통고는 직설적인 문제가 되어 스바루의 목을 턱 막히게 했다.

적은 프레데리카와 경우에 따라서는 엘자까지 두 명이다. 맞서는 전력은 스바루 한 명. 페트라나 잠자는 렘은 꼽을 수 없다. 베아트리스는 접촉할 수 있다는 확신이 없다.

하지만 『성역』에서 저택으로 데리고 갈 수 있는 전력은——.

"에밀리아는 결계, 로즈월은 중상, 오토는 전력이 될 수 없고…… 막혔다?"

"한 명을 제외하면, 그리이—되겠어."

스바루의 얼굴이 해쓱해지지만, 그 창백한 안면에 로즈월이 손가락을 겨누었다. 그 손끝에 스바루가 눈길을 빼앗기자 로즈월은 다섯 손가락을 매끄럽게 꿈틀거리며 전했다.

"네 제안에, 내 쪽에서도 조건을 달지. 방금 말했듯이 너를 혼자 보내면 호락호라—악 죽게 하는 꼴이 될 수도 있어. 따라서 그렇게 되지 않게끔."

"되지 않게끔……?"

한 박자 띄우고 로즈월은 말했다.

"——람을 데리고 가도록. 그 아이라면 네 힘이 되겠지—이."

5

"——분명히 말해서, 마음에 안 드는 상황이야."

"……이제 와서도 그 소리십니까, 언니분."

이튿날 아침. 촌락 입구로 찾아온 람이 첫마디부터 언짢은 얼굴로 스바루에게 그렇게 말했다.

실로 어울리는 항의에, 스바루는 쓴웃음을 지으면서도 머리를 긁었다.

——어젯밤에 나눈 대화 결과, 스바루는 로즈월의 조건을 수용하기로 했다.

실제로 프레데리카 대책으로서 현실적으로 준비할 수 있는 전력은 람밖에 없다. 당연히 그 이야기에 람은 난색을 드러냈지만, 끝에 가서는 뜻을 굽혀 지시에 따라 주었다.

그렇다고는 해도 울분이 사라진 건 아니어서──.

　"로즈월 님의 몸이 완벽하지 않은 지금, 람이 곁을 떠나는 건 불안해서 못 견디겠어."

　"그렇게 말해도 네가 있어 봤자 뭘 할 수 있는 것도 아니잖아? 상처에 댄 붕대도, 람이 아니라 가필이 감았다고 듣고 나는 기겁했다."

　"기가 막혀. 람이 했다가 로즈월 님의 상처가 덧나기라도 하면 어떡할 건데."

　"어떡하긴 뭘, 반성해야지!!"

　자신의 능력 부족에 뻔뻔스러운 람의 모습에 스바루는 소리쳤다. 아침의 『성역』에 그 목소리가 멀리 퍼지는 게 들려서 스바루는 깊게 숨을 내뱉었다.

　대화한 다음 날 아침이다. 준비는 최대한 빠르게 갖췄다고 해도 무방하다. 하지만 『사망귀환』의 초조함을 감안하면 속마음은 어젯밤에라도 출발하고 싶었을 정도였다.

　"밤의 『클레말디의 숲』은 위험이 많아. 『성역』의 결계에만 그치지 않고, 외부인의 침입을 거부하는 천연의 요충지야."

　"……사람 마음을 맘대로 읽지 마."

　"얼굴에 써 있더라. 저택에 두고 온 여자애가 그렇게 걱정돼?"

　통찰력이 뛰어난 람이 스바루가 품은 초조함의 이유를 짚어냈다. 람이 언급한 사람은 저택에서 새로 고용한 페트라다. 만약 프레데리카에게 적의가 있으면 소녀의 존재는 스바루 일행의 아킬레스건이 된다. 그건 피하고 싶다. 단지 그뿐만이 아니다.

"걱정되는 건, 페트라만이 아니라고."

"──? 베아트리스 님이라면, 서고에 들어가 계실걸."

스바루의 우려를 의문시하는 람은 저택에 남은 또 한 사람──렘의 존재를 언급하지 않았다. 당연하다. 람은 렘을 잊었으며, 스바루도 아직 그 이야기를 하지 않았다.

말할 때를 놓쳤다고 하면 듣기야 좋지만 실제로는 겁을 먹었을 뿐이다. 물론 저택에 가는 길에 전해야만 한다고는 생각 중이다.

"마음이 무겁군. 그래도…… 단둘이 있는 건 오히려 기분상으로는 낫나."

"────."

"엇, 미안 미안. 파트라슈. 너를 까먹었던 건 아니라고."

중얼거림을 주워들은 지룡이 항의하듯이 스바루의 어깨에 코를 문질렀다. 스바루의 애룡인 파트라슈는 『성역』에서 저택에 돌아가는 데에 있어 가장 중요한 존재다. 돌아가는 길 파악과 장거리 주파, 그리고 이번에는 용차에 타지 않고 람과 동승하는 것도 파트라슈에게 기대는 처지인 것이다.

"모자라기 짝이 없는 주인을 보충한다. 좋은 지룡이구나. 남자 보는 눈이 없는 게 불쌍해."

"그 말에는 나도 뭐라 못하겠는데, 그게 화딱지 나는군……."

"──그래서 좋은 여자 사이에 껴서 당당하게 귀환하신단 말이냐. 보통 신분이 아니시구만, 어이."

처량하게 어깨가 늘어진 스바루. 그 등에 닿은 목소리에 떫은 표정과 함께 돌아보았다. 목소리로 예상한 것과 같은 상대다. 상대는 성큼성큼 풀을 밟으며 두 사람과 한 마리 쪽으로 다가왔다.

"이런 새벽부터 네가 배웅하러 올 줄은 몰랐어. 의리 좋은데."

"노친네들은 이놈이고 저놈이고 자는 것도 깨는 것도 빠르거든. 여기서 생활하는 중에 이 어르신도 습관 들었지……. 아니 그딴 건 아무래도 좋다고."

"가프가 맘대로 얘기 시작해놓고서."

모습을 드러낸 가필의 말에 람은 숫제 질린 표정이었다. 그러나 스바루의 심경은 지금 발언과 차이가 없다. 가필이 배웅하러 온 것은 자못 진심으로 예상 밖이었다.

"그렇게 나랑 람이 한 자리에 앉는 게 걱정되냐? 말해 두겠는데, 둘이 같이 타도 등에 닿을 만한 거 없거든? 아마 엄청 딱딱할걸."

"시꺼. 그딴 건 이 몸이 세상에서 가장 잘 알…… 아팟?!"

"알고 있을 리 없잖아. 후려칠 거야."

"치고 나서 말하지 말라고!"

"덤 같은 식으로 날 때리는 것도 관둬!"

람은 천박한 두 사람의 뺨을 동시에 때리고 못 말리겠다고 어깨를 으쓱였다. 그리고 함께 뺨에 단풍잎을 단 스바루와 가필은 얼굴을 마주 보았다.

"좌우간 배웅은 고맙다. ……여기에 왔단 말은, 들은 거지?"

"그 외지 것들을 밖에다 내놓는다는 얘기 말이냐? 그거라면 로즈월 자식에게 밤중에 들었다. 솔직히 맘대로 이야기 진행하는 건 마뜩잖지만…… 반대는 안 해."

"그렇군. 그건 고마운데. 최악의 경우 네가 여기에 힘으로 방해하러 왔다는 선도 고려 안 한 건 아니니까. 그렇게 되면 람을 멀리 던져서 미끼로 삼을 수밖에 없었지."

"걸릴 리 없잖아! ……없겠지?"

"내가 알겠냐!! 람, 너도 뭐라고 말해 줘라……."

갑자기 자신감이 없어지는 가필에게 소리치고 스바루는 람에게 말을 걸었다. 하지만 거기서 람이 눈썹을 찌푸리며 뭔가 골똘히 생각하는 걸 알아챘다.

"람? 왜 그래?"

"……바루스와 가프의 멍청한 대화에 두통이 났을 뿐이야."

그러나 스바루의 물음에 람은 고개를 내젓고 평소 기색대로 응수했다. 그렇게 말을 일단락 지으면 스바루도 추궁할 수 없다.

아무튼 스바루는 가필 쪽을 돌아보고 말했다.

"일단 갔다 온다. 내일에는 돌아올 생각이니 그동안 잘 부탁하마."

"……공주님한테 인사 안 하고 와도 되겠냐."

"네가 나랑 에밀리아 걱정을 하다니 더더욱 놀라겠군. ……하지만 괜찮아. 편지는 남겼고, 오토에게도 자는 중에 가위 눌릴 만큼 부탁해 놨어."

"그 형씨도 고생이구만. 『템템의 안채 왕래』다 이거군."

가필의 수수께끼 같은 관용구는 제쳐두고, 에밀리아와 빈틈

없이 상담하지 못했다. 잠에서 깨기 전에 떠나는 출발이다. 설명과, 이해와, 변명. 스바루는 그 시간을 아까워했다.

당연히 에밀리아를 걱정하게 만들리라는 생각에 편지를 써 두긴 했으나——.

"곁에 있어 줄 수 없는 불안은 안 지워져. ……그래서 네게 맡긴다, 가필."

"아앙? 이 어르신한테 어떻게 맡길 수 있다고?"

"네가 강해 보이고, 『성역』도 염려 중이며, 에밀리아에게 무슨 일이 있으면 난처하단 사실도 분명히 알고 있는 한 사람이라서 그럴까."

"————."

"그리고 정 안 되면, 람이 미인계를 쓰면 부탁을 들어줄 것 같아…… 끄아아아!!"

"반성할 줄 모르는구나, 바루스."

"아까랑 똑같은 곳 때리지 마! 귀신이냐! ……귀신이었다!"

눈물이 그렁그렁해서 체벌에 항의하는 스바루의 호소를, 람은 "핫." 하고 코웃음 쳤다. 가필은 두 사람의 아웅다웅에 아랑곳하지 않고 직전에 나눈 대화 도중부터 말이 없었다.

잠시 침묵을 거쳤다가 그 날카로운 이를 딱 부딪치고 말했다.

"……오냐. 일단 네 말에 맞춰 주마."

"그, 그러냐. 고맙다……. 내 뺨도 면목이 서겠어……."

"람, 그 자식의 부상도 마찬가지라고. 그렇게 걱정하는 낯짝 치워. 안 어울린다."

볼을 문지르는 스바루의 옆, 무표정한 람에게 가필이 그렇게 말했다. 그 말에 람은 살짝 뺨을 굳히고 대꾸했다.

"가프 주제에 건방진 소리를 다 하는구나."

그렇게 말하고 그 앞에서 뒤돌아섰다. 이야기는 끝. 그 뜻을 표시한 것이다. 출발 전에 시간을 오래 빼앗기는 것도 문제다. 스바루도 슬슬 『성역』을 나가고 싶은데.

"……그리고 보니, 이번은 너, 내게 줄 물건 없냐?"

"어엉? 뭐라 했냐?"

파트라슈에게 앉기 직전에 건넨 스바루의 의문에 가필이 고개를 모로 꼬았다. 물음표를 띄우는 듯한 그 태도에 스바루의 뇌리는 지난번 루프 때의 세계를 회상했다.

지난번 루프 때, 마을로 돌아가는 길에 동행한 가필은 프레데리카와의 재회에 불안을 품는 스바루에게 자신이 가지고 있던 휘석을 건넸다. '도움이 될지는 모르겠지만.' 이라는 말과 함께.

결국 스바루는 프레데리카와 얼굴을 맞대는 일 없는 채로 사망하고——.

"그리고 이번에는 그걸 받을 만큼 호감도를 벌지 못했다라."

지난번 루프 때는 귀환하기 전까지 사흘 있었는데, 이번에는 불과 반나절밖에 체류하지 않았다. 그래서는 가필에게 스바루를 배려할 이유가 없는 것도 당연하다. 그러나——.

"——가프, 지금부터 프레데리카를 만나러 가는 람에게 뭔가 배려는?"

"이 어르신더러 뭘 하라고……."

"반한 여자가 책임을 다하러 가는 길이야. 도와주고 싶다는 생각은 없어?"

"너란 여자는, 지 편할 때만……. 옜다."

뻔뻔스럽게 떠드는 람에게 가필이 혀를 차는 것과 함께 뭔가를 던졌다. 순간, 아침 해에 파랗게 빛난 그 물건은 스바루의 기억에도 있는 휘석이리라.

스바루의 의도를 알아채고 람이 가필더러 내놓게 했다. 과연 대단하다는 말밖에 없다.

람의 솜씨에 스바루는 속으로 감탄하면서 파트라슈에 올라타고 손을 내밀었다. 뜻밖에도 람은 고분고분 손을 잡고 둘이서 지룡에 걸터앉아 동승 완료.

그리고 스바루는 가필에게 손을 들어 다시 『성역』을 부탁했다.

"에밀리아를 잘 부탁한다. 가능한 한 내가 성심성의껏 사과했다고 전달해 주라고."

"그딴 건 지 입으로 전해!!"

가필의 그런 노호를 신호 삼아 스바루는 파트라슈에게 달리라고 명령했다.

숲의 맑은 공기를 가르며 칠흑의 지룡이 가속, 숲을 주파한다. 속도는 쭉쭉 올라가고 배웅하는 가필도 금세 시야에서 사라졌다.

"그래서, 바루스? 가프의 이게 어디 도움이 되는데?"

『바람막이의 가호』 효과로, 질주하는 지룡의 등에서도 진동과 바람은 느껴지지 않는다. 그동안 스바루의 뒤에 앉아 허리에 손을 두른 람이 받은 휘석을 내밀었다.

끈을 달아 목걸이로 만든 휘석이다. 역시 프레데리카 것과 많이 비슷하다.

"하지만 효과에 관해선 몰라. 너야말로 어떻게 생각해? 오래 알고 지냈다며?"

"가지고 있는 것도 몰랐는데, 알 리 없잖아. ……다만 한 쌍인 물건인 이상, 감정은 담겨 있겠지."

프레데리카와 가필. 피의 연결고리를 암시하는 관계임에도 『성역』의 해방과 정체로 의견이 갈린 두 사람—— 그 상황에서 이 휘석이 활로가 되어 줄 것인가.

"————."

"……아까부터 되게 무거운 표정인걸?"

거기까지 생각했을 즈음에서 스바루는 침묵하는 람의 얼굴에서 평소에는 없는 그늘을 발견했다. 그건 지난 대화 중에 스바루에게 둘러댔을 때에 보인 것과 같았다.

"가필은 아니지만 안 어울려. 걸리는 게 있으면 얘기해라."

"……바루스가, 아까 한 말이 이상해서 그래."

거듭된 추궁에 연홍빛 눈을 가늘게 뜬 람이 약간 망설이다가 말했다. 그녀의 발언에 스바루가 "이상해?" 하고 갸우뚱했다.

"실없는 소리하다가 람을 미끼로 던진다고 그랬었잖아."

"말……했던가? 대충 떠들다가 나온 말이라서 기억이 별로 없는데……."

"말했어. 그리고 왠지 그 사실이 묘하게 가슴에 얹히더라. 마치——.”

　거기서 람은 한 박자 띄우고 나서 말을 이었다.

　“——정말로, 그런 일이 있었던 것처럼.”

　“————.”

　람의 중얼거림에 스바루는 딱 한순간 눈썹을 찡그리다가 퍼뜩 깨달았다. 깨닫고 나서, 그 너무나 느려터진 이해에 자기 자신을 죽이고 싶어졌다.

　스바루가 람을 내던진 건 실제로 있었던 사건이다. 하지만 그 사실은 아마 지금은 스바루 안에만 남아 있을 것이다. ——왜냐하면 그건 렘과 관련된 기억이기에.

　마수(魔獸) 울가름 소동 중에 폭주한 렘의 움직임을 막기 위해서 스바루는 람을 미끼로 이용했다. 세계의 기억에서 렘이 누락됨으로써 그때 있던 일이 사라지고, 있어야 할 사실의 앞뒤를 날림으로 메꾼 것이다.

　“바루스?”

　세계가 차근차근 느릿하게, 렘의 존재를 없었던 걸로 치부하려고 든다.

　본래라면 그 현상을 막을 방법은 없었다. 그러나 나츠키 스바루의 존재가 그 브레이크가 될 수 있다면. 렘을 잡아매는, 쐐기가 될 수 있다면.

　“——람, 중요한 이야기가 있어. 너에게 있어서는 세상에서 가장 중요한 이야기야.”

　“……그런 건, 로즈월 님 말고는 없을 텐데.”

"아니, 있어. ——그래서, 그 이야기를 할게."

해야만 하는 이야기건만 말을 시작하는 것에 겁을 집어먹어 뒤로 미루던 행동을 부끄러워했다.

목적지인 저택까지 가는 중에 시간은 많이 있으니까.

생각해야 할 건 무수히 많다. 그래도 지금만은——.

"렘이란 애가, 있는데."

——사랑하고 존경하는 언니의 마음에 그 아이가 있을 곳을 마련할 수 있도록, 이야기를 하자.

6

——두 번째 로즈월 저택 귀환은 가는 중에 아무런 문제도 없이 이루어졌다.

"그렇다고는 해도 지독한 꼴을 당한 건 저택 안이니까……."

문 앞에서 뺨을 긁고 파트라슈에서 내린 스바루는 혼잣말을 뇌까렸다.

이미 목적 중 한쪽—— 명분으로 삼았던 아람 마을의 주민에 대한 보고는 마친 뒤다. 『성역』에 남아 있는 그들의 가족은 곧 해방되어 재회는 가까운 시일 내에 이루어질 거라고.

그 소식에 기뻐하는 그들을 이번 귀환의 대의명분으로 이용했다는 죄책감은 있었다. 하지만 이것도 다 모두가 무사하기를 바라는 의도. 스바루는 자기 자신에게 그렇게 타일렀다.

"건방지게 양심의 가책이라도 생긴 표정이야. 그 상태론 앞날이 훤하겠어."

"앞날이라니, 너도 프레데리카가 마음에 걸리는 건 너도……."

"그런 눈앞의 얘기가 아니라 더 먼 앞날 말이야. 에밀리아 님의 왕선을 감안하면 바루스가 흉계 꾸밀 기회도 늘 텐데……. 무리일 것 같지만."

그 신랄한 평가에 스바루는 끽소리도 내지 못했다. 마찬가지로 지룡에서 내려와 스바루 옆에서 저택을 바라보는 람의 모습은 태연했다. 그 얼굴에서 스바루가 품는 나약한 갈등은 털끝만큼도 찾아볼 수 없다. 그런 부분이 정말 부러웠다.

"내 소시민적인 사고가 아무리 지나도 안 빠질 것 같은 게 나쁜가……."

"람의 10년과 바루스의 수개월. 충성심의 세월이 달라. 같은 무대에 서자는 생각 쪽이 주제넘지. ……그보다 각오는 됐어?"

"그건 나도 너한테 되묻고 싶은 질문이라고."

사고방식의 차이는 뒷전에 두고 눈앞의 각오를 캐묻는 람의 말에 스바루는 한쪽 눈을 감았다.

목적지인 로즈월 저택은 코앞. 이미 물러날 수 있는 상황이 아니다. 지난번과 달리 귀환 날짜를 이틀이나 앞당겼지만——.

"지금 상황에서 아무 일도 없어다오……."

분명히 말해서 이번 저택 귀환은 현 상황의 『사망귀환』에서 가장 빠른 패턴이다. 이보다 일찍 저택에 돌아올 방법은 묘소를 나온 직후에 앞뒤 안 가리고 달릴 수밖에 없다.

그때에도 파트라슈는 스바루에게 협력해 줄 것이다. 그러나 에밀리아와 로즈월, 다른 관계자의 이해는 얻을 수 없으리라. 물론 때를 맞추기 위해서 필요하다면 스바루는 망설임 없이 강행할 작정이지만.

"————."

자연히 생각에 잠긴 스바루의 손은 오른팔—— 손목에 감긴 하얀 손수건을 만지고 있었다. 그것은 여행의 안전을 기원하는 부적. 반드시 무사히 돌려주겠다고 페트라와 약속한 증표다.

"가령 프레데리카가 적일 경우, 언제 일을 일으킬 심산인지가 중요하지. 일단 어제도 마을에는 얼굴을 비쳤다고 하니까, 우리가 출발한 직후에 갑자기 뭔가 저질렀다는 가능성을 지운 건 큰데……."

"바루스."

"공격할까 도망칠까, 그 선택지도 부담스럽단 말이지. 이번은 람이 와 주었지만 전투가 된다면 언 발에 오줌 누는 꼴……. 엘자 상대라면 꽁무니 빼고 도망치는 게 완전 정답이고. 그리되면 아직 피난 못한 베아코 녀석이 애로사항으로……."

"바루스."

"뭔데? 지금 필사적으로 생각을 정리 중이라고. 알잖아? 여기서 충분하고 불충분하고가 나중에 엄청 영향 끼친단 말이야. 조금쯤 혼잣말이 많은 것도 못 본 척……."

"——그런데 그렇다면 고민은 저택에 들어가서 하는 편이 나을걸요?"

스바루는 소매를 당기는 람을 돌아보고 심사숙고의 중요성을 호소하려고 했다. 하지만 그 귓불에 키득키득 귀여운 웃음소리가 스친다. 스바루는 놀라서 문 쪽을 쳐다보았다.

닫힌 철문 건너편, 그곳에 미소 짓는 메이드 차림의 소녀가 서 있었다. 불그스름한 갈색머리에 머리를 장식하는 커다란 리본. 가련하게 웃는 얼굴은 숫제 천사가 나타난 것 같다.

소녀의 모습에 스바루는 무심결에 얼이 나가서──.

"페, 트라……냐."

"어서 오세요, 스바루 님. 생각보다 훨씬 빠른 귀가시네요."

"어, 어어, 다녀왔어……. 저기, 뭐냐. 마, 만나서 반가워."

놀라는 스바루 앞에서 소녀── 페트라는 치맛자락을 손끝으로 잡고 화사하게 인사했다. 스바루는 그 동작을 물끄러미 응시해 소녀가 무사함을 확인하고, 크게 숨을 내뱉었다.

"──?"

그런 스바루의 모습에 페트라는 이상하다는 듯 갸우뚱했다. 그러고 나서 "아." 하는 목소리를 흘리고, 허둥지둥 스바루로부터 뒤돌아서 자기 옷과 머리카락을 손으로 다듬었다. 그런 다음 "좋아." 하는 소리를 낸 다음 뒤돌아서 재차 깜찍하게 미소 지었다.

"왜 그래요? 스바루 님."

"으~! 아, 진짜! 너도 참 귀엽기도 하지!"

"와, 와앗?!"

스바루는 그런 귀여운 거동의 페트라를 충동적으로 껴안고 머리를 쓰다듬었다. 스스럼없고도 애정 어린 복잡한 손놀림에 페트라는 눈이 동그래져서 곤혹스러운 소리를 질렀다.

"어어, 뭐야?! 스, 스바루……. 아이, 창피하다니깐……!"

"제길, 넌 남의 마음도 모르고……. 정말로, 빌어먹을……."

"……스바루?"

뺨을 붉히며 부끄럼 타는 표정이던 소녀가 의아한 듯 눈썹을 모았다. 페트라는 스바루의 품에 쏙 들어간 채, 목소리를 낮추고 말하는 스바루를 걱정 어린 눈으로 바라보며 물었다.

"어디 아픈 거야……?"

불안해하는 소녀의 손끝이 떨리는 스바루의 뺨에 닿았다. 스바루는 그 가녀린 손가락을 살그머니 손바닥으로 잡으며 "아니야." 하고 고개를 가로저었다.

코로 숨을 빨아들였다가 한 번 멈추었다. 그러고 나서 천천히 소녀와 시선을 맞추며 대답했다.

"정말, 마음속 깊이 안심했을 뿐이야. ──다녀왔어, 페트라."

7

"──분명히 말해서, 마음에 안 드는 상황이야."

"그거, 오늘 듣는 거 두 번째로군."

"그래. 비꼬는 말인걸. 까맣게 잊혀서 어쩔 줄 몰라 하던 람의 귀여운 비꼬는 말."

람의 비아냥에 따끔따끔 찔린 것은 페트라와의 재회 직후였다.

소녀가 무사한 것을 보고 감동한 스바루는 무심결에 감격했지만, 그동안 방치된 람의 말 없는 분노는 뿌리 깊었다. 스바루는 고개를 조아리고 사과하면서 항변했다.

"너도 알면서 왜 그래. 걱정했었단 말이야. 무사해서 안도했을 뿐이잖아."

"엉큼해."

"이렇게 조그만 애한테 그런 발상이 나오는 네가 더 엉큼하거든!!"

자기 팔꿈치를 껴안은 람의 "핫." 하고 콧방귀 뀌는 태도에 스바루의 맥이 탁 풀렸다. 하지만 두 사람의 대화를 보던 페트라가 쭈뼛쭈뼛 람 쪽으로 걸어갔다.

그리고 머리의 커다란 리본을 살랑이며 살짝 긴장한 표정으로 말을 건넸다.

"으음, 저, 람 언니죠? 이렇게 정식으로 말씀드리는 건 처음이라……. 저택에서 주인어른을 모시게 된 페트라입니다. 잘 부탁드려요."

"어머, 오늘은 라무찌라고 안 부르는구나."

람이 눈썹을 치켜세우고 2개월 전에 마을 아이들에게 침투한 호칭에 야유를 던졌다. 그 대답에 페트라가 얼굴을 붉히며 "그, 그때는……." 하고 창피한 내색으로 말을 머뭇거렸다.

"아직 어렸어요. 하지만 앞으로는 다를 거예요. 그런 저를 봐주세요."

"……바루스와 달리 분별이 있나 봐. 좋아. 합격시켜 줄게."

"너, 뭐라도 되냐?"

"참고로 바루스는 불합격이야. 저택의 문턱은 못 넘어."

"돌아온 의미가 없어진다!"

평소 같은 스바루와 람의 모습을 보고 긴장했던 페트라의 표정이 자연히 풀어졌다. 변함없이 람의 배려는 알기 어렵다. 페트라를 보고 스바루는 그렇게 생각했다.

아무튼 그 사실은 언급하지 않고 스바루는 저택 쪽으로 눈길을 돌리며 물었다.

"아, 그래서 페트라? 우리가 없는 동안, 별 일은 없었고?"

"우, 그건 내가 묻고 싶은 말인데. 왜 스바루와 람 언니 둘이서만 돌아온 거야? 에밀리아 님이랑 시끄러운 오빠는?"

"에밀리아땅은 중요한 볼일 중. 오토는…… 오토는 뭐 했지?"

"알지도 못하고, 관심도 없어."

람은 싹뚝 잘라내지만 오토의 세세한 활동 내용은 스바루에게도 불명확했다. 아마도 『성역』 안에서 피난한 마을 사람과 동행하던 행상인 등과 접촉하고 있을 터였다.

그 외에 오토에게 맡긴 일 같은 건 딱히 없지만——.

"일단 에밀리아땅의 마음에 안정을 주도록 이바지하기를 기대하지만, 오래 버티진 못할 것 같군."

"그렇겠지. 내구력이 낮아 보이는 얼굴이었으니 아마 금세 망가질 거야."

"샌드백 쪽 의미로 두고 온 건 아니거든?!"

애당초 에밀리아도 울분을 뭔가에 발산해서 풀 성격이 아니다. 그만큼 단순했더라면 낙담한 그녀를 위로할 수단도 쉽게 떠오를 텐데.

그런 스바루와 람의 대답에 페트라는 "흐—응." 하고 일단 수긍했다. 따라서 이번엔 질문권이 스바루에게 넘어가. 조금 전 했던 질문을 반복했다.

"그래서, 설욕전이다. 집을 비운 동안 별일은 없었고? 특히 프레데리카에게."

"프레데리카 언니? 언니는 자상하고 가르쳐 줄 때도 꼼꼼해서 이상한 점은 전혀……. 이따금 걱정스럽게 밖을 바라보는 정도려나."

"밖을?"

"아유! 스바루랑 에밀리아 님을 걱정해서 그렇지! 그 정도야 이해해 주고 그래."

벽창호라는 듯한 꾸지람에 스바루는 풀이 죽었다.

방금 페트라가 한 말로 알 수 있는 건 페트라와 프레데리카의 사이는 매우 양호하며, 프레데리카가 눈에 띄는 형태로 수상한 행동은 하지 않는다는 사실. 그리고 언뜻 보이는 상황으로선, 스바루가 어처구니없이 배은망덕하며 이대로는 페트라에게 미움을 받는다는 사실이다.

"특히 후반이 문제로군……. 내 은밀한 위안거리가 없어지는 건 매우 난처해."

"바루스의 헛소리는 됐다 치고, 페트라? 프레데리카는 지금 어디지?"

"프레데리카 언니는 숲의 결계를 둘러보러 갔어요. 마을 사람들이 돌아올 때까지 결계에 틈이 없나 둘러보는 것도 책임이라고. 돌아오는 건 좀 더 있어야 할 것 같은데요."

"그래. 때가 좋은 건지 안 좋은 건지…… 바루스, 어떡할래?"

프레데리카의 부재를 알고 람이 스바루에게 물어보았다. 그 짧은 말 속에 람의 '물러설래? 공격할래?'라고 묻는 선택지가 담겨 있었다.

적어도 현시점에서 페트라를 아람 마을로 피난시켜두면 만약 프레데리카가 강경 수단으로 나섰더라도 휘말리지 않고 끝난다.

그러나——.

"——상대가, 어떻게 나올지 보고 싶어. 나랑 너는, 그동안에 렘이 있는 곳에 가고."

"……렘."

상황 증거는 프레데리카가 반기를 들었음을 가리키지만, 대화하기 전까지 진의는 알 수 없다. 그 점에 희망을 품는 스바루의 선택과 대체된 선택지에 람은 생각에 잠기듯 고개 숙였다.

——렘의 존재와, 람과의 관계. 그것은 오는 중에 시간이 허용하는 대로 람에게 전달했다.

그건 도저히 다 설명할 수 있는 말이 아니었다. 하지만 두 사람이 자매였다는 사실, 그런 반신과도 같은 존재의 기억을 잃은 원인 등, 전해야 할 사정은 모조리 전했다.

"————."

그 잊힌 여동생과의 재회다. 천하의 람도 평정을 지킬 수 없는지 뺨은 굳고 연홍빛 눈에는 우려가 차올라 있었다. 스바루가 그 얼굴을 옆에서 들여다보았다.

"……왜?"

"긴장한 것 같아서."

"긴장하지는……."

"아니, 긴장 좀 하라고. 해야 한다 싶고, 해 줬으면 싶어."

생이별한 자매의 감동적인 대면——이 될 수는 없다.

렘은 잠에서 깨지 않고, 람에게는 정말로 짚이는 곳도 없는 재회가 되는 것이다. 그럼에도 둘 사이를 아는 유일한 사람으로서 스바루는 최소한이나마 빌고 싶다.

최소한 이 재회가, 람의 마음에 아주 약간이나마 아릿한 아픔을 주었으면 좋겠다고.

"페트라."

"응……이 아니라, 네. 렘 언니는 같은 방에 계세요."

스바루의 부름에 눈치가 빠른 페트라가 "이쪽입니다." 하고 안내를 시작했다. 그 조그만 등을 따라 스바루와 람은 며칠 만에 들른 로즈월 저택으로 발을 들였다.

가는 방향은 동관의 2층. 렘이 개인적으로 쓰던 방이다. 프레데리카와 페트라의 정성 어린 작업이 엿보이는 저택 안을 나아가다가 곧 세 사람은 목적지인 방 앞에 도착했다.

"저, 하던 서관 청소를 마치고 올게요. 무슨 일 있으면 불러 주세요."

눈치 없는 짓은 하고 싶지 않다는 듯이 커티시 동작으로 인사한 페트라가 그 자리에서 물러났다. 스바루는 유능한 신출내기 메이드가 떠나는 모습을 지켜보다가, 문을 응시하고 있는 람을 돌아보고 어깨를 으쓱였다.

"——바르게 자란 아이야. 로즈월 님을 모시기에 어울리는 인재인걸."

"단순한 마을 소녀의 스테이터스가 아니란 건 같은 의견이다. ……그래서, 마음의 준비는?"

"언제든지? 바루스하곤 다르거든."

새침한 표정으로 내뱉은 람의 대답에 스바루는 쓴웃음 짓고 천천히 문고리를 잡았다. 망설임이 있던 건 한순간뿐. 문이 삐걱거리는 소리와 함께 바깥쪽으로 열리기 시작했다.

그리고 활짝 열린 방 안에——.

"————."

정리된 침대 위에 조용히 잠자고 있는 파란 머리 소녀가 있다.

그 모습은 마지막으로 봤을 때의 기억과 변함이 없어서 마치 방의 시간이 멈춰버린 것처럼 느껴졌다. 그러나 희미하게 오르락내리락하는 가슴과 아주 미미한 호흡만이 그녀의 생명이 부지되고 있다는, 자그마한 증거.

"——렘."

그 이름을 입에 담은 스바루의, 짧은 단어에 담긴 감정의 소용돌이를 누가 알 수 있으랴. 세상에서 단 한 명에게만 보내는, 그치지 않는 감정의 거친 물결.

굳세게, 자신의 마음을 강철로 만들고 어떤 난관에도 흔들림 없이 맞서겠다고 결심했었다.

──그 각오와 결의가, 잠든 렘의 얼굴 앞에서는 쉽사리 깨져 나가고 만다.

"……무사히, 있어주었구나."

『잠자는 공주』. 그렇게 진단을 받은 상태를 무사하다고 부르는 것에는 저항감이 있다.

그래도 떠났을 때와 변함없는 모습으로 있어 준 건 스바루의 마음에 분명한 안도를 선사했다. 돌이킬 수 없는 일은 아니라고, 그렇게 말한 느낌이 들어서.

──돌이키는 것을 포기하지 말라고, 말해 준 느낌이 들어서.

"─────."

안도치고는 뜨겁고, 결의치고는 무르다. 그런 스바루의 속내와는 또 별개로 람 또한 침대에서 잠자는 렘을 응시하며 말을 잃었다.

얼결에 반 발짝 앞으로 나선 람의 표정은, 스바루 쪽에서 보이지 않지만──.

"──바루스."

"……뭐야."

"잠시만, 둘이 있게 해 줄 수 있어?"

"──음."

지시하는 투도 아니고, 단정적인 투도 아닌, 람의 순수한 부탁이다.

거스를 이유도 없어 스바루는 그 청에 고개를 끄덕이고, 아주 잠시만 렘의 잠든 얼굴에 미련을 남기면서도 방에 자매만을 남기고 살그머니 퇴장했다.

뒤돌아보면서 벽에 등을 기대고 깊이 한숨지었다.

"일단…… 일단은, 말이지."

렘이 무사하고, 페트라가 무사한 것은 확인됐다.

최악의 케이스, 『성역』을 출발한 시점에서 이미 늦었다는 속수무책의 장기판은 아니라고 확인됐다. 남은 것은 맞은편에 앉아 있는 기사(棋師)의, 다음 묘수를 가늠해야만 한다.

그러기 위해서도——.

"——이른 귀가시군요, 스바루 님. 놀랐답니다."

"……별로, 안 놀란 얼굴로 보이는데."

"얼굴 말씀은 하지 말아 주시어요. 저, 신경 쓰고 있거든요."

상대의 농담 같은 말투에 스바루도 입 끝을 실룩이며 마주 웃었다. 빈말로도 좋은 표정이라고는 말 못할 웃음을 받은 상대는 스바루 등 뒤의 문에 눈길을 던졌다.

"안에서, 렘과 만나고 계셨던가요?"

"어. 고작 이틀 만에 일일여삼추 같은 기분이더군. ……지금은, 자매 대면 중."

"——자매. 그렇군요. 저 애는…… 람은, 복잡하겠어요."

그렇게 말하고 문 너머로 방 안을 생각하는 여성의 눈에는 걱정이 서려 있었다. 그 모습은 진심에서 우러나온 우려로 느껴져서 스바루는 상황 증거와의 불일치에 더욱더 위화감이 들었다.

다짜고짜 공격해 오지 않는 것도, 렘과 페트라를 인질로 잡지 않는 것도, 더 말하자면 이렇게 선선히 마주하는 것도, 모든 것이 전제와 모순된 것 같아서.

"잠시만 더 둘만 두는 편이 좋겠어요. 스바루 님, 응접실 쪽에서 차를 타 놓겠습니다. 쌓인 이야기는 그쪽에서 풀도록 해요."

"그래. 사실은 람을 데리고 가지 않는 건 앞뒤가 안 맞는 짓이겠지만……."

무슨 일이 생겼을 때를 대비해 데려온 람을, 그런 국면에 대동하지 않는다. 참으로 자살 행위 같지만, 스바루는 이중적인 의미로 이를 부정했다.

그런 일은 발생하지 않는다. 그리고 중요한 시간을 훼방 놓는 멍청이가 되고 싶지도 않다.

"그러니 기대를 배신하지 말아주라고. 믿는다, 프레데리카."

"하오시면 기대에 응답할 수 있게끔, 저도 노력하겠습니다. ——그것이 메이드의 소임임을 명심하고 있는걸요."

그렇게 대답한 여성—— 프레데리카는 날카로운 이를 손으로 가리고 스바루에게 다정하게 미소 지었다.

8

"에밀리아 님께서 같이 계시지 않는다는 건, 아직 『시련』은 끝나지 않은 거군요."

렘의 침실에서 이동한 두 사람은 응접실 소파에 앉아 있었다.

둘 사이에는 테이블과 갓 탄 홍차의 찻잔이 있다. 찻잔을 다 내려놓은 프레데리카의 첫마디에 스바루는 피어오르는 김을 바라보며 "맞아." 하고 수긍했다.

"그렇게 사정은 잘 안다고 말해 주면 나야 고맙지. 다 알면서 꼬치꼬치 얼버무리는 놈과 얘기한 직후라면 특히 더 그래."

"그 말씀을 들으니 로즈월 님이 떠오르는군요."

"그렇겠지. 중상 입고서도 화장은 안 빼먹더라. 그건 골수까지 괴팍한 인간이야."

빈정거리는 스바루의 대답에 프레데리카는 "어머." 하고 즐겁게 받아들였다. 그러한 가벼운 잽을 끼워 넣으며 스바루는 살짝 앞으로 몸을 기울이고 본론으로 치고 들어갔다.

"──『성역』에 『시련』, 너는 우리를 보낼 때 의도적으로 정보를 감추셨던데…… 서약이랬던가? 그건 지금도 그래?"

프레데리카는 스바루 일행에게 『성역』의 장소를 가르쳐 주었다. 그러나 '얘기할 수 없다'며 알고 있었을 사실을 스바루 일행에게 여럿 감추었다.

그 이유를 프레데리카는 『서약』이 있기 때문이라고 완고하게 주장했었다.

그 굴레는 지금도 있는가. 그렇게 캐묻는 스바루의 말에 프레데리카는 고개를 가로저었다.

"안타깝습니다만 기대에는 부응해드릴 수 없답니다. 서약은 여전히 유효……. 본디 서약이란 계약이나 맹약과 다르게 강제력은 없어요. 단지 제 결심일 뿐인걸요."

"강제력이 없다면 더더욱 숙여 줄 수 없을까? 그게 네 신의에 반한다고 해도, 우리 쪽에도 사정이 있는 건 알잖아?"

"——10년하고, 7개월 13일."

스바루의 호소에 프레데리카는 갑자기 읊조렸다. 귀에 들린 세월에 짚이는 곳은 없다. 그 사실에 스바루가 곤혹감을 느끼고 있을 때, 프레데리카는 홍차 잔을 살며시 입가로 옮기고 말했다.

"제가 『성역』을 나와 주인어른을 모신 세월이랍니다. 그건 동시에 서약이 시작된 때이기도 하고요. ……스바루 님께서는 저더러 그 세월을 깨버리라는 말씀이신가요?"

"……시간 얘기는 람한테도 들은 직후인데 말이다."

차분한 말투에 스바루는 머리를 긁다가 한 번 깊이 호흡을 하고 나서 말을 이었다.

"——경우에 따라선, 그래. 쏟은 시간과 쌓은 마음은 존중하고 싶어. 하지만 그게 중요한 뭔가를 방해한다면, 깨버려야 마땅하다는 게 내 생각이야."

"쉽게도 말씀하시어요."

"탐탁잖은 얼굴로 깨버리는 건 안 말려. 깬다는 것만 동의해 주면 돼."

유리잔을 던져 깨트리는 제스처를 취하자 프레데리카의 비취색 눈이 가늘어졌다. 서로 양보하지 않는 자세. 이는 교섭이라고는 부를 수 없는 의견의 힘겨루기다. 이것이 변변한 결과를 낳지 못하는 건 스바루도 알고 있다. 다른 방향으로 공격하기로 한다.

"……네가 고집스러운 건 알았어. 그럼 다른 얘기를 하지. 프레데리카, 이걸 봐 줘."

"스바루 님?"

스바루는 품속에 손을 넣어 맡은 물건을 프레데리카에게 내밀었다. 파랗게 빛나는 휘석. 그 광채에 프레데리카는 의아한 표정이다가 곧 알아챘다.

"그건, 제가 드린 휘석……. 아니, 다른 물건? 목걸이에…… 어?"

"생긴 건 똑같아도 다른 물건 맞아. 손에 들고 확인해 줘."

눈을 깜박이던 프레데리카가 떨리는 손으로 목걸이를 받아들었다. 그녀는 자신의 손바닥에 있는 휘석을 응시하며 그 감촉을 거듭거듭 확인하다가 말했다.

"이건, 가프의 돌……이에요?"

"그래. 그 가프의 돌이다. 출발할 때에 그 녀석에게…… 뭐, 람이 받은 거지만."

그걸 람의 손이 아니라 스바루가 프레데리카에게 건네는 건 가필도 본의가 아닐 것이다. 이 사실은 결코 말 못하겠다고 스바루는 굳게 결심했다.

"어쨌든, 그 가프란 호칭은 친밀한 녀석이 부르는 거겠지. 람도 그렇고, 류즈 씨도 그렇고…… 프레데리카 역시 그렇고. 왠지 모르게 둘의 관계는 상상 가지만."

"……가프에게 들으신 건 아니로군요."

"혈연인 거야 얼굴 보면 알지. 그래서 내 예상으론 프레데리

카가 누나 같아. 어디까지나 속성상 그렇다는 토씨가 달리는,
내 어림짐작이지만."

"그, 속성이라는 말씀이 뭘 뜻하는지는 모르겠습니다만 정답
이어요. 저는 가프의…… 가필의 친누나임이 틀림없답니다."

흐릿하게 미소 지으며 프레데리카는 가볍게 손끝으로 자신의
눈꼬리를 만졌다. 눈물방울을 손가락으로 훔치는 동작에 스바
루는 봐서는 안 될 것을 본 느낌이 들어 눈을 피했다.

"어머나, 스바루 님께선 의외로 겁이 많으시군요."

"여자애가 우는 건 남자라면 누구나 쥐약이잖아. 손수건. 빨
아 놓은 거다."

"페트라에게 받은 것과는 다른 손수건……. 뜻밖에 신사적이
시어요."

손수건을 들고 다니는 습관은 친가에 있었을 적부터 붙은 것
이다. 습관을 붙여 준 어머니에게 감사하면서 스바루는 손수건
을 받아드는 프레데리카의 놀리는 말에 볼을 붉혔다.

미묘하게 대화의 주축이 어긋나고 있다. 그녀의 의도에 놀아
나는 건 사양이다.

"아무튼! 그 목걸로 뭔가 크게 변한다는 기대는 안 해. 어디
까지나 대화의 물꼬를 트기 위한 거야. 자못 중요한, 본론으로
들어가기 위한."

"중요한 본론, 말인가요?"

"그래, 본론이지. ──뭘 위해서 『성역』으로 전이하는 함정
을 깔았느냐는."

──그 화제를 정면으로 내놓는 건 스바루에게 큰 도박이었다.

『성역』에 방문할 때에 발생한 전이. 그 원인은 프레데리카에게 받은 휘석이며, 다시 말해 에밀리아에게 뭔가 하려고 했다는 증거다. 『성역』을 아는 그녀라면 결계에 접촉한 에밀리아가 의식을 잃는다는 것도 알고 있었을 터.

의식이 없는 에밀리아를 전이시켜 무엇을 꾸몄던가. ──그 점에 직접 치고 들어간다.

"대답해 줘, 프레데리카. 아니면 이것도 서약 때문에 얘기 못 한다는 거야?"

"───."

"가령 그렇다고 쳐도 이건 묵비권을 용납 못해. 얘기해 줘야겠다. 반드시."

말을 마친 직후, 입안이 급속히 메마르는 것을 느꼈다.

긴박감에 심장 박동이 빨라진다. 스바루는 눈앞에 있는 프레데리카의 일거수일투족에 집중했다.

람이 없는 곳에서 핵심에 파고드는 위험성은 이해한다. 하지만 스바루의 존재를 경시해 얕보는 존재는 많다. 그 점이 조금이나마 정보를 끌어내는 걸로 이어진다면──.

"──스바루 님."

프레데리카는 대승부에 긴장하는 스바루를 응시하며 짧게 그 이름을 불렀다.

그 말에 스바루는 시선을 곤두세우는 반응으로만 답했다.

스바루의 검은 눈과 프레데리카의 비취색 시선. 이것이 정면으로 충돌하고━━.

"……전이라니, 뭘 말씀하시는 거지요?"

"━━. ━━. ━━━. 엉?"

물음표를 띄운 듯한 프레데리카의 대답에 멍해진 스바루의 턱이 툭 떨어졌다.

"그, 그런 눈으로 보시어도……. 알지 못하는 사정에 대답해 드릴 수는 없어요."

"잠깐잠깐잠깐, 안 속는다! 네가 아무것도 몰랐다면 전제가 홀랑 뒤집혀! 너, 『성역』의 보수파거나 정체파거나, 그쪽에 협력하고 있을 거잖아?!"

"보수? 정체? 대관절, 무슨 말씀이신지…… 처음부터 설명을 해 주셔야."

"내가 너한테 처음부터 『성역』 사정을?!"

몰이해로 일관하는 프레데리카의 모습은 스바루에게 완전 청천벽력이었다.

애당초 이 대화의 목적은 프레데리카로부터 『성역』의 알려지지 않은 속사정을 캐내는 데에 있었다. 그런데 이래서는 입장이 뒤죽박죽이다.

"여, 연기거나 허세……는, 아닌 거야?"

"━━━."

매달리는 스바루를 바라보며 프레데리카는 가엾다는 눈치로 고개를 가로저었다.

그 몸짓에 이번에야말로 스바루의 밑바닥이 붕괴했다. 물론 프레데리카의 주장을 전적으로 믿는 건 아니다. 그런 건 아니지만, 거짓말하는 표정으로는 보이지 않는다.

"──람을 빼놓고 프레데리카와 일대일 대면, 바루스는 목숨이 필요 없나 봐."

그런 한마디와 함께 응접실의 문이 호쾌하게 벌컥 열렸다.

나타난 사람은 거만하게 팔짱을 낀 람이었다. 그녀는 아연실색한 스바루를 보고 작게 한숨지었다.

"그런 끝에 억측한 건 헛다리. 너무 딱해서 도저히 못 보겠어."

"아아, 미안해……. 엉, 가만! 헛다리 억측이라니 처음에『성역』의 정체파 얘기하고 프레데리카가 협력하고 있을지도 모른다고 말한 건 너잖아?!"

"가능성은 가능성이지. 말꼬투리 잡는 것에 열중하기보다 더 건설적인 얘기나 해."

"수긍을 못하겠다!!"

람은 얼렁뚱땅 막무가내로 넘어가는 바람에 머리를 부둥켜안는 스바루를 거들떠보지도 않았다. 그녀는 당당히 스바루 옆에 앉아서 손도 대지 않은 홍차에 입을 대었다.

"……아무래도 나가 있는 동안에 차 타는 실력이 늘지는 않은 모양이야."

"어쩜, 잘하는 건 차를 타는 것뿐인데. 애교도 없는 아이군요."

"애교 같은 거 필요도 없어. 람은 충분하고도 남게 귀여운걸. 더 나가면 세상이 위험해."

"세상에 한마디도 안 지는 거 봐요! 참…… 당신다워요."

이를 드러내며 고함치는 프레데리카. 그러나 말끝에 부드러운 기색이 감돌았다. 람 또한 평소와 다름없는 새침한 얼굴에 약간이나마 친애가 담겨있었다.

오래 알고 지낸 동료. 혹은 소꿉친구나 친구에 가까운 관계. 그 사실이 전해졌다.

"그렇게 오래 나가 있었던 건 아닌데, 건강했고요?"

"응. 람은 항상……이라고, 아무래도 오늘은 함부로 말 못하겠네."

"……렘과는, 이제 충분히?"

묻기 힘든 말일 텐데도 프레데리카는 소리를 죽이며 물었다. 하지만 그 대답은 스바루도 궁금한 것이었다. 그런 둘의 시선에 람은 살짝 고개 숙이고 대답했다.

"이상하기도 하지. 바루스에게 말은 들었고, 얼굴을 보면 람이랑 판박이. 이마를 만져 보면 동족의 피가 흐르는 것도 알 수 있는데……."

"_____."

"그 애의 존재만이, 람의 안에서 공백인 채 뻥 뚫려있으니까."

그건 감정을 억누르며 평소와 다름없는 자기 자신을 유지하려고 애쓰는 음성이었으리라.

──따라서 두드러진다. 람이 품고 있는 쓸쓸함과 후회, 그 감정이 서글프도록 목소리를 떨리게 했다.

람에게 잘못은 없다. 물론 렘에게도 없다. 모든 것은 렘의 존재를 잡아먹어 세상에서 뜯어낸 모독자의 죄다. 만약 그 모독자 외에 죄인이 있다고 친다면——.

"——미안하다."

"——왜 바루스가 사과해?"

"이런, 이런 모양새로 렘과 널 만나게 하고 싶진 않았어. 하지만……."

스바루가 모자랐다. 치명적으로, 미련하고, 모자라서.

그렇기에 이런 모양새로 자매를 재회하게 할 수밖에 없어서.

그 결과로 람이 상처 입었다면, 그것은 틀림없이 스바루의 죄로써——.

"그러니, 미안해. 사과해도 용서 받지아햐아햐아햐아?!"

"칙칙한 표정은 그만둬. 안 그래도 못난 남자가 더 못나지잖아. 이미 늦지만."

사죄하는 도중 손을 뻗은 람이 인정사정없이 뺨을 꼬집었다. 너무나 아픈 나머지 비명을 지른 스바루를 람은 "핫." 하고 코웃음과 함께 놓아주었다.

"바루스 주제에, 맘대로 람과 렘에게 큰 존재인 척하지 마."

"나는, 실제로……."

"바루스의 죄책감에는 관심 없어. 적어도 바루스의 행동에 람은 아무 생각도 없다고. 맘대로 비극에 취하지 마. 람과 동생을 우습게 보지 마."

손가락이 스바루의 이마를 찔렀다. 실로 람다운 말투에 스바루는 입을 뻐끔거렸다.

"……기, 기억도 못하면서 대뜸 렘의 언니 행세냐."

"이상한 노릇이지. 기억에는 없는데 그 입장이 와닿더라. 아무래도 람은 어지간히 동생에게 존경과 사랑을 받는 언니였나봐. 당연하지만."

"그 사고방식, 진짜로 언니분 맞네!"

렘의 존재가 누락되어도 람의 당당한 위세는 그늘 하나 없다. 그 모습이 기쁜 건지 서운한 건지 복잡한 심정이다. 그럼에도 스바루는 람의 고결함에 감복했다.

"네, 네. 두 분의 사이는 저도 자─알 알았답니다."

두 사람의 대화에 개입한 프레데리카는 람에게 새 차를 내밀고 말을 이었다.

"변함없는 람을 저도 기쁘게 여겨요. ……그런데, 본론은 별개인 것이지요?"

"그러네. 바루스 탓에 엇나간 이야기를 되돌리자. ──전이 문제야."

"방금 스바루 님께서도 말씀하셨지요."

느슨해지려던 분위기가 람이 입에 담은 단어로 팽팽해졌다. 심각한 표정의 프레데리카를 본 스바루는 그녀가 가진 파란 휘석을 손가락으로 가리켰다.

"자세히 얘기하자면 말이야. 네가 에밀리아에게 준 휘석, 그게 결계에 반응해서 용차에 전이 마법이 발생했어. 정성스럽게도 묘소 근처로 날려 보내는 게."

"묘소로 전이……?! 그, 그래서, 에밀리아 님께선 무사하셨나요?"

"다행히, 바루스의 비교적 존귀한 희생 덕분에 말이야."

"……즉, 내가 에밀리아의 칼받이가 된 거야. 뭐, 팔팔하게 살아 있지만."

람의 혜살을 받으며 스바루는 그 자리에서 가볍게 뛰어 건재함을 어필. 그 모습에 프레데리카는 입을 손으로 가리는 것도 잊고 진지하게 놀란 표정을 짓고 있었다.

이래서는 결국 프레데리카는 휘석과 전이의 관계를 몰랐던 셈이 된다.

"근데, 그렇다면 그 휘석은 무엇 때문에 준 건데? 로즈월 얘기로는, 『성역』에 가는 데에 필요한 건 올바른 길 순서. 자격이나 도구의 유무가 아니지."

"그건……."

"'그건 서약 때문에 얘기 못한답니다' 야? 그렇다면 어리석어, 프레데리카."

머뭇대는 프레데리카를 앞질러서 람이 지나치게 식은 열량의 말을 던졌다. 그 냉담한 말에 프레데리카는 얼굴을 굳혔다. 하지만 곧장 그녀는 끄덕였다.

"──그 말이, 맞아요. 제 입으로 말씀드릴 수는 없어요."

"끝까지 어리석구나. ──하지만 그거야말로 말이 안 되지."

"야, 이봐! 기다려, 람!"

완고하게 양보하지 않는 프레데리카의 대답. 그 말을 들은 람의 반응에 스바루는 당황했다.

왜냐하면 일어난 람의 손은 지팡이를 잡고 있었기 때문이다.

가늘고 짧은, 목제로 보이는 그 지팡이는 람이 마법을 행사할 때에 애용하는 그녀의 무장이다.

"성급하게 굴지 마! 나긋나긋 대화해 놓고서 갑자기…… 정신 나갔냐!"

"바루스야말로 느긋하셔. 프레데리카는 질문에 대답하려는 마음이 없어. 배신할 뜻은 명백해."

"프레데리카는 멍청한 짓을 안 한다고! 네가 말했었잖아!"

용단. 그렇게 부르기에는 단념이 너무 빠르다. 실제로 프레데리카의 인간성을 가장 믿으며 옹호하던 사람은 다름 아닌 람이었을 텐데.

"그랬는데, 넌 어째서……."

"여기서 프레데리카를 구속하고 『성역』으로 연행할 거야. 그렇게 하면 프레데리카에게 이것저것 지시한 상대를 끌어낼 수 있어. 말보다 명확하고 손쉽지."

"그야 그럴지도 모르겠는데, 그렇게 잘 풀릴 리 없잖아……."

결박해서라도 사정을 실토 받겠다. 람의 강경한 자세는 그렇게 말하고 있다.

하지만 람이 그러한 수단으로 나서면 프레데리카도 당연히 저항할 터다. 그리되면 예상과는 다른 모양새지만 역시 바라지 않는 싸움이 나는 것은 피할 수 없다.

스바루 역시 묵비하는 자세의 프레데리카에게 응어리가 있기는 하지만——.

"그래도 칼부림은 피하고 싶다고! 프레데리카! 너도 입만 다물고……."

"저를『성역』으로 연행하겠다면, 저항은 안 하겠어요."

"거봐! 프레데리카도 저렇게 말하고…… 뭐?"

일촉즉발에 얼굴이 해쓱하던 스바루는 무슨 말을 들은 거냐고 멍해졌다. 그러나 그 얼이 나간 스바루에게 프레데리카는 태연히 자세를 바로잡으며 말했다.

"그러니까, 저는 람의 판단에 따르겠어요. 『성역』으로 연행하겠다면 그도 상관없습니다. 그걸로 두 분의 목적에 맞을지는 알 수 없겠습니다만."

"저, 저항 안 해……? 왜? 어떻게 된 노릇……?"

"눈치가 없구나."

곤혹감에 표정이 천변만화하는 스바루 옆에서 한숨지은 람이 지팡이로 프레데리카를 가리키고 말했다.

"프레데리카는, 자기 의지로 서약을 깰 수는 없어. 그러니 바루스가 힘으로 강요해서 어쩔 수 없었다. ……그런 변명이 필요한 거야."

"내가 힘으로 강요했다는 부분이 억지인 거야 어쨌든…… 그걸로 상관없는 거야?"

람과 프레데리카의 빙 둘러치는 협력 체제에 스바루는 휘둘리기만 할 뿐이다.

왜냐면 방금까지 프레데리카는 유난히 당당하게 『서약』에 대한 마음가짐이나, 깨지 않는 것은 신의의 문제라며 말하지 않았던가. 그런데도——.

"'억지로 시켰다'고 변명이 되면 어긴 게 되진 않는다…… 이 말? 솔직히 억지 해결책이 아니냐고, 내 마음속 야당이 투덜대고 있는데……."

"그럼 입 다물게 하지그래. 이게, 이 자리를 원만히 수습하는 최선책이야."

수긍이 안 간다. 하지만 스바루가 그렇게 투덜대는 말에는 아무런 의미도 없다. 람의 말마따나 셋의 합의는 이루어진 것이다. 다소의 불협화음에는 귀를 막으면 그만이다.

단지 그건 그렇다 치고 이 말만은 해두고 싶다.

"사전 약속도 안 했는데 너희 호흡 한 번 딱 맞네……."

"당연하지요.""10년 가깝게 알고 지냈는걸."

찰떡같은 호흡으로 대꾸가 나오는 바람에 스바루는 완전히 탄복했다.

그리고 탄복하는 김에 정리된 상황을 침착하게 정리했다.

우선, 프레데리카는 전이에 관여하지 않았다. 이 말은 그녀가 대 여배우가 아닌 한 진실일 것이다. 서약을 이유로 묵비하고 있는 사정도 『성역』에 가면 밝혀질 터다. 그러면 진영의 결속에 금이 가게 하려던 흑막── 그 정체도 폭로된다.

"전이에 관해선 감춘 데다가, 지시한 자신에 대해서는 비밀로 하게 시킨다. 이렇게 말하면 뭐한데 네가 약속한 상대는 성격 최악이군."

"그렇군요. ……아무리 저라도 이렇게까지 바보 취급 받아서는 기꺼이 지시에 따를 수는 없지요. 『황제는 입에 담은 허위와 같이 남을 떠안는다」라고 하는걸요."

"……뭐라고?"

"볼라키아 제국식의 표현이어요. 허위에 대한 그 나라의……
왜 그러시지요?"

"아니, 암것도. 피는 못 이기는구나 싶었을 뿐."

지론을 자랑스레 펼치던 프레데리카에게 스바루는 뜨뜻미지
근한 눈으로 그렇게만 대답했다. 의도한 대답과 살짝 달랐지만
원하던 답변은 얻었다. 그런 기분으로.

"어쨌든 프레데리카의 협력……. 비밀리에 협력하는 거지만,
그걸 얻을 수 있으면 큰 보탬이 돼. 덕분에 내 마음속에 있던 괜
한 의혹도 버릴 수 있을 것 같고."

"괜한 의혹?"

"아, 만약 프레데리카가 적하고 같은 편이었을 경우, 저택을
습격했을지도 모르는 커다란 재난 얘기."

그 『재난』에 관해 짚이는 곳이 없는 표정으로 프레데리카는
갸우뚱했다.

현재 재난, 곧 엘자의 존재는 『엘』자도 나오지 않았다. 눈앞
에 있는 프레데리카의 반응으로도 그 살육자와 그녀 사이에 연
결고리는 없다고 치부해도 될 것 같다.

그렇다면 시급히 저택을 벗어나 그 검은 옷의 살육자에 대한
대책을 짜야 한다.

덤벼드는 건 알고 있는 상황이다. 그 사실을 역이용해 전력을
집중해서 때려잡는다.

"그러기 위해서도 지금은 저택에서 얼른 후다닥 내빼고 싶어. 프레데리카는 연행, 페트라와는 외출. 그리고 렘과 거처를 알 수 없는 베아코를 거두면……."

일단 저택에 떨어질 위기에서 달아날 수 있다.

그런 광명이 보여서, 스바루는 어두운 길에 나아갈 지침을 얻은 느낌으로——.

"——어머나. 그렇게 야박한 말은 하지 말았으면 좋겠는데."

손가락을 꼽으며 해야 할 일을 세던 스바루의 고막을 요염한 목소리가 폭력적으로 어루만졌다.

순간, 비유 표현 없이 심장이 터져 나갈 듯한 아픔과 함께 펄떡 뛰고 스바루는 튕기듯이 응접실 입구를 돌아보았다. ——그곳에, 그림자가 서 있었다.

길게 땋아 내린 검은 머리. 선정적이고도 대담하게 하얀 살결을 드러낸 검은 옷. 들여다보면 홀릴 것만 같이 깊은 칠흑의 두 눈——. 검다, 검다, 검다. 시커먼 살의를 체현한 모습.

본 적이 있는 미모, 다시는 보고 싶지 않았던 마력적인 얼굴. 그것이 난데없이 광명을 검게 칠했다.

"자, 약속을 지켜 보자."

그렇게 말하고 『창자 사냥꾼』은 살육의 예감에 요염하게 붉은 혀로 입술을 축이고 있었다.

제2장 『소녀의 복음』

1

──그 순간, 스바루는 시간이 정지한 듯한 착각을 느꼈다.

꺼림칙한 감각이지만 이 착각에는 기억이 있다. 이것은 생명의 위기에 처했을 때, 뇌가 생존본능에 따라 본체를 살리려고 쥐어짜는 시간──. 불과 몇 초, 이때가 승부의 시간이다.

왜, 이곳에 엘자가 있는가. 그런 의문에 사고를 할애할 여유는 없다.

생각해야 할 것은 '왜' 가 아니라 어떻게 할 것인가. 냉정하게, 최대한, 사태를 파악한다.

응접실 입구에 흑의의 살육자. 한편으로 실내에는 소파에 앉아 있는 스바루와 프레데리카, 지팡이를 들고 우두커니 선 람──이지만, 그걸로 전원은 아니다.

"_____."

──페트라가, 있다.

방문을 열어젖힌 엘자 옆에 어린 페트라가 억지로 서 있다. 그 목에 칼날이 닿은 채로 동그란 눈에 굵은 눈물을 머금은 소녀가.

이해했다. 이곳까지 안내시킨 것이다. 억지로, 우는 것마저 금지당하며.

　지금 페트라의 마음속에는 방대한 공포가 휘몰아치고 있을 것이다. 생명을 위협 받으며 스바루 쪽으로 안내하도록 지시를 받아 『살려 줘』라고 미치도록 외치고 싶어서——.

　"……언니, 스바루."

　떨리는 목소리로, 페트라가 스바루 일행의 이름을 불렀다.

　그 목소리로 뭘 할 수 있을까. 안심하라고 끄덕이고, 울부짖어도 된다며 말해 주——.

　"——도망쳐!!"

　"————."

　순간, 『살려 줘』가 아니라 『도망쳐』라고 외친 페트라의 말에 세 사람의 사고는 하얗게 달아올랐다.

　——스바루는 이미 아는 위협에, 람은 살육자의 귀기에, 프레데리카는 소녀의 눈물에.

　"엘 후라——!!"

　가장 빠른 공격은 시위행위로 지팡이를 겨누던 람이 쏜 바람의 칼날이었다.

　집중된 마나가 보이지 않는 참격으로 변화해 여유 있게 서 있는 엘자를 토막 내고자 육박했다. 그 바람의 칼날은 물리적인 공격으로는 막을 수 없다. 그러나——.

　"시원한 바람인걸. 하지만 오늘 햇볕은 따사로우니 마음은 사양할게."

필살의 풍인(風刃)을, 상체를 휙 튼 엘자가 부드러운 동작으로 회피했다. 검은 그림자는 재차 이어진 연격까지 쉽사리 피했다. 마치 바람을 읽듯이── 아니다.

람의 풍인은 인질로 잡힌 페트라를 피하듯이 쏘고 있다. 엘자는 그 의도를 이용해 소녀와 바람의 사각으로 숨듯이 바람의 칼날을 피하고 있는 것이다.

"이 조그만 메이드 아가씨랑 같이 맞추려 들면 다를지도 모르겠지만."

"──공교롭게도 당가의 사용인은 상부상조, 그것이 모토랍니다!"

"어머."

뒤에서 페트라에게 뺨을 비비며 소녀의 가냘픈 목이 턱 막히게 하던 엘자가 눈썹을 치켜 올렸다. 그 몸통을 찢어발기듯 프레데리카는 두 팔을 휘둘러 격투전을 시도했다.

공격은 손가락을 구부린 호조(虎爪)라고 불리는 타격에 가깝다. 하지만 순수한 호조와 다른 점은 그 공격을 펼치는 프레데리카의 두 팔이 정말로 짐승의 발톱으로 변모했다는 것이었다.

가늘고 하얀 손가락이 강인한 맹수의 발톱으로 변하고 그녀의 두 팔은 살점을 찢어발기는 흉기로 변모한다. 거세게 삐걱거리는 소리를 연주하며 엘자의 쿠크리 나이프와 프레데리카의 짐승 발톱이 불똥을 튀겼다.

"부분 수화(獸化)……! 아인의 핏줄이구나! 멋져!"

"복잡한 마음이 드는 칭찬 고맙군요……. 이런 일도 할 수 있답니다! 페트라!"

예상 밖의 공방에 환희하는 엘자. 그 살육자 앞에서 프레데리카는 자세를 풀었다. 그 순간, 이름이 불린 페트라는 그 동그란 눈을 크게 떴다.

오도카니 선 소녀의 눈앞에 금빛 띠가 뻗었다. 그것은 프레데리카의 치마 속으로 이어진, 금빛 털에 덮인 가늘고 낭창한 짐승 꼬리였다.

"――우."

그 사실을 이해한 순간, 페트라는 꼬리에 뛰어들었다. 그 감촉에 프레데리카는 꼬리로 훌쩍 페트라를 잡아당겨 소녀를 안고 살육 범위를 이탈했다.

그 도약에 엘자는 벌어진 거리를 칼날로 메우려고 했으나, 그 행동은 람이 허락지 않았다.

"썰려버려!!"

인질을 빼앗겨 안전지대를 잃은 엘자를 바람이 에워쌌다. 구형으로 부풀어 오른 풍인은 도피할 길을 없애고 중심에 있는 사냥감을 향해 단숨에 수축. 바람이 휘몰아친다.

"――――."

필살의 타이밍이다. 선혈이 튀고 바람은 틀림없이 엘자를 잘게 썰었다. 하지만――.

"팔을……!"

"아아, 아파라, 아파……. 죽는 줄 알았어."

무참하게 갈라진 팔을 내민 엘자가 처참한 상처에서 뚝뚝 떨어지는 피를 슬쩍 핥아냈다.

끔찍한 상처지만 피해는 한쪽 팔뿐. 엘자는 팔을 방패 삼아 바람의 칼날에 뛰어들어서 그 피해를 최소한으로 죽인 것이다. 언뜻 무모한 선택으로 보였으나 그거야말로 최적의 해답──.

"부아 치미는 여자인걸."

"나는 당신이 마음에 들었어. 중간 크기의 메이드 아가씨."

내뱉는 람의 말에 엘자가 건재한 쪽 팔로 쿠크리 나이프를 빙글빙글 돌렸다. 둔탁하게 빛나는 나이프의 도신이 실내에 있는 엘자 외의 네 명을 저마다 비추어냈다.

"메이드가 대중소에 남자와 여자. 테이블에 올려 놓고 배 속을 비교해 줄게."

"꼬드기는 말이 가프보다 형편없는걸. 그러니까──바루스!"

"알고 있수다──!!"

페트라를 안은 프레데리카가 등 뒤에 착지. 그 순간에 터진 람의 신호에 스바루는 기다리던 오른팔을 엘자에게 들이댔다.

여태까지 관찰에 전념한 이유는 상황에 끼어들 힘이 없었기 때문이 아니다. 물론 그것도 이유에 포함되지만 가장 큰 이유는 그것과는 별개. 타이밍을 재고 있었던 것이다.

──엘자와 조우했을 때 쓰겠다고 결심했던 히든카드를 꺼낼 타이밍을.

"──샤마아아아아아크!!"

무장 없음. 요격 수단 없음. 준비 부족에 각오 부족. 예상을 너무나도 벗어나는 조우다.

그러나 몇 없는 카드 중에 있는 최선을 다한다. 자기 내면에 있는 불완전한 마력의 화로에 불을 붙여 피의 순환에 열이 들어왔다.『쓰지 마』라고 충고한 페리스의 목소리도 뇌리에 스쳤다.

그 말을 어금니로 깨물어 부순 순간, 오른쪽 손바닥에서 검은 아지랑이가 폭발적으로 넘쳐 나왔다.

빛의 음영보다도 짙은 칠흑은 표적인 흑의의 여자를 통째로 집어삼켰다. 그것은 내면에 삼킨 존재에 몰이해를 강제해 사고력과 행동력을 모조리 앗아가는 마의 힘이다.

"어떠냐……! 몰이해의 벽, 넘을 수 있다면……."

노린 대로 마법이 전개되어 스바루가 큰소리를 친 직후——그것이 찾아들었다.

"——끄, 익?! 꺼어어억!!"

두개골과 몸통 한복판. 뭔가가 끊어지는 소리와 함께 견디기 어려운 격통이 폭발했다.

지나친 고통에 사고가 터져 나가고 절규하는 스바루의 시야가 적색과 백색으로 번갈아가며 물들었다. 불완전한 게이트가 마나를 쥐어짜 영혼이 말라붙을 듯한 상실감과 권태감이 와락 밀어닥쳤다.

시야가 아찔하고 무릎에서 힘이 빠졌다. 그대로 의식까지 현실을 놓으려다가——.

"스바루——!"

어둠에 추락하기 직전에 닿은 목소리와 손바닥의 감촉에 의식을 부지했다.

명멸하는 시야. 바로 정면에 울먹이는 페트라의 얼굴이 있다. 소녀의 목소리에 마음이 불타오른다.

꺾여 있을 겨를이라곤 없다. 신경이 끊기며 영혼이 갈리는 고통을 한순간이나마 망각. 그『오기』의 효과가 지속되는 사이에, 스바루는 쥐고 있던 손을 고쳐 쥐었다.

"——물러나겠어!"

"잠시, 난폭하게 굴겠어요!" "히약, 어, 언니……?!"

재빠르게 퇴각 판단을 내리는 람의 말에 프레데리카도 망설임 없이 페트라를 옆구리에 끼었다. 그리고 남은 팔로 그녀는 휘청거리는 스바루까지 가슴에 끌어안았다. 부드러운 감촉.

"아, 안전한 순간에, 만끽하고 싶었는데 말이야……!"

"평시라면 건드리게 하지도 않아요! 아무튼, 창문으로——."

통증에 신음하는 스바루의 너스레에 매정하게 응수한 프레데리카가 방 안쪽으로. 그곳에서 창문을 깨트리면 저택 앞뜰로 뛰어내릴 수 있다. 샤마크가 시야를 가로막는 유예도 길지는 않다. 지금은 즉단, 즉결, 즉행이 요구되며——.

"——으?"

프레데리카에 매달린 스바루는 뭔가 가벼운 충격이 등에 닿은 것을 알아차렸다.

오른쪽 어깨, 견갑골 주변에 위화감. 호흡을 헐떡이며 목을 틀어서 어깨를 확인했다. 그곳에, 마치 꼬챙이 같은 것이 박혀 있었다. 그것은 방금 막 맞은 직후라는 증거로, 홀쭉한 본체의 꼬리 부분이 파르르 떨고 있는데.

——그런 것이 무수하게, 검은 아지랑이를 넘어 일제히 날아오고 있다.

"——프레데리카아!!"

소리친다. 제때 맞추지 못한다.

날카로운 빛이 터지고, 부드러운 살점을 꿰뚫는 소리가 연거푸 이어지며——.

"크엉——!!" "——울 후라!!"

——귀신과 짐승의 포효가 겹치고, 응접실은 폭풍에 날아갔다.

2

응접실을 이탈한 스바루 일행은 일직선으로 저택 정원으로 낙하했다.

예감하던 낙하의 충격은 찾아오지 않았다. 그것은 스바루와 페트라를 안은 채로 2층 높이로부터 잔디에 내려선 프레데리카의 묘기였다. 그러나 퇴각의 대가는 유달리 컸다.

"프레데리카 언니!"

비명 같은 소리를 지른 사람은 잔디에 나동그라진 페트라였다. 그 시선은 정원에 한쪽 무릎을 꿇고 등을 피로 물들인 프레데리카에게 못 박혀 있었다.

"상대를, 쉽게 봤어요……!"

괴롭게 신음하는 프레데리카. 그 등에는 가는 쇠꼬챙이가 바늘산처럼 꽂혀있다. 꼬챙이는 길이 20센티미터 가까워서 내장에 도달한 것도 적지 않을 터.

그 위력은 프레데리카만이 아니라 스바루 또한 몸으로 통감하고 있었다.

"아팟……! 제길! 저 녀석도 율리우스처럼 샤마크가 안 통하는 적……!"

"그건 아닐걸. 저건 무작정 아지랑이 너머로 던졌을 뿐. 비정상적으로 감이 좋은 거야."

꼬챙이에 오른쪽 어깨에 꿰뚫려 신음하는 스바루의 말에 람이 그렇게 대꾸했다. 그녀는 스바루와 프레데리카의 상처를 보자 고운 눈썹을 살짝 찌푸렸다.

"치유 마법을 쓸 수 있는 사람이 없어. 꼬챙이를 뽑으면 출혈사할 거야."

"뽑기는커녕…… 만질 배짱도, 다시 돌아볼 배짱도 없어. 엘자는 해치웠나……?"

"방까지 싹 날렸지만, 반응은 없었어. 낙관은 금물이겠지."

"빌어먹을……! 시간은, 조금은 벌었을 테지만……."

람의 대답에 스바루는 이를 갈고 이 자리에 있는 인물들의 낮은 치유 적성을 한탄했다. 전에는 상처는 렘이, 중대한 상처여도 베아트리스가──. 거기서 너무나 늦게 깨달았다.

"렘도, 베아트리스도……!"

둘 다 아직 엘자가 남아 있는 저택에 남겨진 상황이다.

도주하는 선택지는 그 시점에서 사라졌다. 두 사람을 저택에 남긴 채로 이탈할 수는 없다.

"둘을, 어떻게든 구해내야 해⋯⋯!"

상처의 통증에 불타는 뇌. 그것을 전력으로 돌려 수단을 모색한다.

렘의 거처는 저택의 동관. 그건 확정이다. 문제는 『징검문』으로 항상 이동하고 있는 베아트리스에게 있다. 이 위기 상황에서 그 『징검문』의 특이성이 해가 되는 것이다.

──이 자리는 렘의 구출을 우선하고 베아트리스에게는 자력으로 대처하기를 기대한다?

『징검문』의 성능을 고려하면 그것 또한 한 가지 작전임은 틀림없다.

실제로 지난번 마녀교와의 싸움 도중, 스바루는 베아트리스를 데리고 나오는 데에 실패해 『징검문』의 힘을 믿는 모양새로 그녀를 저택에 남긴 채로 결전에 임했다.

그때와 같은 조건이라면, 베아트리스에게 위해가 미칠 가능성은──.

"바보냐, 나는. 아니 바보지, 나는. 지난번과는 조건이 완전히 다르잖아⋯⋯!"

──마녀교의 목적과 엘자의 목적은 근본부터 다르다.

마녀교의, 페텔기우스의 목적은 어디까지나 에밀리아였다. 따라서 저택 주민으로서의 정보도 없으며 목적과 무관할 베아트리스를 저택에 남기는 선택도 가능했다.

그러나 엘자는 다르다. 그 살육자의 목적은 명백하게 저택 사람의 몰살이다.

스바루를, 프레데리카를, 페트라를 노리고, 당연한 것처럼 렘과 베아트리스조차 죽인다.

"————."

남길 수 없다. 남겨서는 안 된다. 감히 죽히 둘 수는 없다.

그렇기에 이 쓸모없는 뇌가 모조리 타버리기 전에, 모두를 구할 방법을 떠올려야만——.

"바루스."

"뭐야?! 지금, 어떻게 렘과 베아트리스를 데리고 나올 방법을……."

필사적으로 생각하는 스바루에게 별안간 람이 말을 붙였다. 타오르는 뇌를 귓불에서 떨어뜨릴 뻔하면서도 타개책이 있느냐고 매달리듯이 람을 응시한다.

그 분홍빛 입술이, 무언가 기사회생의 헌책을 선사해 줄 거라고——.

"——그 두 사람을 두고, 넷이서 저택을 탈출한다. 그것이, 이자리에서 최선의 선택이야."

"——아?"

눈높이를 맞추며 강하게 내뱉은 발언에 스바루의 사고가 공백으로 물들었다.

무슨 말을 들었는지, 고막이 떨리고 뇌에 운반되어 의식에 침투해서 이해에 이르렀다. 그리고 그 이해에 이른 순간, 감정이 끓어올랐다.

"무슨…… 무슨, 말을! 무슨! 말을 꺼내는 거야, 너!!"

"고함쳐서 어떻게 된다고. 냉정해져. 지극히 자연스러운 발상이잖아."

"자연이고 부자연이고 있을까! 저택에 있는 건 렘이야! 네 동생이라고! 널 좋아하고, 너도 좋아하고! 네가 지키는 게 당연한! 동생이란 말이야!!"

소리치자마자 상처의 통증이 더욱 기승을 부렸다. 하지만 상관없다. 말 그대로 피를 토하는 듯한 고통과 분노를 담아서 있는 격정을 람에게 쏟아냈다.

그러나 람은 스바루의 그 목소리를 들어도 새침한 표정인 채로 말을 이었다.

"현 상황을 바르게 판단했을 뿐이야. 여기서 람이나 프레데리카, 덩달아 바루스를 잃는 쪽이 우리 진영에 더 큰 타격이야. 희생은 허용해야 해."

"그러니까! 그 희생은……!"

"그러네. 람의 동생일지도 몰라. ──하지만, 람의 동생이라면 이렇게 말했을걸."

격정 때문에 말이 막힌 스바루에게, 한 차례 쉬고 람이 말했다.

"── '로즈월 님을 위해서도, 렘을 희생해 주세요' 라고."

"────."

그 말을 들은 순간, 스바루 안에서 뭔가가 산산이 부서지는 소리가 울렸다.

그것은 마법을 써서 불완전한 게이트에 균열이 퍼진 충격에 필적——. 아니, 그 이상의 격진이 되어 나츠키 스바루의 영혼을 근본부터 뒤흔들었다.

"나는…… 그런 말, 하게 하려고……."

——람과, 렘을, 만나게 한 것이 아니었다.

세계의 기억에서 지워져 누구 마음속에도 존재가 남아나지 않았다. 그런데도 서로 사랑하며 영혼조차 나눈 쌍둥이 자매라면 뭔가가 남아 있을 게 분명하다고.

그런 덧없는, 희망이라고도 못할 기대에 매달리며 스바루는 람을 저택에 데리고 돌아왔다.

——그 결과, 가장 듣고 싶지 않던 말을 람이 꺼내게 하는 상황이 될 줄도 모른 채.

"이 세계에선, 람…… 너도, 렘 편을 들지 않는 거냐……."

그건 어쩌면 렘의 존재를 빼앗긴 이후로 가장 큰 슬픔이었을지도 모른다.

왜냐면 스바루는, 람과 렘 자매가, 두 사람의 서로 아끼는 관계가——.

"——둘 다, 말다툼하고 있을 때가 아니어요!"

몸을 가누지 못하는 스바루와 연홍빛 눈을 또렷하게 빛내는 람. 그런 둘의 대화에 중상을 입은 프레데리카가 끼어들어서 일갈했다.

시간으로 따지면 10여 초의 언쟁도 지금 상황에선 치명적인 지체가 될 수 있다고.

"머리를 식혀요! 둘 다요! 이럴 때에 말다툼이라니……!"

"……람은 냉정해. 맘대로 뜨거워진 건 바루스뿐. 어느 쪽 의견에 정당성이 있는지는 프레데리카도 알 수 있잖아."

"확실히, 람. 당신은 옳아요. 틀린 말은 안 했어요."

빠른 어조로 프레데리카가 람이 말한 주장의 정당성을 긍정했다. 그 자세에 스바루는 프레데리카 또한 렘과 베아트리스를 버리고 갈 셈이냐고 실망하려 했다.

그러나 그 전에 프레데리카는 "하지만." 하고 말을 이었다.

"저는, 두 사람을 구해야 한다고 생각해요."

"……제 정신이야?"

"네, 물론. 우리 진영의 타격을 고려하라고 당신은 말했지요. 그렇다면 역시 구출이 최선이어요. ──베아트리스 님도, 렘도 필요한 존재인걸요."

프레데리카의 단언에 람은 미심쩍은 표정을 짓고, 스바루는 어안이 벙벙해졌다. 하지만 그 자리에 있던 마지막 한 사람은 교착에 빠진 자리에서 천천히 손을 들고 발언했다.

"나, 나도…… 나도, 구하러 가는 데 찬성! 찬성이에요……."

"……다수결 하는 중이 아니야. 어린애는 조용히 있으렴."

"어, 어린애라도 어엿한 어른이에요! 람 언니보다 도움 된다고, 프레데리카 언니도!"

냉랭한 람의 눈빛에 페트라는 한 발짝도 물러나지 않는 자기 의견을 주장했다. 그 울먹이는 반론에 람은 입을 다물다가 스바루와 프레데리카에게 눈길을 돌리고 말했다.

"승산이 있다는 거야?"

"──! 렘이 있는 곳은 알아! 베아트리스를 찾아내는 건 내 역할이고!"

"그러네. 바루스와 베아트리스 님은 사이좋으니까."

"네 설득을 위해서 지금만은 그 말을 부정하지 않으마……."

끈기 싸움에 진 건 아니겠지만 람이 세 사람의 의견에 숙고하는 자세를 보였다. 물론 스바루도 이 마당에 이르러서 어느 쪽 의견이 생존율이 높은지 인정 못하는 건 아니다.

하지만 렘과 베아트리스를 희생한 생환에 무슨 의미가 있나.

그런 것에 의미는 없다. 그런 모양새로 세계를 갱신할 바에는 ──.

"──나는."

"……손이 부족해. 베아트리스 님의 수색과 렘의 구출, 추가로 적도 방해해야 돼."

"──그건, 말을 꺼낸 제가 져야 할 역할이겠군요."

현안 사항을 열거하는 람의 말에 무겁게 숨을 쉰 프레데리카가 자기 가슴을 어루만졌다. 스스로 나서는 말에 스바루와 페트라는 놀라지만, 람만은 알고 있었던 것처럼 한숨지었다.

"또 그런 식으로, 자진해서 손해 보는 역할을 맡는구나. 가프랑 똑 닮았어."

"당신들은 제 귀여운 후배인걸요. 그리고 제가 가프를 닮은 게 아니지요. 가프가 제 흉내를 내는 거여요."

그런 말과 함께 한쪽 눈을 찡긋한 프레데리카는 이를 가리지 않고 웃었다.

그 맑은 웃음에 각오와 결의를 감지한 스바루는 무심결에 숨을 집어삼켰다. 그리고 숨을 삼키는 스바루 앞에서 프레데리카는 더욱 놀랄 만한 행동에 나섰다.

　"프레데리카 언니……?!"

　페트라의 경악. 그럴 만도 하다. 프레데리카는 자신의 피로 물든 메이드복을 거칠게 잡아 찢었다. 피로 더럽혀지고 땀이 희미하게 맺힌 하얀 살결이 드러난다. 그러는 바람에 화려한 속옷 일부가 보인다. 비상사태라는 까닭도 있어 스바루는 눈이 휘둥그레졌다.

　"──놀라서, 소리를 지르지 말아 주시어요."

　충고한 프레데리카는 반라로 잔디에 무릎을 꿇고, 자신의 목에 가필의 목걸이를 걸었다. ──그리고 공기가 팽팽해졌다.

　"──아."

　조금 전에 건넨 충고가 없었으면 놀라서 소리를 참지 못했을지도 모른다.

　우선 프레데리카의 길고 아름다운 금빛 머리카락이 줄어드는 광경을 보았다. 이어서 드러난 하얀 살결을 뒤덮듯이 금빛 털이 자라기 시작하고, 그 골격이 세차게 삐걱거리며 변형, 커지기 시작한다.

　땅바닥에 팔다리를 짚는다. 크게 벌어진 입안에서 특징적인 이가 더욱 날카로워지며 강대한 것으로 변화한다. ──그것은 불과 몇 초 사이에 벌어진 사건이지만, 눈을 의심할 법한 변신이었다.

"──이것이, 수화(獸化)라는 그건가."

중얼거린 스바루 눈앞에 금빛 맹수── 수화한 프레데리카가 있었다.

호리호리하며 탄탄한 2미터 가까운 체구를 가진 고양잇과 육식동물이다. 스바루의 지식으로 말하자면 치타나 표범을 닮았지만, 몸에 검은 얼룩무늬는 없으며 그 형상은 아름답다는 한마디로 족했다.

윤기 있는 금빛 털 일부가 피로 더러워지지 않았으면 그야말로 넋을 잃고 바라볼 정도의 아름다운 짐승이었다.

"미녀와 야수가 아닌, 미녀가 야수란 건가……. 하, 목욕하며 껴안고 싶은데."

"신사분과 함께 목욕하다니, 절대 사절이어요."

"──! 그, 그 상태로 말할 수 있는 거야?!"

동요를 넉살로 숨기려던 스바루를 맹수가 포효하는 듯한 표정으로 거절했다. 그 음색이 수화 전의 프레데리카와 똑같기에 스바루는 이중적인 의미로 놀랐다.

"저는 저인걸요. 외견과 다르게 이성적이어요. ……그리고 덕분에 다소는 상처도 아물었으니까요."

스바루의 놀란 모습에 몸을 꼬는 프레데리카의 신체에서 꼬챙이가 몇 개씩 떨어졌다. 수화 과정에서 일부 상처가 아물어 빠진 것이다. 다만 남은 상처도 있다. 완치된 건 아니다.

"프레데리카……."

"할 수 있느냐는 말씀은 하지 마셔요. 하는 거지요."

"……그래, 알아. 지금은 네게 맡길 수밖에 없어. 부탁한다."

의기 높게 대지에 발톱을 박고 있는 프레데리카에게 전장을 맡긴다. 스바루의 부탁을 받아들인 맹수는 남은 람과 페트라에게 눈길을 돌렸다.

"페트라를 무섭게 만들어서 미안해요. 비명도 안 지르고, 장하답니다."

"네……. 네, 언니. 조심해요……!"

"착한 아이군요. ──람, 뒷일은 맡기겠어요. 최악의 경우, 주인어른의 집무실로."

"말할 필요도 없어. 프레데리카야말로, 늦는 건 용납 못해."

말수가 적은 대화에서 두 사람과 프레데리카 사이의 신뢰가 엿보였다.

그 대화를 끝으로 프레데리카는 머리 위에 아까 막 내려온, 파괴된 응접실을 올려다보았다. 굵은 목에 휘석 목걸이를 찬 맹수는 사자처럼 이빨에 흥분을 담아 몸을 굽히고──.

"크릉────!"

낮은 울음소리. 다음 순간에는 맹수의 몸이 파손된 창틀을 밟아 부수었다.

눈 깜빡할 순간. 그 속도에 스바루는 눈을 부릅떴다. 외견에서 지상에서 가장 빠른 치타를 떠올린 기억이 선하지만, 프레데리카의 질주는 그 지식을 가볍게 웃돌았다.

맹수가 붕괴한 벽을 뛰어넘어 포효와 함께 저택 안으로 돌입했다. 검은 아지랑이의 효과가 끊어졌을 즈음, 멀지 않은 곳에서 양자 사이에 전투가 재개된다——.

"멍 때리지 마! 프레데리카가 시간을 버는 동안에 큰소리 친 걸 달성하러 갈 거라고."

"아, 아아! 그래! 우선은 동관에 있는 렘이다!"

엘자의 전투력은 위협적이지만 프레데리카의 속도도 상식을 초월했다. 스바루 일행이 시급히 목적을 달성하면, 그녀의 다리로 도주에 성공해 찾아올 수 있을 터.

남은 건 양동을 몸소 맡아준 프레데리카를 위해 얼마나 빨리 움직일 수 있을까——.

"——기물파손 가지고 뭐라 마라!"

앞뜰을 가로지르며 세 사람은 동관을 향해 단숨에 달렸다. 그리고 동관 벽에 도착하자 스바루는 정원 작업용 삽을 주워 창문을 깨트리고 건물 안으로 뛰어들었다. 융단을 흙으로 더럽히며 굴러들어간 복도에서 고개를 쳐든다. 동관 2층. 렘의 방은 그곳이다.

하지만 고개를 든 순간, 스바루는 기묘한 위화감에 사로잡혔다. 그것은——.

"……문이, 열려 있어?"

중얼거린 스바루의 정면, 1층 복도에 내다보이는 범위의 문전부가 활짝 열려 있었다. 뒤돌아보니 후방의 문도 마찬가지로, 복도에 있는 모든 문이 개방의 대상이었다.

"깜빡 안 닫았다고 치기에는 수가 너무 많아. 페트라?"

"이, 이렇게 이상한 짓 안 해요! 프레데리카 언니도요!"

마찬가지로 복도로 침입해 스바루와 똑같은 광경을 목격한 람이 페트라에게 물었다. 그 물음을 페트라는 곤혹스러워하며 부정했지만, 스바루가 품는 위화감은 그에 비길 바가 아니었다.

　열린 문이 문제인 게 아니다. ──이 광경에, 기억이 있는 게 문제다.

　"지난번 루프 때도, 이런 식으로 문이 열려 있어서……."

　──『사망귀환』하기 직전, 스바루가 본 저택의 광경과 같다.

　그때 품은 위화감을 스바루는 『죽음』 전에 해명할 수 없었다. 그 의미는 다시 맞닥뜨린 지금도 알 수 없다. 하지만 불길함의 전조임은 확실하다.

　"페트라도, 프레데리카도 아니라면……."

　물론 스바루도 람도 아니다. 잠들어 있는 람도 불가능하다. 유일하게 베아트리스는 가능할지도 모르지만 할 이유가 없다. 이유가 있는 건──.

　"──윽! 레, 렘! 렘이 위험해! 서둘러 2층으로!"

　닥치는 대로 방을 찾을 이유가 있는 건 누가 어디 있는지 모르는 외부인. 그에 해당하는 인물은 지금 저택에 한 명밖에 없다.

　그리고 그 인물이 이미 저택 동관을 뒤지고 다닌 뒤라면──.

　"바루스, 진정해! 적은 프레데리카가 잡아 두고 있어! 아무것도……."

　"너는! 이 지경에 이르러서 아직도 그런……!"

　동생이 생명의 위기에 처했는데, 냉정함을 유지하고 있는 람에게 의지할 보람보다 분노를 더 느낀다.

그러나 그런 스바루의 절박한 감정은 다음 순간에 깨끗이 날아갔다.

"크어엉————!!"

포효는 건물 밖. 스바루 일행이 뛰어든 정원 쪽에서 울려 퍼졌다.

그 직후, 창문이—— 아니, 창문과 창틀이, 벽째로 도려내듯 박살 났다. 유리가 산산이 깨지는 날카로운 소리가 난무하고 그것은 묵직한 발걸음과 함께 저택 안에 침입했다.

복도를 가득 메우는 거구. 사자와 닮은 흉악한 면상. 괴이하게 생긴 괴물이, 그곳에 있었다.

——『잠자는 공주』가 있는 저택의 2층이, 멀다.

3

——상황이, 계속 변동한다.

너무나도 어지럽게, 스바루의 상상을 초월하며, 이해하는 것을 유린하고 연거푸.

"————."

융단을 짓밟은 괴물은 신장 4미터는 되는 체구를 갑갑하게 복도에 밀어 넣었다.

검은 체모. 사자와 비슷한 머리. 말처럼 생긴 둔부. 가느다랗고 긴 꼬리는 뱀과 매우 흡사하다. 그 잔학한 성질을 드러내는 것처럼 온몸에 귀기가 넘치고—— 이마에 하얗고 일그러진 뿔이 있었다.

"마수……?!"

설령 미지의 존재더라도 한눈에 알아볼 수 있는 특징에 스바루가 전율했다. 그 목소리를 옆에서 들으며 혀를 찬 람은 뽑아낸 지팡이를 마수에게 겨누었다.

"후라!!"

주저 없이, 람이 쏜 최고로 빠른 일격이 마수에게 꽂혔다.

하지만 검은 마수는 덩치가 큰데도 복도를 가뿐하게 뛰어다니며 바람의 칼날을 회피한다. 미쳐 날뛰는 바람의 참격을 헤쳐 나가 피해를 최소한으로 줄이고 돌진, 육박했다.

"스바루! 이쪽!"

마수의 돌진에 몸이 굳은 스바루의 팔을 페트라가 잡아당겨 바로 옆방으로 던져 넣었다. 그 직후, 같은 방에 람도 뛰어들어 거칠게 문을 닫고——.

"물러나!"

날카로운 목소리와 팔에 방 안쪽으로 떠밀리고, 다음 순간에 짐승 발톱이 문을 가볍게 때려 부수었다. 터져 나가는 경첩과 두 쪽이 난 문이 방 안에 튕기고, 스바루는 순간적으로 페트라를 끌어안았다.

"으————."

방문은 인간용. 도저히 그 검은 마수가 들어올 수 있는 크기가 아니다. 그러나 마수는 개의치 않고 발톱을 휘둘러서 벽을 부수고 안에 들어오려고 했다.

"으어어어?! 잠깐잠깐잠깐잠깐! 어째, 어째서, 마수가……?!"

"그런 말을 할 때가 아니야! 있으면 있는 거지! 페트라, 창문!!"

"네, 넷!"

사납게 입구를 확대하는 마수. 그 폭위에 스바루가 소리를 지르고 그 사이에 람이 페트라에게 명령해 창문을 열게 했다. 막 들어온 동관에서 다시 밖으로 도망치는 꼴이 된다.

"————."

도망칠 수밖에 없는 사태에 초조함이 있다. 그러나 그 이상으로 혼란 속에 의문이 있다.

이상하다. 부자연스러운 상황이다. 이런 전개, 지난번 루프에는 없었다.

『사망귀환』으로 스바루는 수도 없이 상황을 바꾸어 왔다. 그때마다 행동으로 얼마나 전개가 변하든 간에 발생하는 사건 자체는 공통적이다. 분명 규칙이 그러하다.

아무리 반복해도 마녀교가 에밀리아를 노리는 것을 그만두지 않았던 것처럼.

——저택에 난데없이 떨어진 재앙은, 엘자 그란힐테가 아니라면 이상한 것이다.

"엘 후라!!" "————!!"

부조리가 사고를 헤집고 있는 스바루의 배후. 람의 마법이 마수의 안면을 갈랐다. 입구를 확장하는 행위에 열중한 나머지 방어를 잊은 사자의 안면이 거무칙칙한 피로 물들었다.

마수는 몸을 젖히고 파괴를 중단했다. 하지만 기가 막힌 생명력. 완전히 죽이기는 지난하다.

"저런 저능한 것에게서 도망치다니, 굴욕이야……!"

마수의 추태를 가리키며 저능하다고 욕한 람이 창문으로 달려갔다. 그리고 스바루의 목덜미를 잡고는 페트라가 연 창문을 통해 단숨에 밖에 뛰쳐나갔다.

잔디의 감촉. 앞뜰에서 동관으로 들어갔다가, 고대로 건물 반대편인 뒤뜰로 빠져나온 형국이다.

"콜록! 아, 아까 마수는……."

"얼간이……가 아니라, 길티라우야. 눈은 멀게 했으니 쫓아오진 않을걸."

"하, 하지만…… 그 마수, 뿔이 있었어!"

마수의 이름을 람이, 있어서는 안 되는 특징을 페트라가 이어서 말했다. 두 사람의 발언, 특히 페트라의 말에 스바루는 "그래." 하고 초조해하며 수긍했다.

"저런 마수가 우연히 야생에 있을까 봐. 누군가가, 저택에 풀어놓은 거야……!"

마수란 모든 생명의 적. 투쟁 본능이 아닌 살육 본능으로 뭉친 존재다. 그러나 유일하게 모든 개체의 머리에 나는 뿔, 이 뿔을 부러뜨린 상대에게만은 따르는 습성이 있다고 한다.

그걸 이용하면 엘자와 마수의 동시 습격은 실현될 수 있을지도 모르지만——.

"근데 이번 놈은 안 부러졌어……. 누가, 무슨 수로 저 마수를 데려왔지?!"

"설마…….""

"──?! 람, 뭔가 알아?!"

짚이는 곳이 있다는 람의 반응에 물고 늘어지자 그녀는 스바루를 째릿 날카로운 눈으로 쳐다보았다.

"전의 울가름 사건, 단순히 해로운 짐승이 벌인 소동이란 생각은 안 하지?"

"처음에는 그런 생각도 했었지. ……근데 왕선이 시작된 지금 와서 생각하자면 아니지."

마수에 기인한 저주와, 그것이 원인으로 발생한 저택의 루프.

그 사건은 명백하게 왕선에 참가하는 에밀리아의 방해다. 휘장의 도난을 둘러싼 왕도에서의 사건과 마찬가지로. 실제로 관계자였던 소녀 중 한 명은 행방불명되어──.

"──설마, 그 애가 마수를 조종해 다시 습격해왔다? 그렇다면, 이건."

──휘장을 둘러싼 사건의 하수인과 저택에서 벌어진 사건의 하수인의, 동시 습격이다.

"──윽."

"……아! 스바루, 괜찮아?"

사태가 얼마나 최악인지 깨달은 순간, 휘청 몸이 흔들린 스바루를 페트라가 부축했다.

묘하게 머리가 무거운 건 초조함도 있지만 오른쪽 어깨의 상처로 피를 흘린 영향이 크다. 꼬챙이는 뽑지 않고 꽂힌 채 놔두었지만, 지혈도 불충분한 채로 뛰어다닌 판국이었다.

"——바루스."

"아, 안 돼……! 두 사람을, 못 본 척하고 도망치는 건…… 절대……!"

"아직 아무 말도 안 했어. ……알아. 구사(廐舍)에서 지룡을 끌고 올게."

"파트라슈, 를……?"

빈혈로 호흡이 가쁜 스바루에게 람은 후방—— 멀찍이 보이는 구사를 눈짓으로 가리켰다.

저택 뒤편으로 돌아오는 바람에 부지 뒤쪽에 있는 구사 근처까지 나온 것이다. 구사에 묶어둔 파트라슈라면 도망치는 데에도 저항하는 데에도 반드시 도움을 줄 터.

"피가, 전혀 안 멈춰……. 스바루, 응급처치해야 돼!"

"소, 손수건은, 프레데리카에게 줘버려서…….'

"그럼, 이거면 되니까!"

람이 구사로 달려 나가고, 그 사이에 스바루는 결사적인 페트라의 지시에 따랐다. 그녀는 스바루의 팔—— 오른쪽 손목에 감긴 손수건을 풀어서 어깨 상처에 대고는 외쳤다.

"아프니까 참아! 셋, 둘——!!"

"끄께익——!"

카운트다운 도중에 꼬챙이가 뽑혀서 스바루는 격통에 괴성을 지르며 몸부림쳤다. 하지만 페트라는 상처에 손수건을 척척 감고 웃옷 소매도 사용하며 솜씨 좋게 지혈해 주었다.

"살았다……. 근데, '하나'는 어디 갔어……."

"그래야 힘 안 주잖아. ……손수건, 스바루에게 줘서 다행이야."

진심으로 안도한 페트라의 목소리에 스바루는 숨을 길게 내뱉었다.

부적으로 받은 새하얀 손수건은 지금 스바루의 피로 새빨갛다. 페트라는 그 사실을 신경 쓰는 내색도 내비치지 않지만, 그게 되레 스바루의 죄책감을 자극했다.

"미안해……. 늘, 위험한 상황에 처하게만 해서……."

"이상한 말 하지 마! 난 스바루에게 제대로 감사하고 있어. 늘 위험한 상황에 처했을 때 구하러 와 주는걸!"

페트라는 사과하는 스바루에게 고함치고, 얼굴을 붉힌 채 숲 쪽을 손으로 가리키며 말을 이었다.

"나랑 류카랑 다른 애들이 숲에 갔을 때도, 스바루는 혼자서 와 줬잖아. 엄청 깨물려서 큰일 났었다는 말 나중에 듣고 걱정했는데……."

"———."

"그러니까, 괜찮아! 이번엔 내가 구해 줄게. 렘 언니랑, 베아트리스도 데리고 람 언니랑 프레데리카 언니랑, 다 같이."

나약한 발언이 많았기 때문일까.

출혈과 사태의 곤경에 마음이 약해진 스바루를 격려하듯 페트라가 열심히 소리를 높였다. 그 모습에 스바루는 다시 자신의 미숙함을 한탄하는 기분에 젖었다.

"……페트라는 대단하네. 난 한심하고."

"그런 말……."

"아니, 지금 말은 푸념이 아니야. 페트라가 대단하니까, 지고 있을 수 없단 소리지."

무거운 머리를 저어 고개를 쳐들려는 약한 마음을 내쫓는다.

기력이 반격을 꾀하나, 잡아내야 할 희망으로 이어질 지혜는 아직 모자라다.

——이번에야말로 모자란 모든 것을 채우기 위해서, 나츠키 스바루의 모든 것을 거는 것이다.

스바루는 밑에 떨어졌던 허리를 들어 올리고 페트라에게 왼손을 내밀었다. 페트라는 순간, 피로 더러워진 손으로 스바루의 손을 잡는 것을 망설였지만——.

"——페트라, 가자. 네 말대로, 모두가 탈출할 거야."

"……응!"

스바루의 단언에 페트라가 활짝 얼굴이 밝아지며 그 손을 잡았다.

그리고 그 감촉을 마주 잡은 직후, 소녀는 "아." 하고 곤란한 기색으로 눈썹 끝을 내렸다.

"왜 그래?"

"'응'이 아니라 '네'였어……가 아니고, '네'였어요."

말하고 나서 페트라는 장난스럽게 혀를 내밀었다.

이 상황에서도 존댓말을 까먹고 있었다고 씩씩한 말을 꺼내는 소녀였다. 그 호담한 기질에 스바루는 구원 받은 기분으로 아주 살짝 입술에 미소를 머금으며 대꾸했다.

"나중에, 프레데리카나 람에게 꾸중 들어야——."

　——그때, 머리 위에서 터진 굉음과 충격에 스바루의 의식은 붉게 칠해졌다.

4

　——. ———. ——————의식이, 멀리 있다.

"————."

　질질. 뭔가에 끌려가고 있다. 질질, 질질, 질질 하고.

　땅바닥에 끌려가고 있다. 자신이 드러누웠거나 엎드렸거나, 그런 상태다.

"바위돼지……! 바루스! 들려? 바루스!"

　잘 안 들린다. 누군가의, 필사적인 호소가 있다.

　그 말에 대답하려고 해도, 반응하려고 해도, 양쪽 다 잘되지 않아서.

"저 저능한 것만이…… 실수했어. 더 빨리 '보고' 있었더라면……."

"————."

"할 일을 하렴. 람도 그렇게 할게. ——그래. 착하구나."

　질질. 속도가 빨라진다. 더 빠르게 질질 끌려가며 기세가 붙는다.

어딘가 자유로운 부분을 찾았다. 머리, 목, 어깨, 허리, 발, 손
──왼손.

왼손만, 뭔가 쥐고 있다. 소중한, 놓아서는 안 될, 뭔가의 감촉
을 잡았다.

"_____."

놓지 않겠다며 남은 힘을 왼손에 불어넣는 것과 동시에 더욱
속도가 붙었다.

몸이 떠올랐다. 허리춤이 뭔가에 세게 끼고. 진동에, 숨결에,
그 행동을 하는 존재의 헌신이 전해져서──.

"프어……아슈……."

깨지는 물건을 만지는 듯한 섬세함이, 보이지 않는 상대가 누
구인지를 가르쳐 주었다.

하지만 그 이름을 부를 생각인데 목에서 새어나온 건 허망한
신음성이었다. 입 가장자리에서 부글부글 거품이 넘친다. 쇠맛
이 난다. 거품. 왜냐. 피거품을 물고 있다.

몸이 움직이지 않는 것과 온몸의 감각이 약한 것, 의식이 뜸한
것과 관계가──.

"──아."

의식의 점과 점이 연결되고, 자신이 누구인지 떠올렸다.

나츠키 스바루. 저택에 돌아와 찾아올 재앙에서 모두를 구하
려다가, 엘자가, 마수가, 프레데리카가 람이 페트라가 베아트
리스가 렘이 렘이 렘이──.

"커, 으……."

쿨럭거리는 소리와 함께 대량의 피가, 생명이 흘러 떨어졌다.

위장을 쥐어짠다는 표현 가지고는 어림없는, 흡사 몸속을 통째로 휘젓는 것 같은 고통. 목에서 넘쳐흐르는 게 그치지 않고 흐물대는 내장까지 흘러 떨어졌다.

토하고, 토하고, 토하고, 토하고, 모조리 토할 때까지 토해내고, 겨우——.

"——나는."

눈꺼풀을 드는 방법이 떠올라 몇 번쯤 눈을 깜빡인 다음에 암흑의 세계가 개방된다.

현실이 안구에 박히고 날카로운 통증과 함께 눈물이 흘렀다. 그 눈물방울이 투명한지 핏빛이었는지는 확실하지 않지만, 분명해진 사항이 한 가지 있다.

——나츠키 스바루를 둘러싼 세계는 핏빛으로 물들어 있다는 사실이다.

"＿＿＿＿."

스바루의 몸이 위아래로, 좌우로 진동하고 있다.

칠흑의 지룡이 스바루의 허리춤을 입에 물고 열심히 저택 부지를 달리고 있기 때문이다.

"＿＿＿＿!!"

이어서 고막이 되살아나니 귀가 고장 났다고 의심하고 싶어질 폭음이 일제히 밀어닥쳤다.

쇳소리에, 시끄럽고, 둔중해서, 그 소리들은 하나같이 생리적인 혐오감을 불렀다. 울려 퍼지는 것은 교성, 포효, 고함——.

모두 다 쫓아오는 마수의 울음소리다.

검은 날개를 펼친 거대한 쥐가 있다. 검은 얼룩이 특징적인 사나운 개구리가 있다. 몸통에서 무수히 갈라진 머리가 달린 뱀이 있다. 열거하자면 끝이 없는 괴물들에 둘러싸여 있다.

──마수 사역자. 뇌리에 그 단어만이 덩그러니 떠올랐다.

"_____."

스바루를 물고 있는 파트라슈는 필사적으로 활로를 찾고 있다. 그러나 지상에서 가장 빠른 지룡이더라도 숫자에는 장사가 없는 법. 길이 가로막히고 제공권을 빼앗겨 포위당하면 타개책이 없다. 이미 칠흑의 비늘에는 셀 수 없이 찢어진 상처가 있고, 피가 어마어마하게 흘렀다.

머잖아 한계가 찾아온다. ──아니, 이미 한계는 왔다. 단지 파트라슈가 그 한계를 초월해서 스바루를 위해 꺼져 가는 생명의 불을 축내고 있을 뿐.

"크어엉────!!"

유달리 거대한 포효가 울려 퍼진 직후, 속도가 둔해진 지룡보다 곱절은 더 큰 체구가 옆에 따라붙었다.

안면에 상처를 입어 망가진 눈구멍으로 피를 흘리는 검은 사자── 앞서 본 마수, 이름은 잊었다.

그러나 그 발톱의 일격은 잊으려고 해도 영원히 잊을 수 없으리라.

"_____."

시야는 막혔다. 무작정 내뻗은 일격이다. 그런데도 그 공격은 지룡의 옆구리를 직격했다. 마수는 시각이 아니라 다른 무언가로——후각. 마수를 끌어들이는, 냄새.

자각보다 폭발인가 싶을 충격이 뚫고 지나가 선혈이 세계를 새빨갛게 물들이는 쪽이 더 빨랐다.

하지만 스바루에게 그 충격의 영향은 없었다. 왜냐하면 그 발톱이 닿기 직전, 지룡은 목을 올려 스바루의 몸을 공중에 내던졌기 때문이다.

"파트——."

최후의 순간, 울음소리 하나 터트리지 않은 것은 그 고상한 지룡다운 오기였다.

회전하는 시야 아래에서 피가 꽃처럼 날리고, 그 근원에 시력을 집중할 겨를도 없이 스바루의 몸은 등부터 뭔가에 충돌, 깨트리며 화려한 소리와 함께 바닥에 내동댕이쳐졌다.

"커, 커헉……!"

기침하는 와중, 찢어진 이마에서 흐르는 피가 오른쪽 눈을 가렸음에도 금세 알아챘다.

던져진 곳은 저택 2층——목적지이던 계층, 동관 2층이다.

"———."

애룡의 마지막 헌신에, 스바루는 뭘 생각해야 될지 이미 알 수도 없었다.

피를 너무 흘렸다. 그 피와 함께 결의와 각오도 흘러 나간 모양이다. 활력이 솟질 않는다. 머리도 돌아가지 않는다. 마음도, 천천히 죽어 간다.

그런데도 단 하나, 이런 스바루라도 힘을 잃지 않은 곳이 있다.

왼손에, 잡고 있는 감촉이 있었다. 놓지 않겠다고, 마음이 죽어도, 그것만은 죽지 않고.

모든 게 다 끝을 맞이하기 직전에, 누군가의 손을 잡았는지를 떠올리고.

"페트, 라……."

잡은 손바닥의 감촉을 눈으로 좇았다. 손목, 팔꿈치——. 거기서, 끝난다.

"————."

잡고 있어야 할 소녀의 팔은, 팔꿈치 위가 없었다.

뭉개져서, 찌부러지고, 끊어져——.

"————으으아아아악!!"

나츠키 스바루가 지킬 수 있는 거라곤 아무것도 없노라고.

5

——팔꿈치에서 끊긴 팔을 응시하며 시간이 얼마나 지났을까.

"————."

사고는 정지되어 멍하게 있었다.

얄궂게도 그동안에 시력과 청력은 조금씩 회복됐다. 그리고 더욱 막막한 상황이라는 사실을 스바루에게 기어코 이해하게 만들려는 것이었다.

스바루의 상태는 오른쪽 어깨의 상처가 귀엽게 보일 만큼 심각한 꼴이었다.

왼쪽 다리의 관절은 곱절로 늘었고, 왼팔도 뭔가에 깔린 것처럼 찌부러졌다. 똑같은 충격이 페트라를 덮친 것이리라. 따라서 그녀의 팔꿈치 위가 여기에 없는 것이다.

"_____."

시각으로 알 수 있는 참상은 여기까지. 하지만 청각이 전하는 정보는 더욱 절망적이다.

2층 복도에 주저앉은 스바루 쪽에 건물 모든 방향에서 마수의 포효가 들린다. 수와 종류는 세는 것도 사절이다. 그저 도망칠 곳은 없다는 목소리만이 마음을 몰아세우고 있다.

페트라를 죽게 했다. 파트라슈도, 파열하는 모습을 보았다. 람의 뒷일은 알 수 없다. 어쩌면 분전하여 용케 살아남았을지도 모르겠지만──.

"──아아, 겨우 찾아냈구나."

그런 말과 함께 목을 살짝 기울인 흑발 여자의 존재를 보고 들었다.

복도 한복판. 융단 위에 무릎 꿇은 스바루에 비해 여자의 위치는 정면의 막다른 곳이다.

프레데리카가, 발목을 잡기 위해 남았었을 살육자. 이곳에 그녀가 있다는 말은.

"프레, 데리카는……."

"큰 쪽 메이드 아가씨 말이니? 안심해. 그럭저럭 즐길 수 있었으니까. 가능하면 수화할 때에 뱃속이 어떻게 바뀌는지 이 눈으로 확인해 보고 싶었지만."

"……안, 물었어."

묻지 않았다. 그러나 묻지 않아도 알 수 있었던 사실을 긍정당했다.

선전한 것은 사실이리라. 엘자의 모습은 망토를 잃고 흑의 이곳저곳이 찢어져 하얀 피부를 피로 물들이고 있다. ──그래도 건재하다고 말할 수 있을 정도로 상태는 좋아 보인다.

"당신, 그렇게 다치고 용케 여기까지 올라왔구나. 감탄했어."

"왜, 적선이라도 해 주려고……? 네 목숨이면, 된다……."

"그건 네 인생을 원한다는 구애라고 생각해도 될까?"

"곧장…… 짓밟아도 된다면, 맞아……."

엇나간 엘자의 답변에 말을 뱉어낸 스바루는 벽에 등을 기대며 몸을 들어 올렸다. 왼쪽 다리는 괴멸 상태. 오른팔도 뒤틀려서 만신창이 그 자체다.

"그런데도 피 냄새에 섞인 분노의 냄새……. 네 창자, 분명히 극상일 거야."

"정신병자가…… 뭔, 소리 하는지, 모르겠거든."

엘자는 자기 몸을 부둥켜안고 일어서는 스바루를 보며 황홀감 어린 뜨거운 숨결을 내뱉었다. 무슨 말을 하든 무슨 행동을 하든, 저 요염한 살육자의 마음을 기쁘게 할 뿐이다.

그렇다고 알고는 있어도 스바루는 일어섰다. 그 이유는──.

"누구, 의뢰로 우리를 노렸지……?"

"의뢰주에 대해서는 말 못해. 일단 그 정도의 예의는 알아. 당신의 귀가가 예정보다 빨라서 의뢰하고 좀 다른 모양새가 되고 말았지만 말이야."

"다른, 모양새⋯⋯."

"메이드가 두 명에『골방지기』가 한 명, 당신이 귀가할 때에 맞출 작정이었거든."

핏빛의 미소와 함께 엘자는 쿠크리 나이프의 끝을 스바루에게 겨누었다. 설명한 계획은 요컨대, 지난번 루프의 저택에서 발생했었을 참극의 답안지 확인이다.

그때도 아마 저택에서는 스바루 일행의 귀가를 기다리는 페트라 등의 주검이———.

"이제, 충분해⋯⋯."

고개를 저어 잔혹만을 떠넘기는 엘자를 거절했다. 스바루의 그 대답에 엘자는 고운 입술을 찌푸리고 아쉬운 듯 "그래." 하고 중얼거렸다.

"그러네. 끝내기로 하자. 메이리에게 더 빼앗기는 것도 속상하고, 그렇게 되기 전에 당신의 뜨거운 물건으로 위로 받기로 할게."

"———."

"끝이야. 천사와 만나게 해 줄게."

말을 마친 엘자의 모습이 가라앉았다. 복도를 기는 듯한 낮은 자세로 달리며 검은 그림자가 일직선으로 스바루에게 돌진한다. 빠르다. 도저히 요격하자는 생각 같은 건 할 수 없다.

하지만——.

"——너한테 죽어 줄까 보냐."

찌부러진 발을 끌고 스바루가 옆의 문에—— 렘의 침실에 닿는 쪽이 더 빠르다.

그 판단에 엘자가 눈썹을 찌푸렸다. 설령 방으로 도망쳐 들어가도 최후의 순간까지 남은 시간을 미룰 뿐이다. 그래도 그 반응을 볼 수 있는 것만으로도 조금은 속이 풀렸다.

——이미 이번 루프에서 돌파할 수는 없다. 불가능하다. 따라서 포기한다.

상처는 깊고 생명이 흘러나온다. 지키고 싶은 사람은 아무도 구하지 못하고 명운이 다하기 직전이다. 그렇다면 하다못해 엘자의 뜻대로 되지 않는 걸로 녀석에게 한 방 먹여 주겠다.

"————."

렘의 침실에는 『창자 사냥꾼』도 『마수 사역자』도 도달하지 않았다.

그곳에 잠자는 렘을, 녀석들이 욕보이는 짓만은 절대로 하게 둘 수 없다.

이걸로 끝나는 세계라고 해도, 아무에게도 두 번 다시 렘을 잃지는——.

"————."

문을 열어젖히고 침실로 뛰어든다.

스바루는 침대에 잠든 렘을 찾아 고개를 들고, 얼떨떨해졌다.

——서가가 쭉 늘어선 금서고가 종말을 각오한 스바루를 맞이했다.

6

　숨이 턱 막힐 듯한 고서의 냄새는 소란스러운 방문자에게 훈계를 내리는 것만 같았다.

　사방이 서가와 책장 가득한 책으로 가득 메워진 방이다. 향기와 시각 정보가 날아들어서 스바루는 자신이 원한 곳과 다른 장소에 발길을 들였음을 깨달았다.

　——그리고 그 느린 인식이 치명적인 결과를 부른다.

　"——큭?!"

　'왜'가 머리를 지배한 순간, 스바루는 자신이 바람에 휩싸인 것을 느꼈다.

　그 바람은 문에서 스바루를 떼어내며 힘차게 방 안으로 빨아들였다. 버티고 서기 위한 발이 기능하지 않아 스바루는 속수무책으로 방 안으로 쓰러졌다.

　그 직후, 등 뒤에서 문이 커다란 소리와 함께 닫히는 게 들려서——.

　"——기, 기다려 봐!!"

　스바루는 굳게 닫힌 문에 덤벼들어 필사적으로 열려고 했다. 하지만 반쯤 박살 난 팔의 의지는 문에 전해지지 않고, 요란하게 덜컹거리는 소리에 초조함만이 격화될 뿐이었다.

그리고 피 범벅된 표정과 함께 필사적으로 문 앞에 선 스바루의 등 뒤에서——.

"——아무리 나가려고 발버둥 쳐 봤자 헛수고인 것이야."

목소리와 발소리가 들린다. 돌아보니 서가의 틈새를 지나 소녀가 걸어오고 있었다.

크림색의 긴 곱슬머리. 화사하고 현란한 드레스 복장. 앳되고도 깜찍한 이목구비가 지금은 지독히 냉담한 감정을 띠며 스바루를 정면으로 노려보고 있었다.

"베아, 트리스……."

"지독하기 짝이 없는 몰골이네. 서고 바닥이 더러워지니 돌아다니는 건……."

"지금 당장! 문을 열어! 날 밖에 내보내!!"

스바루는 무덤덤한 얼굴로 상처를 바라보는 소녀—— 베아트리스를, 다짜고짜 윽박질렀다.

방을 더럽히지 말라는 주의는 귀에 들어오지도 않았다. 출혈을 일으킨 팔에서 피를 흘리면서 외쳤다.

"왜 이제 와서 나왔어?! 왜 지금인데?! 돌려보내! 지금 당장, 돌려보내라고!!"

"……돌아가서 어쩌려고. 지금의 네가 도대체 뭘 할 수 있다는 것이야."

"아무것도 못하는 건 내가 제일 잘 알아!! 그래도……!"

그곳으로, 동관 2층으로, 렘이 잠들어 있는 침실로 돌아가야만 한다.

스바루가 들어섰어야 할 방에, 『징검문』이 발생한 것이다.

그 침실로 이어지는 문이 금서고 입구로 변하고, 문은 이미 그 역할을 내던졌다. 즉, 그 문은 다시 렘의 침실로 통하는 문으로 돌아간 셈이다.

"그러니까——!"

"이미, 늦었어."

"늦다니, 뭐가?! 늦는다는 게 어디 있어!! 당장 그곳으로……."

"——이미, 늦었다고 말한 것이야."

노성을 터트리며 치밀어 오르는 공포에 저항하던 스바루가 침묵했다.

눈을 부릅뜨고 뻐끔뻐끔 아무 말도 못하는 스바루. 베아트리스가 마저 말했다.

"——네가 그 방에 돌아갈 이유는, 방금 없어졌어."

그 선고에 스바루는 문자 그대로 말을 잃었다. ——말로 표현할, 의미가 죽어버린 것이다.

베아트리스의 담담한 말투가 그 잔혹한 말이 진실이라고 여실히 호소했다.

"——아."

정신이 들고 보니 스바루는 그 자리에 허물어져 있었다.

어깨가 늘어지고 머리가 떨어지며, 극심한 귀울림 소리가 두개골 안에서 메아리친다.

더 시끄럽게, 더 소란스럽게, 더, 깨질 정도로 뇌를 쥐어뜯어다오.

생각도 할 수 없을 만큼. 아무것도 이해 못하고 끝날 수 있을 만큼.

차라리 이 목숨째로 쥐어뜯어서. 그런데도——.

"……무슨, 짓이야."

나직하게, 목소리가 흘러 나왔다. 바로 옆에다 속삭이듯 가냘 픈 목소리가.

"딱해서 두고 볼 수 없는 것이야. 그래서 마지못해도 치료해 주고 있는 거지."

속삭임에 대답한 소녀는 바로 옆에서 희미한 빛을 두른 손바닥을 스바루의 상처에 드리우고 있었다.

그 빛에 자기주장을 마냥 그치지 않던 고통의 침식이 누그러 졌다. 손상이 심각한 왼쪽 반신을 중점적으로, 조금씩 열기를 띠는 듯한 감각이 통증을 물리쳤다. 피가 멎으며, 뼈가 바른 위치로 돌아오고, 잘린 근섬유가 붙으며, 끊어진 신경이——.

"——웃기지, 마아!!"

"흡——?!"

베아트리스가 펼친 치료의 빛을, 스바루는 남아 있는 모든 힘으로 거절하며 부르짖었다.

그 서슬에 베아트리스가 놀라는 틈에 굴러가며 그녀와 거리를 벌렸다. 금서고의 바닥을 피로 더럽힌 스바루는 입에 피거품을 문 살벌한 표정으로 그녀를 노려보았다.

"상처를, 치료할 필요는 없어……! 너, 왜 날 구하려고 한 거야……?!"

"그건…… 네, 네가 너무나 꼴불견이라, 볼 수 없어서……."

"왜, 나인데?! 구하자고, 생각해 줄 거면…… 왜 페트라를, 프레데리카를 안 구해 줬어?! 람도, 렘도!! 너라면, 모두를……."

베아트리스의 힘이 있으면 도망치는 것도, 도망쳐 보내는 것도 쉽게 할 수 있을 터다.

그런데도 그녀는 막판까지 모습을 드러내지 않은 결과, 이렇게 스바루만을 서고에——.

"분명히 구할 수 있었을 텐데……! 내가 멍청하고, 내가 약해서…… 나로선 어떻게 손쓸 수 없던 일도, 너라면 가능했을 거야……! 그런데, 어째서……."

"어째, 어째서, 베티가 그런 짓을…… 베티에게 누군가를 구할 이유는 하나도 없는 것이야. 몰라. 모른단, 말이야……!"

"그렇다면…… 너한텐 날 구할 이유도 없는 거잖아……?!"

베아트리스가 도리질 치며 스바루의 애원을 부정했다. 스바루는 그 부정에 부정을 거듭하고 흐물흐물 찌부러진 왼팔을 쳐들었다. 고통스러운 모습에 베아트리스의 목이 막혔다.

——감정이, 폭발했다.

"누가…… 구해달라고 부탁했는데……?!"

"——아."

"자기가 무슨 짓 했는지 알고나 있어?! 너 때문에, 모든 게 다 엉망이 될지도 모른다고?! 모든 게 다 덮어써져 이 개 같은 현재가 확정되어서……!"

왜 지금, 모든 게 뒤늦고 난 다음에 모습을 드러냈느냔 말이다.

전이한 스바루의 존재를 알면 엘자도 『징검문』의 술수를 깨닫는다. 베아트리스의 존재를 쫓아 들어간다. 그런데 왜 반쯤 죽은 몸인 스바루를 살리려고 했나.

　왜, 이 순간을 포기하고 자진해 죽으려던 스바루를 구하려고 했느냔 말이다.

　"나는, 죽어야 했어……! 너는 날, 죽여야 했단 말이야……!!"

　죽어야 할 때에 죽을 기회를 놓친다면, 나츠키 스바루에게는 가치가 없다.

　말 그대로 목숨을 아끼지 않고 써야만 스바루는 재시도할 권리를 얻을 수 있는 것이다.

　그 피를 토하는 듯한 영혼의 절규를, 애원을 정면으로 뒤집어 쓴 소녀는 눈을 크게 떴다.

　"모, 르겠어……. 모르겠는, 것이야……."

　이해할 수 없는 사실에, 베아트리스는 공포마저 느끼며 고개를 가로저었다.

　그 대답에 스바루는 어금니를 깨물었다. 그렇다면 그걸로 됐다. 그녀에게는 매달리지 않는다.

　"그럼, 됐어. 네게는…… 네가 구해 주지 않겠다면……!"

　처음부터 누군가에게 의지한다는 선택지는 없었다. 뻔히 아는 일이었다.

　눈길을 돌려 스바루는 입구 근처에 있는 접사다리를 점찍었다. 베아트리스가 늘 앉아 있는 그것을 걷어차자 벽에 세차게 부딪쳤다.

"너……?!"

베아트리스가 비명을 지르고 스바루의 폭거에 눈을 부릅떴다.

딱딱한 소리가 울렸다. 목제 접사다리는 처참하게 부서지고 수없이 조각 나 흩어졌다. 그 조각 중에서 유달리 크고 뾰족한 것을 주워들었다.

"——————."

자해는 처음이 아니다. 이런 나뭇조각 하나라도 사람은 쉽사리 목숨을 잃는다. 단숨에 목을 찔러 목숨을 끊으면 나츠키 스바루에게 다시 기회가 주어지리라.

——이세계에서, 스바루가 자결이란 선택을 하는 건 이번이 세 번째.

첫 번째는 저택에서 벌어진 루프 도중, 돌이키지 못할 것을 돌이키기 위한 각오.

두 번째는 왕도에서 발단한 루프의 마지막, 건져내지 못한 렘을 구하려던 회오.

그리고 세 번째인 지금은 무력함에 한탄하며 분노에 몸을 맡기고 모두 다 되찾겠다는 비분.

의미가 있는 『죽음』. 가치가 있는 『죽음』. 『죽음』 말고 모조리 무가치——.

"——안 돼!!"

그런데도 결의대로 목을 찌르는 순간, 조그만 몸이 달려들 듯이 훼방을 놓았다.

베아트리스는 드레스 옷자락을 나부끼며 서고 안을 달려 힘으로 스바루의 자해를 방해하려 들었다. 팔에 달라붙고 조각을 잡고 있는 오른손을 깨물어 흉기를 뜯어내려고 했다.

"너⋯⋯! 왜⋯⋯!"

"하게 못 돼! 여기서, 네가 죽게는⋯⋯!"

"큭──! 됐다고! 이거 당장 놔아!"

엎치락뒤치락하며 언성을 높인다.

그러나 현재의 스바루는 힘없는 소녀 한 명조차 쉽게 떼어낼 수 없었다.

필사적으로 드잡이하며 거칠게 서가에 몸이 부딪히다가 곧 세차게 바닥에 쓰러졌다. 충격에 흘러나온 신음은 누구 것인지 모르겠다. 다만 목적을 달성한 쪽은 베아트리스였다.

"하아, 하아⋯⋯!"

나뭇조각을 멀찍이 내던진 베아트리스가 엉덩방아를 찧은 채로 스바루와 거리를 벌렸다. 그런 소녀를 원망스럽게 노려보는 스바루는 앞으로 쓰러져서 꿈쩍도 하지 못했다.

"어째, 서⋯⋯."

자살을 저지당했다. 하지만 결과는 마찬가지다. 출혈이 심하다. 스바루는 곧 죽는다.

베아트리스의 행동은 지리멸렬하다. 그녀의 의사가 어디에 있는지 하나도 모르겠다.

눈앞에서 죽는 게 싫은 것인가. 자살하게 두고 싶지 않을 뿐인가. 얽히고 싶지 않은 것인가.

모두, 모조리 다, 알 수 없어서, 알 수 없는데도──.

"——어."

이해할 수 없는 현실에 뭇매를 맞으며, 스바루는 모든 것에서 눈을 돌리려고 했다.

베아트리스로부터, 금서고로부터. 혹은 자기 자신의 무력함인가 눈앞에 임박한 『죽음』으로부터인가.

다만 그렇게 눈길을 돌린 방향에서 스바루는 『그것』의 존재를 알아채고 말았다.

"————."

——『그것』은, 부서진 접사다리의 잔해 구석에 덩그러니 떨어져 있었다.

심플한 표지. 두꺼운 커버. 사전만 한 크기는 들고 다니기에 다소 불편하다. 그런 인상은 하나도 남지 않을 정도로, 흉흉한 분위기를 풍기는 검은 책이었다.

스바루는 수도 없이 『그것』을 목격했다. 광인의 손아귀가 쥐고 있는 것을.

"어, 째서…… 이곳에……."

마녀교도가 가진 『복음』이 있는가. 페텔기우스가 소유하던 한 권은, 분명히 현재는 『성역』에 몰고 간 용차에 적재되어있을 것이다. 이곳에 있을 리가 없다.

——아니, 인정해야 한다. 그 검은 마서(魔書)가, 접사다리 속에 숨겨져 있었던 거라고.

"————."

스바루의 그 경악을 긍정하는 것처럼 드레스 복장의 소녀가 책을 주워들었다.

　소녀는 책을 가슴에 안고는 포옥 안도와 비슷한 숨을 내뱉으며 표지를 손가락으로 훑었다.

　사랑스러운 존재를 만지는 것처럼 정겹게, 부드러운 눈으로 베아트리스가 복음서를 껴안는다.

　"……왜, 네가 그 책을, 그렇게 소중히 하는 눈치지?"

　"＿＿＿＿."

　"그건, 마녀교 놈들이 들고 있던 책……이, 아니지? 비슷할 뿐, 이겠지?"

　"＿＿＿＿."

　"숨기던 것도, 내가 지레짐작할 테니…… 지레짐작하다가, 화내서, 그래서……."

　"＿＿＿＿."

　"왜…… 부정을, 안 해 주는 거야……."

　스바루는 임박한 『죽음』을, 출혈의 고통을, 지금만은 잊고서 말을 풀어냈다.

　부정. 단 한마디만 있으면 족하다. 그것만으로도 스바루의 불안은 단숨에 해소된다.

　그 애원에 불과한 스바루의 말에 베아트리스는 바람대로 단 한마디뿐.

　"——그 질문에 대답하라고, 베티는 지시 받지 못했어."

베아트리스는 가슴에 껴안은 책을 펼치고 그 내용을 훑어보며 무감정하게 말했다.

『복음』이란 마녀교의 경전이라고 들었다. 책은 소유자의 미래를 기록한 예언서 같은 역할을 한다고 페텔기우스가 말했던 적이 있었다.

따라서 마녀교도는 『복음』의 기록에 따라, 그 글대로 일을 진행한다고.

그 사실과 지금 베아트리스의 답변을 종합해 보면──.

"그 책에, 뭐가 있어……. 뭘, 하라고……."

"그 질문도, 책에 없는 것이야."

"책에 없으면, 아무것도 못하는 거냐……? 그럼 전에, 나를 숨겨 줬던 건?"

"그 질문도, 책에 없어."

"지금, 이렇게 나랑 얘기하고 있는 건? 죽으려던 나를, 구하려 한 건……!"

"──몰라."

책을 내려다보며 베아트리스는 스바루를 돌아보지 않고 공허하게 대답했다.

대답이 못 되는 대답을 내던지고, 고집스럽게 그 마음을 책 안에 가두고.

그 인형 같은 모습에서, 감정을 봉인한 눈에서 스바루는 폐가 경련하는 듯한 공포를, 호흡하는 방법조차 잊을 듯한 현기증에 엄습되면서 소리를 질렀다.

"뭐든…… 뭐든 다, 그 책에 적힌 게 없으면 못 한단 거냐?!"

"……그런 것이야. 그런 거야. 뭐든 다, 모든 것은 복음의 길잡이를 따르는 것이야. 그렇게 하는 것이 베티가 살아가는 의미고, 그러기 위해서만 베티는 존재해."

"날…… 구하려고 했던 것도, 책에 그러라고 적혀 있어서 그런 거냐?! 저주를 받은 나를 구한 것도! 혼자서 버티지 못한 내게 손을 내민 것도! 장난치고, 서로 빽빽대며, 바보처럼 까불던 시간도…… 몽땅, 책 덕분이란 거냐고?!"

"──그러니까! 그렇다고 말하는 것이야!!"

그녀를 책망한 것과 같은 혀로, 이번엔 자기 편한 대로 매달리려고 하는 스바루의 말에 소녀가 폭발했다.

분노로 얼굴을 붉힌 베아트리스는 동그란 눈으로 스바루를 노려보며 손가락질했다.

"여태까지 베티가 해 왔던 거, 봐 왔던 거, 말해 왔던 거! 모조리 여기에 적혀 있던 내용이야. 네가, 너 따위가, 베티 마음을 움직일 수 있을 리 없는 것이야. 우쭐대지 마시지, 인간."

"────."

"베티의 모든 것은 어머니를 위해서. 어머니와의 연결고리만이 베티의 모든 것……! 너 따위, 너 따위…… 인간, 인간, 인간……!!"

둑이 터진 것처럼 베아트리스로부터 감정이 흘러넘치고 있다.

그것은 방대한 격정이자 탁류여서, 순간적으로 말을 잃은 스바루는 휩쓸려 나갈 수밖에 없었다.

아무 말도 못하고 침묵하는 스바루. 베아트리스는 책을 세게, 더 세게 끌어안았다.

"베티를, 건드리지 마, 인간. 이리 오지 마, 인간. 너 따위 모르는 것이야, 인간. 미워. 미워. ——정말 미워!"

울먹이는 소녀의 외침이 이번에야말로 분명하게 스바루의 존재를 거절했다.

혼란과 실의, 그것이 속내를 가득 메운다. 그토록 그 거절은 커다랬다.

——끈끈한 정이 있다고, 근거도 없이 고집스레 망신했었다.

자신과 그녀 사이에는 서로 정면으로 인정할 수 없어도 뭔가가 있다고 믿었다.

저택에서 시작된 루프 중에서, 스바루는 수도 없이 베아트리스에게 구원을 받았기에.

꺾일 것만 같은 반복되는 나날 속에서 그 존재에 마음을 구원받아 왔기에.

그것이, 어떤 모양새여도——.

"그때…… 난, 기뻤었어……."

한 번도 입 밖에 내지 않은 말을, 또 다시 스바루는 끝까지 마치지 못했다.

"——우."

시야가 크게 일그러지고 뭔가를 토해냈다.

그것이 피나 위액이 아니라 생명임을 직감한다. ——마감 시간이다.

출혈, 무용지물. 중상, 무가치. 배신, 개죽음. 복음서, 살육자, 마수 사역자, 분사.

완수하지 못하고 나츠키 스바루는 여기서 죽는다.

"———————."

그때, 스바루는 죽음의 구렁텅이에 놓인 기적에서 소리를 들었다.

죽어가던 귀가 잡아낸 것은, 아마도 문이 열리는 소리다. 구두 소리. 누군가가 방에 들어온다. 발소리는 쓰러진 스바루를 보고 한숨을 뱉었다.

"——아쉬워라."

중얼거림은 아득하다. 죽은 사람에게서 흥미를 거둔 것처럼 구두 소리는 앞으로 나아가려 했다.

책을 껴안고 있는 소녀 곁으로. 목소리 주인이, 흑의의 사신(死神)이, 요염하게.

——그것이, 그 해후가, 소녀와 살육자의 조우가, 어떤 결과를 낳을 것인가.

"어머나."

놀라는 목소리는 여자의 것이다. 살육자의 긴 다리에 피 범벅된 손이 얽혔다.

죽음에 임박한 스바루의 전심전력. 아무 의미도 없는 발목 잡기.

"……에아, 트리, 으."

"멋져라. 소중히 여기고 있구나."

순간, 바람이 불었다. 직후, 잡고 있던 손이 떨어졌다. ——오른손이, 손목째로.

피도 나오지 않는다. 흉인이 뒤집히고 검은 빛이 스바루의 머리인지, 목인지, 몸통인지, 좌우간 어딘가에.

아마도 어딘가, 치명적인 부위에 꽂히고——.

"————."

마지막 광경 속에서 비통하게 숨을 집어삼킨 소녀의 얼굴이 보였지만.

——이미 죽어 가는 나츠키 스바루에게는 아무 관계도 없었다.

제3장 『벗』

1

　홍수 같은 탁류 소리가 들린다.

　세찬 물소리. 아래에서 위로, 중력에 따라, 흐름에 따라, 운명에 따라서 떨어지는 폭포.

　귓가에, 혹은 두개골 속에 울리는 그치지 않는 굉음이다. 뇌를 헤집는 세찬 탁류와 함께 스바루의 의식은 상실로부터 각성으로 유도된다.

　빛이, 보인다. 그리고 활짝 트인다——.

　"——아, 어, 콜록."

　목이 막히는 감각을 맛본다. 호흡의 리듬이 요란하게 뒤틀려서 스바루가 콜록거렸다.

　공기를 들이켜고 내뱉는다. 번갈아가며 반복할 뿐인 방식을 완전히 망각해 뭍에 오른 물고기처럼 경련. 침을 흘리면서 스바루는 소생했다.

　"커흑, 어헉!"

　땅바닥에 쓰러져 엎드린 자세다. 스바루는 딱딱하게 꺼슬거리는 바닥에 팔을 짚고 절하는 자세로 폐에 산소와 이해를 불어넣어 호흡하는 방법을 순서대로 떠올렸다.

　아픔이 누그러지고 갈 곳을 잃었던 침을 뱉는다. 그렇게 몸이 현실감과 침착함을 되찾자 부족한 산소가 뇌에 순환하고——의식이 되살아났다.

　"주, 죽은…… 건가……."

　헐떡이며 중얼거리고 확인할 필요도 없는 『사망귀환』의 사실을 재확인했다.

　그렇다. 『사망귀환』한 것은 확인할 필요도 없다. 그것이 스바루의 가치다. 중요한 것은 돌아올 수 있었다는 게 아니고——『언제』 『어디로』 돌아왔느냐다.

　"아……."

　고개를 들고 주위에 시력을 집중한 스바루는 금세 깨달았다.

　기억이 있는, 낯익은 암흑이다. 차가운 공기와 어딘가 이 세상 같지 않은 분위기를 풍기는 유적의 석실. 꺼슬거리는 석제 바닥에, 아련하게 어둠에 떠오른 안쪽으로 이어지는 돌문.

　——그리고 스바루 바로 곁에 옆으로 누워있는, 가련한 은발 소녀의 모습.

　"에밀리, 아……."

　이마에 희미하게 땀이 맺혀 괴로워하는 표정을 드러내고 있는 에밀리아를 암흑 속에서 발견했다. 거기까지 확인하고서야 비로소 스바루 마음속에도 이해가 움텄다.

　지난 시간, 잃은 생명, 찾아든 재앙, 믿을 수 없는 배신——.

그런 사건이 잇따라 파도처럼 밀어닥쳐 스바루의 마음을 몰아세운다고 하더라도.

"리스타트 지점, 변경 없음……!"

과거를 극복한 직후의 묘소──. 나츠키 스바루는 그곳으로 되돌아왔다.

아직 아무것도 되찾지 못한 대신에, 아직 아무것도 잃지 않은 재시작의 장소로.

"──하, 아."

불현듯 그 사실을 이해하자마자 스바루의 가슴에 안도감이 퍼졌다.

얼결에 가슴에 댄 왼손도 찌부러지지 않았다. 건재하다. 오른쪽 손목을 보니 그곳에 감은 페트라의 손수건은 여전히 새하얗고, 피의 흔적은 아무 데도 없다.

그 사실을 알고 길고 깊게 숨을 내뱉고서 가슴을 쓸어내렸다가── 아연실색했다.

"──말도 안 돼."

"……윽, 아."

괴로워하는 에밀리아의 모습에 아무 신경도 안 쓰며 무사한 자기 자신을 확인한 본인의 신경에, 아연실색.

에밀리아는 『시련』이라고 칭하며 밀어닥치는 과거에 지금도 시달리고 있다. 오래도록 이어지는 고통의 시간에 성과는 없다. 그저 괴롭기만 한 시간. 스바루는 그 사실을 알고 있었다.

그런데도 지금 스바루는 그녀의 고통을 보면서도 안도감에 가습을 쓸어내린 것이다.

——자신이 돌아올 수 있던 시간이, 에밀리아가 괴로워하고 있는 지금이라 다행이었다고.

"그런, 건…… 멀쩡한 놈의 사고방식이 아니야…….."

신음성을 집어삼킨 스바루는 이를 갈며 추악하고 나약한 자기 자신에게 분노를 불태웠다.

소중한 사람을, 소중한 것을, 우선해야 할 것을 뒤로 미루고서 무슨 모두를 구하겠단 말이냐.

그런 어리석은 자세가 저택에서 그 참상을 부른 것이 아닌가.

"아무튼, 에밀리아를…….."

상황 정리도, 『사망귀환』한 것의 확인도, 문제 · 장애물에 대한 대책도, 지금은 됐다.

지금은 에밀리아를 악몽에서 깨워서 흐느끼는 그녀를 위로하고, 밖으로 데리고 나가야 한다.

그러는 것이 옳다. ——그렇게 해야 순서를 지킬 수 있다.

우선, 에밀리아. 그다음 묘소, 『성역』, 저택, 그런 식으로, 순서대로, 확실하게.

"정확하게, 한 가지씩, 대처해서…….."

모두를, 이 무시무시한 재앙의 운명에서 구하는 것이다.

마음에 굳히고, 결의를 다지며, 각오를 세우고, 에밀리아를 깨우기 위해서 손을 뻗었다.

그 얼굴에서 감정이 빠져나갔다는 사실을 스바루 본인은 깨닫지 못한 채로.

2

　묘소에서 에밀리아를 깨운 다음의 전개는 여태까지 겪은 것과 거의 변함이 없다.

　과거에 시달려 비분과 후회에 혼란을 일으킨 에밀리아를 달래고 밖으로 데리고 나간다. 그리고 묘소에 들어온 두 사람을 걱정하던 이들, 람 및 가필과 합류해서 임시 숙소로 돌아간다.

　"──? 람의 얼굴을 빤히 보고, 왜 그래? 바루스."

　"……아무것도 아니야. 예쁜 얼굴이구나 싶어서."

　"엉큼해."

　가는 중에 스바루가 던진 눈초리에 대한 변명을 들은 람이 경멸 어린 눈초리로 콧방귀를 뀌었다.

　『사망귀환』한 이상은 당연하지만, 재회한 람도 무사한 눈치다. 그 사실에 남모르게 안도하고, 시선에 생트집을 잡는 태도에도 거듭 안도했다.

　"──────."

　임시 숙소인 류즈의 집, 그 침실에 에밀리아를 나르면 남자가 해 줄 수 있는 일은 이만 끝이다. 악몽에 가위 눌린 에밀리아의 모습에 마음은 아프지만, 그녀를 살며시 침대에 눕혔다.

　"──아."

　침대에 눕히고, 닿았던 스바루의 손이 떨어지자 에밀리아가 목소리를 흘렸다. 불안해하는 얼굴에 스바루는 안심하라고 웃어 보이고 람에게 뒷일을 맡겼다.

오늘 밤의 에밀리아는 람에게 맡겨도 된다. 그녀라면 능숙히 마음을 다스려 준다.

그사이 스바루에게는 해야 할 일이 있다. 그것은——.

"——로즈월과, 약속한 대화."

에밀리아가 묘소에 도전한 첫날 밤, 로즈월은 스바루와 대화할 자리를 마련했다. 지난번에는 그 기회에 이튿날 아침 저택으로 귀환하겠다고 제안했다. 그 요구는 수용되어서 저택에 가장 시일 내로 돌아갈 수는 있었으나, 결과는 참패였다.

스바루는 아무도 구하지 못했다. 동시에 여러 의문을 가지고 돌아오는 처지가 되어——.

"——나츠키 씨? 나츠키 씨, 듣고 있어요?"

"……미안. 못 들었어."

건물에 등을 기대고 고민에 집중하던 의식이 돌아왔다. 뒤돌아보니, 스바루에게 말을 건 사람은 의아한 듯 눈썹을 모은 오토였다.

장소는 류즈의 집 밖. 화톳불과 별빛에만 기댈 수 있는 야밤에, 스바루는 로즈월과의 대화를 대비해서 생각을 정리하던 중이었다.

"그래서? 그런 귀중한 시간을 소비해서, 넌 무슨 얘기를 하겠다고?"

"이 사람 대뜸 의욕 꺾는 투로 말하네! ……그냥 물어봤을 뿐이에요."

"묻다니, 뭘?"

"그러니까 평범하게, 지금 괜찮으냐고요."

반복되는 오토의 질문에 이번에는 스바루가 의아한 표정을 지었다. 괜찮고 자시고, 당연히 괜찮으니까 이야기를 듣고 있는 건데.

그런 스바루의 속마음을 눈치챘는지 오토는 "아, 그게 아니에요." 하고 손을 내저으며 말했다.

"괜찮으냐고 물은 건 시간 얘기가 아녜요. 그야 나츠키 씨는 여기선 다망할 테니 시간도 귀중하다고는 생각하지만요."

"아아, 그 말이 딱 맞아. 지금도 에밀리아땅이 걱정되어서 제정신 같지가 않아. 그래서 너랑 꽁트 할 여유는 별로……."

"──제가 하고 싶은 말도 바로 그거예요."

에두른 말투에 입술을 삐죽이며 스바루는 시급히 대화를 접으려고 했다. 하지만 오토는 반대로 거기를 물고 늘어지며 "알겠어요?" 하고 말을 이었다.

"묘소에 모종의 이변이 있어서 나츠키 씨가 에밀리아 님을 데리고 나왔죠. 그래서 아마 제가 모르는 이런저런 일 때문에 골썩이고 있다고는 생각하는데요, 좀 묻죠."

"──? 그래, 물어봐."

"그럼 사양 않고. ──나츠키 씨, 괜찮은 거예요?"

실컷 운을 떼던 끝에 나온 질문이 그거냐. 스바루는 진심으로 갸우뚱했다.

그렇다고는 해도 오토의 걱정도 이해 못하지는 않는다. 같은 묘소에 들어간 에밀리아가 그토록 정신 못 차리는 결과다. 스바루에게도 뭔가 이변이 있는 것 아니냐고 억측하는 마음은 이해한다.

그렇기에——.

"물론이지. 기운만빵 기세등등이라니깐. 에밀리아의 일 때문에 걱정하는 건 알겠는데, 난 멀쩡해. 아니면 어디 이상하게 보이십니까요?"

"……아니요. 아무 데도 이상하게 보이진 않아요. 무척 침착하게 보이죠."

"그치? 그렇다면……."

"에밀리아 님께서 저 상태인데, 말이에요. 그거, 도리어 위태로운 거 아닌가요?"

문제없다고 어필하려다가, 오토의 추궁에 말문이 막혔다.

"————."

오토는 가늘어진 눈으로 스바루의 검은 눈을 빤히 들여다보고 있다.

그가 염려하는 건 스바루의 현재 심경이다. 확실히 현재, 『사망귀환』으로 앞날 사정을 아는 스바루와 과거의 연장선상에 불과한 오토는 공유할 수 없는 감각이 있다.

첫 번째인 그들과 세 번째인 스바루 사이에는, 느끼는 심적 영향의 낙차가 있는 것이다.

"너는, 내가 지나치게 침착하다고 여긴다는 말이군."

"네, 그래요. 나쁜 건, 아니라고는 생각해요. 하지만……."

"——아니, 네 덕분에 자신감이 붙었어. 고맙다, 오토."

"네?"

스바루는 오토를 가로막고 느릿느릿 고개를 가로저었다.

그가 지적한 냉정함. 그것은 스바루가 위치한 상황을 감안하면 환영해야 할 일이다.

"그토록 별일 다 있었어도 냉정하게 매사를 판단할 수 있다는 증거니까."

"아니 그게, 제 생각에는 침착하게 보이는 거랑 냉정하게 행동할 수 있다는 것 사이에는 매우 크고 깊은 도랑이 있는 게 아닐까 싶은데 말이죠……."

바라던 대화와 미묘하게 어긋났는지 오토는 기죽은 투로 말했다. 하지만 스바루 쪽은 그와의 대화로 확신이 깊어졌다.

그 저택의 참상을 거쳐도, 분노를 마음 깊은 곳에서 불태우는 채로 머리는 돌아가고 있다고.

"상대는 로즈월이야. 이번에는 얼렁뚱땅 넘어갈 때가 아니지."

요리조리 알고 있는 사항을 숨기는 대화는 지긋지긋하다. 적어도 이번 일로 로즈월에게는 묻고 싶은 건 산더미처럼 쌓였다.

지난 회차에 변죽만 울리던 베아트리스에 대해서도 더 이상은 절대로——.

"——여어, 좀 괜찮겠냐?"

결의를 새로 다지고 있을 때, 오토와의 대화에 훼방꾼이 끼어들었다.

임시 숙소의 입구를 넘어서 얼굴을 내비친 사람은 가필이었다. 개 이빨을 딱딱 맞부딪치며 걸어오는 그의 모습에 스바루는 손가락으로 코를 문지르고 말했다.

"가필이냐. ……너도 어지간히 패턴화가 안 되는 놈이군."

"아앙? 뭔 얘기 하고 자빠졌냐."

"이쪽 얘기지. 고양이처럼 변덕스러운 상대에게 대처하는 건 난감하단 얘기."

스바루의 둘러치는 대답에 가필은 불쾌한 듯 콧잔등에 주름을 잡았다.

스바루는 고양이처럼 변덕스럽다고 가필을 평했지만, 이 말은 아예 거짓도 아니다. 스바루에게 이날 밤은 이미 세 번째지만, 그때마다 가필의 태도는 변화했다.

물론 스바루가 일으키는 행동의 변화로 그 밖의 다른 사람들에게도 사소한 변화는 나타난다. 그러나 가필의 변화는 특필할 만했다.

의견이 싹 뒤집히며, 호오가 반전하고, 말귀를 알아듣는 구석과 완고한 태도가 뒤바뀐다. 그건 마치 다른 사람이 됐느냐고 의심하고 싶어질 만한 변모였다.

그것은 이번에 이렇게 일부러 자기가 먼저 말을 붙인 모습에서도 드러나고 있다.

"전에는 내가 불러 세우지 않으면 얼른 돌아갔었는데……. 그래서, 네가 내게 할 말이란? 나는 다음에 중요한 용무가 있다만."

"용무래 봤자 그 자식하고 음모 꾸미는 거잖아. 기대하고 있단 생각 안 드는데."

"음모 취급은 뜻밖인걸. 뭐, 기대가 없는 건 부정 안 하지만."

"뭐라고 할까, 다들 변경백을 상대로 말이 엄청나네요……."

로즈월에 대한 불신이라는 점에서 스바루와 가필은 의견을 공유하고 있다.

그런 두 사람의 태도에 아직 로즈월과의 첫 접촉을 마치지 못한 오토는 동정하는 기색이었다. 인식이 허술한 오토의 말에 스바루는 못 말리겠다며 어깨를 으쓱였다.

"뭘 모르네, 오토. 로즈월이란 놈은 말이다. 그만큼 이것저것 딴죽 걸 데가 많은 남자라고. 그걸 이해 못하면 딴죽만 걸다가 지쳐서 죽을걸."

"지금 이거 진지한 얘기하는 거예요? 아니면 흘려들어도 되는 얘기예요?"

"로즈월 자식하고 진지한 얘기 하고 싶다아……? 형씨, 대가리 괜찮아?"

"지금 이거 제가 걱정 받을 상황이래요?! 변경백 쪽이 문제 있는 거 아녜요?!"

"그러니까, 그런 놈이라고."

연거푸 나오는 소리에 마침내 오토도 뭘 상대하려고 하는지를 진지하게 고민하기 시작한 모양이다. 그는 팔짱을 끼고 실물과 조우할 때를 대비해서 중얼중얼 무슨 말을 읊조렸다.

"불안이 겹겹으로 쌓이지만, 한 탕에 역전하려면 이거밖에 없으니……. 아니아니, 그래도 내 인생을 건 대승부 상대로, 한 편에게 이렇게 별 소리 다 듣는 사람을……."

"뭐, 느긋하게 고민해 봐. 적어도 오늘 밤은 얘기 못하니까."

이다음 스바루가 로즈월과 주고받을 예정인 화제를 감안하면 그 자리에서 오토를 인사시키는 건 도저히 무리다. 그리고 스바루에게도 그럴 여유는 있을 리 없다.

잠시만 미래의 불안을 잊고 입가에 미소를 띤 지금 같은 여유는, 분명.

"그래서 말이야. 사내 셋이서 실없는 대화 나누는 것도 나쁘진 않은데, 용무 있다며? 뭔 얘기지?"

"오, 깜빡할 뻔했군.『쿠쿠루는 덜렁이』처럼 될 뻔했어."

엇나간 화제를 수정하며 본론을 촉구하는 스바루의 말에 가필이 손뼉을 쳤다. 그러나 그는 그 녹색 눈에 "근데 말이다." 하고 의미심장하게 오토를 곁눈질했다.

"아, 그쪽 형씨가 들어도 괜찮은 거냐? 니가 판단해 봐."

"……그렇게 운을 떼는 걸 보면,『성역』과 관계있는 얘기야?"

"이 어르신이 니하고 그밖에 뭔 얘기를 할 것 같은데."

"람의 뒷조사를 하고 싶을지도 모르잖아. 취향인 타입은 키가 크고, 지위가 높으며, 학력도 높은 3고 타입. 그리고 피에로 같은 화장."

"관둬, 인마……. 들을 필요도 없고, 들으면 우울해진다……."

자못 진짜로 괴로운 내색이라 스바루는 그 이상의 공격은 무사답게 정을 베풀어 그만뒀다.

어쨌든 가필의 배려는 고맙다. 까먹을 뻔한 걸로 봐서 대단한 용건도 아니겠지만, 진영 문제에 오토를 끌어들이는 것에는 양심의 가책이 있다.

오토는 어디까지나 말려든 요원. 무사히 일상으로 돌려보내 주어야만 한다.

"그런 이유로, 우리는 지금부터 연애 썰 좀 풀고 오마. 벌써 밤도 늦었으니 넌 이 앞의 대성당에서 자고 있어. 거기에 마을 사람과 같이 피난해 온 네 장사 적수도 있으니까."

"으으⋯⋯. 아는 사람 눈에 띄면 틀림없이 먼저 나섰다가 겪은 결과를 듣고 웃을 거야⋯⋯! 아니 그게 아니고! 저기 말이죠, 나츠키 씨. 저는⋯⋯."

"──잠깐."

처량한 표정에서 돌변한 오토가 물고 늘어지겠다고 앞으로 나섰다. 하지만 스바루는 그 행동을 앞지른 한마디로 기선을 제압했다. 오토가 보면 로즈월의 신임을 얻기 위해서도 스바루 일행의 사정에 끼어들고 싶은 기분은 이해한다. 하지만──.

"부탁한다, 오토. 내일, 다시 하자."

"으그그⋯⋯. 아, 알겠다고요. 얌전히 동업자에게 비웃음 사면서 부대끼며 자고 올게요!"

스바루의 강고한 자세는 무너뜨릴 수 없다고 깨달은 오토는 쓰고 있던 모자를 분한 기색으로 벗더니, 구겨지도록 움켜쥐고서 대성당 쪽으로 걷기 시작했다.

터덜터덜 어깨를 축 늘어뜨린 뒷모습이 참으로 멋지게 애수를 자아내고 있다.

"이렇게 쓸쓸한 등이 어울리는 놈이 다 있다니⋯⋯."

"그 생각은 이 어르신도 했다만, 그걸로 상관없는 거냐?"

"상관없어. 저 녀석에게 무슨 일 생겨도 꿈자리가 사나워서."

떠나는 오토를 배웅하는 스바루의 대답에 가필이 갸우뚱했다. 그러다가 "뭐 됐지." 하고 생각을 내던지며 가볍게 스바루의 어깨를 두드렸다.

"해 두고 싶은 얘기가 있다. 장소 바꿀 테니 따라오셔."

가타부타 말 못할 태도로 가필은 대꾸도 기다리지 않고 걷기 시작했다. 그 등에 스바루는 머리를 긁고는 어쩔 수 없이 따라가면서 중얼거렸다.

"좀 봐주라. ……또, 다른 전개잖아."

3

앞에 가는 가필의 등을 쫓아, 스바루는 숲속 깊은 곳으로 나아갔다.

밤중의 숲이 위험한 것은 일반상식이다. 개중에서도 『클레말디의 헤매는 숲』은 특히 더 위험하다고 들었다. 그만큼 이 산책에는 여러모로 불안감도 있지만.

"부탁이니 혼자 놔두지 말아 주라고."

"소름 돋는 소리 집어치워. 끽해야 밤의 숲이잖아."

"그 끽해야 밤의 숲이 위험한 사람은, 네 생각 이상으로 많거든. 실력도 그렇지만 난 멀리 있는 외부인 냄새를 맡을 수 있는 코도 없으니까."

"핫, 낮에 그거 말하는 거냐. 설마 지금도 꽁했냐?"

"아니, 딱히 더는. 해칠 맘먹은 것도 딱밤 맞은 오토뿐이니."

그리고 스바루에게 이날 낮에 있던 사건은 며칠이나 전의 일이다. 가령 스바루가 오토와 절친한 친구였다고 해도 그 분노를 지속하기에는 시간이 너무 지나고 말았다.

"그리고 나랑 그 녀석은 절친한 친구도 아니지. 그냥, 내가 생명의 은인일 뿐이야."

"그 형씨도 고생이 많나 보구만……."

왠지 오토에게 동정적인 의견을 흘려들으면서 스바루는 가필을 관찰했다.

작은 키. 마르게 보이지만 탄력적으로 단련된 육체. 어디까지나 상식적인 인간의 범주에서 일탈하지 않은 체격이지만, 그 사견은 너무나 못 미덥다. 원래부터 이 세계는 외형과 신체 능력이 일치하지 않는다. 그 덩치 작은 렘조차도 철구를 휘둘러대고 있으니까.

따라서 이때, 스바루는 가필의 등을 보며 다른 생각을 했었다.

"──프레데리카와는, 얼마나 못 만났어?"

난데없이 꺼낸 한마디에 가필의 어깨가 흠칫 튀어 오르는 게 보였다.

프레데리카와 가필, 두 사람이 남매 관계라는 사실은 이미 확인을 마쳤다. 그 관계가 양호하지 않다는 것, 이 또한 당사자들에게서 들었다.

다만 프레데리카의 『성역』에 대한 입장, 이것만은 모르겠다.

적어도 엘자와 살육전을 펼친 것이다. 프레데리카가 저택에 그녀를 불러들였을 가능성은 제로. ——오히려 엘자를 부른 최유력 후보는 따로 존재한다.

그런 만큼 확정적으로 프레데리카를 아군이라 인식하기 위해서도——.

"……이 어르신이 왜 그런 걸 니놈한테 얘기해야 되는데?"

"밑져야 본전으로 물어봤을 뿐이야. 어쩌면 대답해 줄지도 모르잖아."

"핫! 이것도 낮에 얘기했을 텐데. 그 녀석하고 여기 일과는 관계없어. 그 녀석은 여기서 나갔다고. 무관계하단 말이야."

"바로 그거."

돌아보지도 않으며 물어뜯듯이 내뱉은 가필의 말에 스톱을 걸었다.

프레데리카와 가필의 관계를 안 이래 내내 걸리던 점이 그 부분이었다.

"가필, 너랑 프레데리카가 남매인 건 알고 있어."

"……그 자식인가, 람인가. 젠장, 입도 가벼워."

"숨길 일도 아니잖아. 그리고 덕분에 지금의 의문이 생겼지. 너랑 프레데리카가 남매라면, 프레데리카도 『튀기』일 테지. 그런데 어떻게 밖에 있지?"

"————."

『성역』을 둘러싼 결계는 아인과의 혼혈——『튀기』를 가두는 것이다.

따라서 에밀리아나 가필이 결계에 붙들려 그 해방을 원해서 『시련』에 도전한다는 도식이 성립된다. 적어도 류즈의 설명으로는 그래야 한다.

그렇다면 가필과 혈연인 프레데리카도 결계에 붙들려 있지 않으면 이상하다.

"그렇게 되지 않았단 말은, 뭔가 샛길이 있다는 거지. 알고 있다면 얘기해 줘."

"들어서 어쩐다고. 결계는 『시련』을 넘지 못하면 안 열려. 그건 다를 바 없어."

"알고 싶을 뿐이야. 알아 두면 선택지가 늘어. 나는 정보를 전부 입수한 다음, 클리어 방법을 위해서 골머리 썩이고 싶은 타입이라고."

"————."

대화 중에 돌아보지 않는 가필의 표정은 안 보였다. 다만 유쾌한 표정이 아님은 그 등에서 전해지는 위압감으로 알 수 있었다. 그런데도 성질 급한 그가 말을 끊지 않는 건 망설임이 있기 때문. ——그렇게 생각하는 건, 욕심일까.

"……도착한다."

가필은 스바루에게 대답하지 않고 길을 막는 넝쿨을 팔로 치우면서 말했다. 대화 중에도 두 사람은 걷고 있었기에 질의응답보다 먼저 목적지에 도착한 모양이었다.

그렇다고 지금 대화를 유야무야 넘기는 건 곤란한데——.

"——가 도령을 너무 들볶지 말아 주겠는가, 스 도령."

입을 벌려 대답을 재촉하려던 스바루를 앞질러 앳된 목소리가 날아왔다. 쳐다보니 가필이 넝쿨을 치운 너머에 숲 안에 활짝 트인 공간이 있는 걸 알 수 있었다.

이지러진 달과 별들이 퍼진 하늘. 대자연의 빛이 내리쬐는 그 장소는 일종의 환상공간 같은 분위기를 빚어내고 있다. 달빛과 별빛 아래로 아름다운 소녀가 서 있으면 더욱더 그러하다.

"……단, 내 공략 대상이 아니고, 외견이 어리다는 주석이 필요하려나."

"좀체 말로는 안 지는 아이로고. 귀염성 없는 걸로는 로즈 도령과 막상막하구먼?"

"그건 말이 심하지. 난 애교랑 질긴 근성으로 이름 날리고 있단 말이야."

지독한 평가에 스바루는 쓴웃음 지으면서 월하의 광장에 발길을 들였다. 상대가 가필뿐이라면 경계를 푸는 건 악수라고 생각하지만.

"보호자 동반이라면 얘기는 다르지."

"헹."

언짢은 기색으로 혀를 찬 가필이 스바루 옆을 지나 광장 중앙으로 갔다. 그곳에 서 있는 소녀—— 같은 인물, 류즈 옆에 선다. 마치 고정석이라는 듯이 나란히 선 두 사람은 흐뭇한 모습이지만, 거기서 스바루는 위화감을 깨달았다.

류즈의 복장이, 임시 숙소에서 헤어졌을 때의 검은 의상이 아니라 하얀 관두의인 것이다.

"어라, 류즈 씨. 혹시 갈아입었어?"

"늙은이에게는 버거운 시간이니 말일세. 스 도령도 늦은 시간까지 미안하네만⋯⋯."

"난 심야 애니 보니까 힘들 건 없는데⋯⋯ 내게 용무가 있던 사람은 류즈 씨?"

"그렇게 여겨도 상관없으이. 가 도령은 내 수발을 드는 게지."

끄덕이는 류즈를 긍정하듯이 가필은 그 자리에서 척 팔짱을 끼었다. 말참견은 안 하겠다고 태도로 표시하는 모습에 스바루는 한쪽 눈을 감으며 가볍게 머리 위를 쳐다보았다.

시원한 바람이 분다. 나뭇잎들이 흔들리는 소리와, 맑은 하늘에는 별이 점점이 박혀있다.

"⋯⋯좋은 곳인데. 숲속에 있는 비밀기지 같아."

"그냥 벌판이지. 기지라고 부르기에는 너무 휑하지 않은가? ⋯⋯그 점이 내게 편안한 곳인 이유일지도 모르겠네만."

"그렇다면 이곳은 류즈 씨의 휴식처인가. 그런 곳에 초대 받다니, 반나절 만에 참 친해졌는걸. 이건 비밀을 밝혀 줄 기회도 가깝나 봐?"

"못하는 말도 없구먼."

무표정으로, 말씨만 노숙한 류즈와의 대화는 부드러운 것이었다.

그렇다고는 해도 스바루와 그녀들 사이는 함께 지낸 시간이 다르다. 마음을 터놓았다고 생각하는 건 불과 반나절의 실제 시간을 감안하면 지나치게 형편이 좋다. 뭔가, 이유가 있으리라.

"가필의 변덕과, 내 의문이 적절하게 작용……한 건가?"

대응의 변화, 그 원인으로서 짚이는 건 그 정도일까.

매번 가필은 변화를 보이지만, 그것이 나쁜 쪽으로만 작용해서는 스바루도 난처하다. 이번 회차는 당첨 회차. 그렇다면 마땅한 리턴을 얻고 싶은 참이다.

"어쨌든 간에 의미 있는 대화를 나눌 수 있다면 고맙겠는데. 로즈월과 주고받을 설전의 전초전으로."

"로즈 도령이 기준이라니 짐이 무거우이. 뭐, 기대에 부응할 수 있게끔 노력하기로 할까."

쓴웃음 투로 말하고 허리를 두드리는 류즈. 아무리 그래도 그렇게까지 노인 행세할 필요는 없다고 생각했지만, 스바루는 그 생각과는 다른 의제를 제출했다. 그것은——.

"아까 가필에게도 물은 거지만, 류즈 씨는 대답해 줄 수 있어?"

"……프레데리카가 『성역』을 나간 이유 말이렷다. 가 도령에게도 물어보던데, 그걸 알아서 스 도령은 어떡할 작정인고?"

"그거야말로 알고 나서 생각하겠다는 내 대답도 변함이 없는데…… 그렇지."

예외적으로 결계를 빠져나간 프레데리카에게 특별히 페널티를 받은 인상은 없었다. 그 샛길이 실현 가능한 것이고, 『성역』 주민 전원에게 적용할 수 있다면——.

"그걸 이용해서 『성역』 사람들을 결계 밖에 내보낼 수 있잖아. 영혼이 빠져나간다는 이유로 낮에는 기각 당했지만, 이거라면 『시련』을 안 받아도 OK잖아?"

"이론상으로는 그리 되지. 허나, 고집스레 『시련』을 피하는
건……."

"에밀리아가 『시련』을 받게 놔두기 싫어. 그건 완전히 내 이
기심이지."

"_____."

뺨을 긁은 스바루의 대답에 류즈의 눈썹이 우려하듯 쳐졌다.

과거에 시달리며 에밀리아는 『시련』을 넘어서지 못하고 한없
이 괴로워했다. 적어도 스바루는 그 상태가 지금부터 며칠, 혹
은 더 이어질 거라는 사실을 알고 있다.

"그 낌새로 봐서 과거를 넘어설 수 있다고는 도저히 생각이 안
들어. 그러니 시키고 싶지가 않아."

"『시련』이야 그러면 될지도 모르지. 하지만 고난은 시기를 가
려서 찾아오는 게 아니야. 평화로운 날이 이어진다고도 단정 못
하네. 고난과 상대할 때마다 도망칠 수는……."

"도망만 친다는 소리는 안 했어. 제대로 요격할 준비를 위한
철수…… 이른바 전략적 철수라는 거지. 류즈 씨 말대로 불리
한 상황에서 고난과 부딪치는 것도 있을 법하지만…… 그렇게
안 되려는 노력은 최대한 해야 마땅하잖아?"

말을 거듭하는 류즈의 설득에 스바루는 도망치는 행위의 정당
성으로 받아쳤다.

등을 보이는 것은 수치가 아니다. 적어도 스바루는 그렇게 생
각하기에. 무엇보다 가령 지금 뒤돌아섰다고 해도, 에밀리아는
그걸로 끝나지 않는다.

"지금이 아니어도 에밀리아는 머잖아 반드시 과거와 맞설 거야. 『시련』이 그 애에게 그걸 떠올리게 해버렸지. 그러니 잊든 간에 극복하든 간에, 에밀리아는 선택해야만 해. 그렇다면 가능한 한 거추장스러운 걸 덜어내는 게 내 역할이지."

"……도망치게 하면서도, 가장 힘든 곳에서만은 도망치게 두지 않는구먼."

"도망치지 않고 이겨내 줄 거라고, 그 애에게 홀딱 빠진 나는 믿고 있어서."

지금까지 나눈 이야기의 결론에 합당할지는 모르겠지만. 스바루는 그렇게 말하고 웃었다. 이를 내보인 그 웃음에 류즈는 어떤 감개와 함께 눈웃음 지었다.

외견에 맞지 않은 고령자는 풋내만 날 뿐인 이상론이라고 웃을지도 모르지만.

"──할멈, 취미가 못됐어."

그렇게 쓴소리를 던진 사람은 말참견하지 않겠다고 팔짱을 끼고 있었을 가필이었다. 눈을 감고 있던 그는 한쪽 눈을 뜨고 바로 옆에 있는 어린 노파를 쳐다보았다.

"말해 주라고. 『갓도기 구아드제아드의 산중 은둔』하고 똑같다고 말야."

"고마운 말인데, 뭐랑 똑같다고 하는지 당최 모르겠다."

"가 도령이 하고 싶은 말은, 편한 샛길은 없다는 것일세. 이것만은 결론을 뒤로 미룬 내 잘못이야. 늙은이의 몹쓸 버릇이구먼."

수수께끼 관용구를 해설한 류즈가 자신의 연홍빛 머리카락에 손가락을 얽었다. 그 대답에 스바루는 자세히 설명해달라고 눈짓으로 요구했다.

"프레데리카가 결계 밖에 나갈 수 있던 건 어디까지나 예외적인 일일세. 그 아이는 결계에 붙들리는 조건을 충족하지 않았어. 따라서 나갈 수 있었네. 그뿐이지."

"결계에 붙들리는 조건? 뭐지? 혼혈이란 것 외에 뭐가 더 있는 거야?"

"아니야. 그게 아닐세. 결계에 붙들리는 조건은 그것뿐. 예외는 없네."

에두른 발언을 반성해놓고서도 여전히 에두르는 류즈의 말에 눈썹을 모았다.

그녀의 발언을 풀어보면 『성역』을 둘러싼 결계의 조건에 변화는 없다. 즉, 문제는 결계가 아니라 프레데리카에게 있다. 프레데리카가 결계에 걸리지 않으려면.

"프레데리카가 『튀기』가 아니면 된다, 그 말이야?"

"엄밀하게 말하면 결계가 혼혈을 판별하는 기준이 『피의 농도』인 게야. 인간과 아인의 피가 동등한 농도라면 결계에 붙잡히네. 허나……."

"절반 이하…… 쿼터 같은 거라면, 결계에 안 걸린다? 요컨대……."

거기서 말을 끊고 스바루는 가필 쪽을 쳐다보았다. 입술을 뒤틀고 언짢은 표정을 짓고 있던 그는 이를 딱 부딪치고 "어, 그래." 하고 말을 받았다.

"이 어르신이랑 프레데리카는 부친이 달라. ——이 어르신은 가필 틴젤. 걔하곤 남에게 대는 성도 다를걸."

여태까지 한 번도 밝히지 않았던 성. 그것이 스바루의 추론을 뒷받침했다.

가필이 밝힌 성과 프레데리카가 밝힌 성은 확실히 다르다. 프레데리카 바우먼——. 그것이 프레데리카가 스바루를 비롯한 이들에게 밝힌 성이므로.

"프레데리카는 피가 흐리다……. 그래서 결계 밖에 나갈 수 있었나."

"인간 어머니와, 혼혈 아버지 사이의 자식일세. 따라서 그 아이는 숲을 자유롭게 드나들 수 있어."

"핫! 자유롭게 드나들어? 웃기는 소리!"

무겁게 끄덕인 류즈의 말에 가필이 짜증스러운 듯 대들었다. 이마의 하얀 흉터에 주먹을 댄 가필. 비취 빛깔을 띤 그 눈동자의 동공이 가늘어졌다.

"드나들고 자시고 없어. 10년 동안 한 번도 안 돌아왔잖아. 프레데리카는 이곳을 버린 거야. 그러니까 그 여자는 더 이상 관계없어."

"가 도령……."

말을 내뱉은 가필은 씁쓸한 표정으로 눈을 돌렸다. 자그마한 체구를 구부정하게 굽힌 청년의 등을 까치발을 든 류즈가 한 차례 두드렸다.

그러고 나서 류즈는 재차 스바루 쪽으로 돌아섰다.

"그런 이유일세. 질질 끈 것에 비해선 실속 없는 얘기라 미안하이."

"……아니, 아무렇지도 않아. 확실히 선택지는 사라졌지만 써먹지 못할 선택지가 마냥 남아 있는 것보다는 훨씬 낫지. 하지만 이걸로 결국 『시련』인가."

낙담하는 감정이 없다고는 못한다. 하지만 지금 말이 단순한 허세라는 것도 아니다. 프레데리카와 가필 사이의, 복잡한 사정을 알아낸 것도 마이너스는 아니다.

단지 문제는 한 바퀴 빙 돌아서 결국은 처음 과제 쪽으로 돌아왔다.

『성역』을 해방하려면 『시련』의 돌파가 필수──. 거보라며 형상 없는 운명이 비웃고 있다는 기분이다.

단, 이번은 그런 운명의 비웃음을 듣고 있지만은 않는다.

"류즈 씨, 가필. 사실은 내게 제안이 있어."

"……제안이라 함은?"

"로즈월에게도 할 거고, 에밀리아에게도 양해를 구해야만 하겠지만…… 먼저 두 사람에게 말해 둘게. 엄청 중요한 얘기니 발설하지 말았으면 고맙겠어."

스바루는 손가락을 세워 입술에 대고 가필과 류즈에게 다짐을 받았다. 그렇게 운을 떼니 두 사람은 의아한 눈치였지만, 이 정도는 주의해 두어야 마땅하다.

"────."

지난번 루프를 겪어 저택 습격에 관한 프레데리카의 결백은 증명됐다.

그러나 그녀는 아직도 전이를 일으킨 흑막에 대해서는 밝히지 않았다. 『정체파』의 존재를 몰랐던 프레데리카지만, 흑막이 그 파벌과 무관하다고는 생각하기 어렵다.

따라서 스바루의 제안이 누설되면 그 흑막이 파고들 빈틈을 줄 수도 있다. 그 때문에 정보는 극비로, 『성역』의 대표격인 두 사람에게만 전하고 싶다.

"그러니까, 약속해 줄 수 있을까?"

"약속이라. 가 도령은 질색하는 말이라고 얘기를 안 했던가?"

"계약과 서약은, 여러 사정으로 더더욱 싫어졌지. 하지만 약속은 별개. 이건 지켜야만 한다고 깨우쳐서…… 그러니까 두 사람에게도 부탁하고 싶어."

구두 약속이라도 상관없다. 함부로 저버릴 두 사람이 아니라고 스바루는 믿고 있다.

약속을 원하는 스바루의 말에 두 사람은 잠시 침묵했다. 하지만 말이 없는 가필 대신에 류즈는 노인다운 한숨을 내뱉고 끄덕였다.

"알았으이. 우리는 절대 발설 안 하겠네. 뭐든 얘기하게나."

"다행이야. 고마워."

승낙한 류즈에게 감사를 표한 스바루는 가필에게도 눈길을 돌렸다. 그는 침묵을 고수 중이지만 부정도 하지 않았다. 그 태도를 긍정으로 받은 스바루는 하던 말을 이었다.

"하고 싶은 얘기는 『시련』에 관한 거야. 에밀리아에게 시키기 싫다는 내 의견은 아까랑 다름없어. 두 사람도 그걸 인정해 줬으면 해."

"아앙? 웃기지 마. 공주님이 안 받는다면 결계는 어쩌려고, 자식아. 옛 추억이 무섭다고 울어봤자 결계는 봐주질……."

"알아. 그러니 『시련』은 내가 대신 받는다. ——그러면 어때?"

"_____."

이를 드러낸 가필을 가로막고 스바루는 자신의 카드를 단숨에 공개했다.

그 내용에 가필은 눈을 부릅뜨고, 류즈도 무감정하게 보이는 뺨을 굳혔다. 그런 두 사람의 반응에 스바루는 묘소에서 있었던 일을 설명했다.

"에밀리아를 구하러 묘소에 들어갔을 때, 나는 무사했었잖아? 그건 내게 『시련』을 받을 자격이 있었기 때문이고…… 나아가선 『시련』을 돌파했기 때문이야."

"『시련』을 넘어섰다……?!"

지난 회차에도 에밀리아를 류즈의 집에 나른 직후에 주고받은 대화의 재현이다. 그때도 가필은 이렇게 스바루에게 자격이 있다는 사실에 놀라고 있었다.

그리 되면 옆에 있는 류즈의 반응도 스바루에게는 예상이 간다.

"복잡한 상황이 됐다. 그렇게 생각 중이야? 류즈 씨."

"심중을 일언일구 다 짚어내서야 부정 못하겠군. 허나 스 도

령의 주장은 알았네."

경악을 다스리지 못한 가필과 달리 류즈는 신속하게 충격을 흡수한 기색이다. 그런데도 생각에 잠긴 눈치인 그녀의 반응에 가필은 힐끔 당혹 어린 눈길을 보냈다.

판단을 바라는 듯한 눈짓. 그 신호에 류즈는 자그맣게 한숨을 내쉬었다.

그리고——.

"스 도령, 내게도 중요한 얘기가 있네."

"뭐지?"

"여기서, 스 도령은 얌전히 있어 줘야 하겠다는 말일세."

"——. ————. 뭐?"

긍정인가, 부정인가.

그 둘 중 한 가지 답변밖에 준비하지 않았던 스바루는 고막에 울린 말을 이해하는 게 치명적으로 늦었다. 아니, 늦지 않았어도 때를 맞추지 못했으리라.

왜냐하면——.

"——끄, 윽?!"

"쓸데없이 움직이지 마. 그럴수록 아픈 맛만 볼 거다."

가필이 우두커니 선 스바루의 목을 거머쥐고 그 몸을 들어 올린 것이다.

그 상궤에서 벗어난 완력에 발이 떠오르고, 악력이 목을 압박해 숨이 턱 막혔다.

"커, 어, 크…… 뭐, 엇……."

" '왜?' 냐고 생각할 게야. 허나 용서는 바라지 않겠네."

류즈는 고개를 느릿느릿 가로저으며 왠지 쓸쓸하게 말했다.

이유를 모르겠다. 난데없이, 왜, 이런 흥행을——.

"약속은 지키겠다. 발설하지는 않네. ——그건, 류즈 시마의 이름에 걸고 맹세하지."

목소리가, 멀어진다. 뭔가 말하려는 류즈의 목소리도.

대신에 의식은 가필의 뜨거운 손바닥에 집중되어 현실과 꿈의 경계가 사라졌다.

뚝. 실이 끊어지듯이. ——무엇을, 그르쳤는가.

"_____."

아무것도 모르는 채로 스바루의 의식은 어둠 속에 거꾸로 뒤집혀 추락했다.

4

——의식 가장자리에 처음으로 걸린 것은 연속적으로 이어지는 물방울 떨어지는 소리였다.

"_____."

같은 간격으로 떨어지는 물방울이 리듬을 타고 무음 속에 대음량으로 울리는 착각이 떠올랐다. 그 착각에 따라 잠자고 있던 뇌가 활동을 재개. 피가 온몸에 두루 퍼지는 것을 실감했다. 그 피의 순환에 손발의 저린 감각을 강하게 느끼고 몸을 뒤틀려다가—— 그게 불가능했다.

"읍——?!"

순간, 의식은 즉각 각성하여 스바루는 자기 자신의 존재를 되찾았다. 그와 동시에 보여야 할 세상이 보이지 않고, 움직여야 할 손발이 움직이지 않는 이상을 재확인했다.

——눈이 멀고, 손발이 잘렸다?!

최악의 상상이 뇌리에 스치지만, 조급한 결론에 절망하기 전에 머리의 압박감을 알아챘다.

단단히 두 눈을 가리는 감각은 아마도 눈가리개다. 손발이 움직이지 않는 것도 마찬가지로 밧줄로 구속한 것이리라. 손은 뒤로 묶이고, 발목도 단단히 묶여 있었다.

그리고 입에는 재갈이다. 여기까지 오면 싫어도 이해할 수 있다. ——감금 상태라고.

"————."

난데없는 사태에 혼란을 일으키면서도 스바루는 현 상황을 이해하고자 어떻게든 뇌를 활용했다.

『사망귀환』 지점에 변경이 없으면 리스타트는 묘소의 석실에서 시작될 터다. 즉, 이것은 『사망귀환』과는 관계없다. 그렇다면 의식을 잃기 직전의 사건은——.

"————."

가필과 함께 숲으로 가서 류즈와 같이 대화하던 도중, 흉행을——.

"——상황을 보러 왔더니만, 마침 딱 깨어났다니 재수가 좋은데."

기억이 되살아나서 스바루의 상황 파악이 끝난 직후였다.

마치 타이밍을 재던 것처럼 머리 위에서 목소리가 들려왔다. 바닥에 배를 대고 누운 스바루는 고개를 들어 보이지 않음에도 상대의 위치를 어림잡고 말했다.

"아흐일······."

"뭔 말인지 모르겠는데 아마 이 어르신 이름이겠지. 가만있어. 지금 재갈은 풀어주마. 미리 말하는데 도움을 청해 봤자 헛수고라고."

발소리가 접근하는 기척. 바로 옆에 누군가가 쭈그려 앉은 소리가 나고, 손이 스바루의 입가에 닿았다. 그 손이 단단히 매듭지은 재갈을 풀자 스바루의 턱과 혀가 해방됐다.

"요걸로······."

"──누가 좀─!! 난 여기에 있어─!! 살려줘─!!"

"으허?! 야, 소리치지 말라고 했었잖아!"

해방되자마자 지시를 어긴 스바루의 턱이 힘으로 다물렸다. 가필의 악력에 광대뼈가 삐걱거리고 그 통증에 스바루는 신음성을 참으면서 대꾸했다.

"소리치지 말라고 해서, 소리 안 치는 감금 피해자가 어디 있겠냐······!"

"악을 쓰든 소리치든 헛수고라고. 여긴 『성역』의 누구도 안 오는 은거지야. 당연히 촌락과도 한참 떨어졌지. 군소리 말고, 도로 재갈 물기 싫으면 닥치고 있어."

바로 코앞, 아마도 눈을 가린 스바루와 이마를 맞대고 하는 충고다. 그 말에 스바루는 더 이상 떠들어봤자 도움은 오지 않는다고 숨을 삼켰다.

"그런 식으로 얌전히 있으라고. 아픈 맛 보기는 싫잖아."

혀를 차는 가필로부터 가시 돋친 적의가 꽂혔다. 그 적의를 받으며 스바루 또한 그의 진의를 캐물어야만 한다고 어금니를 깨물었다.

왜 스바루를 감금했는가. 류즈의 의도까지 포함해서 물어봐야만 한다.

"……일단, 도망칠 때 참고 삼게 여기가 어딘지 자세히 물어도 될까?"

"핫! 여유작작한데, 엉! 허둥댈 줄 알았더니. 좀 다시 봤다."

"욱해 봤자 호전되지 않는다. 이게 요즘 학습 성과라서. 서서히 질문 범위를 넓혀 가며 네가 대답하게 만든다는 술수지. ……난 얼마나 자고 있었지?"

"……그쯤이라면 대답해 주지. 반나절. 지금은 불의 각(刻) 한창일 때다."

속셈을 드러내는 스바루의 교섭에 가필은 어조를 낮추며 대답했다.

경과 시간은 반나절. 이것은 배 속 상태로 봐도 믿을 수 있을 듯하다. 그렇다면 이미 밖에서는 다른 사람들이 스바루의 부재를 알아챘을 텐데——.

"반나절 만에 잊힐 캐릭터가 아니란 자신은 있지. 무슨 수로 둘러댄 거지?"

"그건 니가 신경 쓸 문제가 아니지. 그보다 니가 신경 쓸 필요가 있는 건 다른 쪽 아니냐? ──아니면 필요 없어?"

별안간 가필의 음색이 사나워지고 스바루는 눈가리개 뒤로 눈썹을 모았다.

지금 가필의 말에는 힘과 위화감이 있었다. 단정과, 확인이다. 가필은 스바루에 대한 모종의 확신이 있고, 반대로 스바루에게는 짚이는 곳이 없다.

그렇기에 스바루에게 지금 가필의 말은 위화감이 된 것이다.

"이번엔 시치미 떼고 자빠졌냐. 아까 당당하던 건 어디로 갔어? 앙?"

"……미안한데, 진짜로 뭔 소리 하는지 모르겠어. 네가 나한테 뭔가 감정이 있다면, 분명하게 말해. 람에게 하는 말처럼."

"싸구려 도발이나 하는군. ──싼 맛 나는 도발은 아주 좋아한다고."

날카롭게 숨을 내쉰 가필이 스바루의 멱살을 잡고 들어 올렸다.

움직이지 못하는 스바루는 속수무책으로 차갑고 딱딱한 벽에 등부터 찧었다. 그대로 뭔가 날카로운 감촉──. 가필의 손톱일까. 그것이 목에 닿았다.

"죽음도 안 두려워하지. 니놈들은 하나같이 머리가 이상한 걸로 유명하단 말야."

"잠깐…… 진짜로, 얘기가 안 이어져. ……너, 내게 뭘."

"시침 떼지 마! 그토록 온몸에서 독기 뿌려놓고, 모른단 변명이 통할까 보냐! ──어엉? 마녀교도가!"

"──뭐, 어?"

손톱이 세게 밀려들어가 스바루의 목이 얕게 찢어졌다. 희미
하게 날카로운 통증이 퍼지고, 찢어진 상처에서 피가 뚝뚝 떨어
지는 걸 느끼지만 스바루는 그 통증에 의식을 쪼개지 못했다.

그 이상의 놀람과 충격이 스바루의 이해를 초월한 것을 뇌에
때려 박고 있었다.

"묘소를 나왔을 때부터 냄새가 짙어졌었지. 하지만 독기가 짙
은 놈은 평범한 놈 중에도 드물게 있단 말야. 『의혹 어린 피텔로
는 무죄방면』이라지. 그래서 아무 짓도 안 한다면 못 본 척해 줄
작정이었는데…… 공주님 대신에 『시련』을 받으시겠다?"

"────."

"개소리 작작해. 마음에도 없는 말로 누가 니놈을 따르겠냐.
얼간이 자식아!"

"마음에도, 없어……?"

"틀린 말 했냐. 거창한 명목 늘어세우고 이것저것 변명하고
자빠졌지만, 니 태도 어디에 에밀리아 님을 걱정하는 게 있었는
데? 그건 말이다. 이 어르신이 제일 싫어하는 놈이랑 똑같은 눈
이라고. ──지가 보고 싶은 거 말고는 아무것도 안 보는 눈이
다."

이유 없는 오해라고, 소리 높여 외쳐야 했다.

그러나 『사망귀환』 직후에 품은 감개──. 에밀리아 생각을
하기보다 『사망귀환』한 것을 파악하고 안도한 사실이, 가필의
의심에 대한 반론을 막았다.

이어서 그가 내뱉은 사나운 말로 스바루의 뇌리에 어느 사건
이 되살아났다.

그것은 과거에, 이 상황과 몹시 비슷한 상황에서——.

"내, 몸에서, 마녀의 독기……?"

"그래. 모르쇠가 통할 거라 생각 마라. 니놈의 그건, 비정상적
이라고."

"……묘소를, 나온 뒤로, 짙어졌다고."

그것은 『시련』을 받은 것이—— 아니, 『사망귀환』한 것이 원
인인 변화. 마녀의 힘으로 되살아날 때마다 스바루의 존재를
에워싼 그것은 색깔이, 냄새가 진해진다.

——그 향을 그녀는, 『렘』은 이렇게 불렀다.

"마녀의, 잔향……!"

"핫! 재미있는 이름이잖아. 느낌이 딱 온다고. 마녀의 잔향!
니가 온 몸에서 질질 흘리고 있는 게, 그 구린 마녀의 냄새다!"

목소리를 쥐어짜낸 직후, 가필이 거칠게 스바루를 바닥에 내
던졌다.

대비도 못하고 어깨부터 딱딱한 바닥에 격돌했다. 둔통에 신
음성이 터지지만 스바루는 억지로 집어삼키고 최악의 상황을
새삼 저주했다.

옛날, 렘이 스바루를 의심하며 여러 번 죽음에 몰아넣은 원인
이 된 방아쇠.

——마녀의 잔향. 그 말이 장애물이 되어 다시 스바루의 앞을
가로막는다.

"――――."

"묘소에 들어가서 뭘 하려고? 뭘 꾸미고 있어? 마녀의 무덤이니, 변변치 못한 꿍꿍이겠지."

되돌아올 때마다 변하는 가필의 태도를 변덕이라고 단정했었다. 잘못 짚었다.

가필의 태도 변화는 스바루를 에워싼 독기의 농도 변화를 이어받은 것이다.

그렇기에 첫 번째 루프, 가장 독기가 흐렸던 스바루에게는 묘소 공략을 제안하고, 이후에 독기 농도가 증가한 스바루에게는 불신감을 드러냈다. 이번 루프에서 감금에 이른 것도 그것이 이유다.

――그리고 이 사실은 스바루에게 있어 맹렬하게 위험한 상황임을 의미한다.

"――――."

『사망귀환』이 원인인 이상, 횟수를 거듭할수록 가필과의 관계는 악화된다. 덧붙여 말하자면 리스타트 지점은 묘소――. 관계 개선을 꾀할 시간이 압도적으로 부족하다.

처음 만났을 적, 비슷한 이유로 스바루를 위험시하던 렘은 그래도 스바루를 판단할 시간을 주었다. 하지만 성질이 급한 가필에게는 그런 게 없다.

스바루를 에워싼 독기를 위험하다고 보면 즉각 배제하는 것도 불사한다.

"잠깐……. 그렇다면, 넌 어째서 날 가두는 거지……?"

"아앙?"

"날, 비정상이라고…… 묘소에 들어가는 것도 위험하다고 판단할 거면, 날 이렇게…… 가두는 건 이상해. 왜, 처리를 안 해……?"

"처리! 핫! 어울리는 소리 쉽게도 말해 주는구만!"

스바루의 의문에 가필이 날카롭게 숨을 내뱉고 울분이 치미는 듯 혀를 찼다.

"이 어르신도, 그럴 수 있으면 냉큼 해치우고 싶다고. 근데 그럴 수도 없지."

"그럴 수 없다……?"

"니가 요령 좋게 주위 녀석들한테 들러 붙었잖냐. 섣불리 니한테 손댔다가 『테슬라 요새의 함락』처럼 폭발하는 건 사절이다."

빈번히 튀어나오는 수수께끼 관용구지만 이번 것은 앞뒤 문맥을 보아 내용을 파악할 수 있었다.

가필이 두려워하는 폭발이란 스바루가 무사하지 않다는 사실을 알아낸 사람── 아마도 에밀리아나 아람 마을의 사람들이 『성역』에 반발하는 행위다.

하지만 그걸 위험시하고 있다는 말은──.

"의외로 내부의 고삐를 못 쥐고 있군……. 난 위험 요인인 것과 동시에, 억지력인가."

"약삭빠른 놈이군. 그렇지도 않으면 못된 잔머리도 안 굴러가겠지만."

목소리가 접근한다. 바닥에 쓰러진 스바루에게 쭈그려 앉은 가필이 얼굴을 들이대었는가. 그 거리감을 유지하며 가필은 스바루의 머리를 움켜쥐고 말을 이었다.

"솔직히 『시련』 얘기에는 식겁했지. 근데 극복했단 말은 허풍이 너무 셌어. 결계엔 아무 변화도 없더군. 거짓말이 훤히 보인다고."

"아아, 그거냐……. 사실은, 묘소의 『시련』은 다 합쳐서 세 번이라더라."

"이 상황에 용케도 말해서. 그 똥배짱만은 감탄한다."

"하긴 못 믿겠지……. 나도, 이야기하는 순서를 완전히 잘못 잡았다……."

『시련』을 받을 자격이 있다고 설명, 극복했다고 전달, 사실 관문은 하나가 아니라고 해명. 의혹을 품은 상대에게 있어 최악의 공개 방법이라고 해도 과언이 아니다.

"……내, 처분은 어떻게 되지?"

"에밀리아 님에게 달렸다고 말해 두마. 일단 감금은 계속할 거다. 안 죽게끔 대접해 주겠지만…… 결계가 풀린 다음, 독기에 대해 대화나 나눠 보자고."

죽이지는 않는다고 감금 상태의 유지를 선언하는 가필의 말에 스바루는 침을 삼켰다.

뇌리에 스친 것은 잡다한 감정을 빼놓은 다양한 문제다.

——『시련』에 도전하는 에밀리아. 수상한 로즈월. 그를 긍정하는 람. 반응이 없는 팩. 저택을 습격하는 엘자. 공범일 『마수

사역자』. 흑막을 밝히지 않는 프레데리카. 참극에 휘말리는 페트라. 지금도 잠자고 있는 렘. 마서를 껴안은 베아트리스.

그리고 거기에 독기를 위험시하는 가필 및 그와 의견이 같은 류즈가 덧붙으며, 스바루의 부재에 폭발할 수도 있는 아람 마을 사람들의 존재가 있다.

"하."

이게 뭐냐. 이건 대체 뭐냔 말이다. 무엇을 왜, 어떡하면 되지.

도대체 어떡해야 이만한 장애물이 들어찬 상황을 돌파 가능한가. 타파 가능한가.

차라리 이 감금 상태가 된 시점에서 『외통수』의 장기판이라고 파악하면——.

"——큽?!"

"——어딜 감히."

입안에 이물이 쑤셔 박혀서 스바루는 경악하며 심하게 콜록거렸다. 하지만 그 행위를 저지른 가필은 주저 없이, 몸부림치는 스바루에게 잽싸게 재갈을 도로 채웠다.

이제 목소리는 낼 수 없다. 그와 동시에——.

"자결도 용납 못해. 니가 뭘 생각하고 자빠졌는지 모를 노릇이지만."

"————."

충동적으로 혀를 깨물려다가 가필에게 방해 받았다. 재갈이 채워진 턱은 자유를 빼앗기고 입가에서 흘리는 침을 닦을 수도 없다.

자해가,『사망귀환』이 봉인됐다.

가필에게는 스바루를 살려 둘 이유가 있다. 따라서 스바루를 죽게 놔두지 않는다.

"이 어르신이 니놈한테서 가장 마음에 안 드는 게, 그 태도라고."

"아흐일……!"

"독기니 마니 하는 것만이 아냐. ——그 눈이, 로즈월 자식이랑 판박이다."

말을 내뱉은 가필이 신음하는 스바루를 걷어찼다. 딱딱한 바닥을 굴러 벽에 부딪힌 스바루는 위를 보고 누운 채로 필사적으로 거친 호흡을 반복했다.

"밥과 아랫도리 사정은 사람에게 맡겨 놨다. ——이상한 짓, 하지 마라."

그 공갈 같은 말을 끝으로 가필의 발소리가 멀어졌다.

"암한! 아흐일! 어어어어!!"

몸을 뒤틀며 멀어지는 기척에 목소리를 내던졌다. 말이 되지 못하는 목소리에 상대는 멈춰 서지 않는다.

그대로 스바루의 필사적인 목소리는 닿지 못한 채로 기척은 사라지고——.

"——아흐이일!!"

——스바루에게 있어 최악의 감금 생활이 막을 열었다.

5

공허한 시간의 경과가 스바루의 정신을 천천히 갉아먹는다.

"————."

가필이 떠나고 본격적인 감금 상태에 빠지고서 몇 시간——. 이 몇 시간조차 정확한지 애매하지만, 과연 밖에서는, 『성역』에서는 무슨 일이 일어나고 있을까.

떠날 때 가필과의 대화를 감안하면 결코 상황은 바람직하지 못하다.

——그럴 때에, 나는 도대체 뭘 하고 있는 거냐.

재갈에 혼잣말까지 금지되고 침을 뚝뚝 흘리면서 마음속으로 자조했다.

스바루가 해결해야만 하는 장애가 산더미처럼 존재한다. 그런데도 정작 스바루는 아무것도 못하고 이곳에서 애벌레처럼 기고 있는 게 실상이다.

"————."

누구를 믿고, 무엇을 해명해야 문제를 해결할 수 있는가. 그 답이 필요하다.

에밀리아에 대한 애정이, 로즈월에 대한 불신이, 베아트리스에 대한 후회가, 가필에 대한 분노가, 엘자에 대한 증오가, 휘몰아치고 휘몰아쳐서 스바루의 마음을 끈적하게 녹였다.

눈가리개는 아프도록 세게 죄였다. 아무것도 보이지 않아서 스바루는 물음의 방향을 자기 마음에 겨눌 수밖에 없다. 자기 자신의 내면을 메운 것은 수수께끼와 의심. 요컨대 속수무책이다.

생각은 갈 곳이 막히고, 행동은 봉인. 자해도 허용되지 않는 스바루를 초조함이 좀먹는다. 시시각각 시간은 지나고 머잖아 반드시 찾아들 재앙으로 향하는 카운트다운은 진행된다.

"―――."

초조의 불꽃에 마음이 불타면서 스바루의 뇌리에 저택에서 벌어진 참극이 되살아났다.

아무도 구하지 못한 비극. 그런데도 수확이 제로였던 건 아니다. 프레데리카는 습격과 무관하다고 알아냈고, 습격자도 엘자와 『마수 사역자』라고 알았다.

무엇보다 가장 큰 수확은 행동하기에 따라서 저택이 습격당하는 날이 변화한다는 사실이다.

지난번 루프와 지지난번 루프에서, 저택의 습격은 사흘가량 오락가락했다. 그에 관해서 엘자는 『예정을 앞당겼다』고 분명히 말했었다. 이 정보는 크다.

습격은 저택에 누군가가 돌아오는 걸 기다려서 시행된다.

현시점에서는 가장 길면 5일째――. 첫 회차, 스바루가 저택에 돌아간 저녁까지는 보증이 있다.

"―――."

하지만 그 사실은 동시에 다른 문제를 품고 있다.

언제 돌아가도 저택의 습격이 있는 이상, 렘과 다른 사람들의 피난은 현실적이지 못하다. 습격자인 엘자와 『마수 사역자』는 그곳에서 격퇴할 수밖에 없는 것이다.

그러기 위한 전력으로서 람과 프레데리카, 두 명으로는 부족했다. 현재 전력으로 꼽을 수 있는 사람은 두 명을 제외하면 에밀리아, 로즈월, 그리고 가필까지 세 명.

로즈월은 상처가, 에밀리아는 결계가, 가필은 그에 더해 신뢰가 장벽이다.

혹은, 저택에 남아 있는 마지막 한 명에게 힘을 빌릴 수 있다면──.

"에아, 으이으……."

오열처럼 소녀의 이름을 뇌까렸다.

──결국 스바루는 베아트리스의 입장을 지금도 알 수 없었다.

『복음』을 들고, 여태까지 모든 일은 책의 기록에 따르고 있었다고 외쳤던 베아트리스.

막말을 주고받으며 얼굴을 맞대면 서로 싫은 티를 낸다. 그런 관계 중에서도 길러온 뭔가가 있다고, 그렇게 생각했던 건 전부 스바루의 독선으로서.

──정말로, 그런 거냐?

그렇다고, 소리 높여 긍정 받았다.

울먹이는 소리로 베아트리스는 모조리 허구였다고 단언했다.

그런 말까지 들었음에도 스바루는 베아트리스의 그 말을 거짓말이라 여기고 싶었다.

죽는 순간에 보고 들은, 울먹이는 눈과 목소리가 스바루에게 베아트리스의 말을 의심하게 해 주었다.

"아, 으에……."

설사 지금까지 모든 것이 책에 적혀 있는 것과 같았다고 하더라도.

설사 저택의 참극이 책의 기록에 따라서 일으킨 것이었다고 하더라도.

──지금은 까닭 없이 네 목소리를 듣고 싶어.

"_____."

아무도 오지 않는다. 아무 소리도 들리지 않는다. 그런 곳에 홀로 남겨져서.

스바루는 사라지지 않는 어둠 속에서 마냥 덧없는 희망만을 그리며 매달리고 있었다.

──그리하여 스바루가 어둠 속에 있는 동안에도 시간은 지나간다.

깨지 않는 악몽에 짓눌리며 손이 닿지 않는 후회의 시간이 몇 번이고 몇 번이고 반복됐다.

팔만 남은 페트라. 스바루의 눈이 닿지 않는 곳에서 참살당하는 프레데리카. 행방을 알 수 없는 람. 늦었다는 사실만을 전해 들은 렘. 마지막 순간의 베아트리스.

"_____."

더, 더, 몇 번이나 붉게 물드는 광경을 반복한다.

장물 창고의 바닥에 쓰러진 에밀리아. 유리에 목이 찢긴 롬 영감. 무정한 일격에 베여나간 펠트. 저주로 쇠약사한 렘. 마녀교의 손에 희생된 아람 마을의 사람들. 창고에 밀려들어간 아이들. 안구가 뽑힌 페트라. 죽음의 화장으로 단장된 람. 온몸을 유린당한 렘. 두 번 몰살당한 마을 사람들. 그들을 감싸고 꼬챙이에 꿰인 람. 백경의 거체에 깔리고 안개에 사라진 토벌대. 『나태』의 손에 찢긴 수인들. 폭살에 휘말린 마을 사람과 토벌대. ──시체, 시체, 시체. 죽음에 둘러싸여 지켜보며 후회를 거듭했다.

"_____."

몸을 틀어 손발을 단단히 묶고 있는 밧줄에 아픔을 요구했다. 아픔이면 족하다. 지금은 그게 필요하다.

아무것도 보이지 않는 암흑에 후회 서린 경치가 몇 번이고 몇 번이고 상영된다.

아무것도 들리지 않는 무음이 구하지 못한 누군가의 단말마를 몇 번이나 재연한다.

아무것도 손이 안 닿는 무력함에 수도 없이 맛본 절망이 되살아나 영혼을 깎아낸다.

"_____."

암흑 속에 외로이 남겨진 것은 첫 경험이 아니다.

차갑고 빛이 없는 동굴에 방치된 적도 있었다.

그렇지만 그때는 분노와 증오에 마음이 지배됐다는 점과, 죽음에 임한 렘의 존재가 진짜 의미로 스바루를 외톨이로 만들지는 않았다.

지금은 외톨이였다.

고독이 마음을 좀먹는다는 사실을 스바루는 진짜 의미로 처음 깨달았다.

　"＿＿＿＿＿."

　감금 생활 동안, 사실 아무와도 접촉이 없던 건 아니다.

　가필도 말한 대로 그에게는 스바루를 죽게 할 수 없는 이유가 있다. 그 때문에 스바루에게는 식사를 나르고 배설 시중을 하려는 움직임도 있었다.

　쾌적하다고도, 극진하다고도 할 수 없지만 보살피는 사람이 붙어 있다. 그건 감금의 피해자로서는 고급스러운 부류에 들어간다고는 말 못한다.

　그 보살피는 사람의 존재는 스바루의 고독을 달래는 데에 하나도 보탬이 되지 않으므로.

　"＿＿＿＿＿."

　차닥차닥. 바닥 위를 맨발로 걷는 소리가 들리고 누군가의 기척이 접근한다.

　하루에 두 번, 혹은 세 번 식사를 주기 위해서 스바루를 찾아오는 담당자의 기척이다.

　"＿＿＿＿＿."

　담당자는 말없이 금속제 쟁반을 아마도 바닥에 놓았다. 그리고 천천히 스바루의 머리를 들어 올려 재갈을 벗겼다. 이 순간, 혀를 깨물 기회가 있지만——.

　"——우극."

기계적인 움직임으로 조그만 주먹을 입안에 욱여넣는다.

주먹에 턱 움직임이 봉인되고, 그 사이에 상대는 빈손으로 쟁반에서 접시를 회수. 입 틈새로 접시 내용물을 부어넣어 억지로 식사를 시킨다.

식사는 차갑게 식은 수프에 가깝다. 맛볼 여유도 없다. 목을 침범하는 것을 필사적으로 마시고 헐떡이면서 위장에 붓는다. 식사라기보다 단순한 경구 섭취다.

그 과정이 끝나면 기침하는 스바루를 거들떠보지도 않고 다시 재갈을 채운다. 흘린 수프로 더러워진 얼굴을 닦는 일도 없이 담당자는 스바루의 속옷── 배설물을 지리지 않았는지 확인만 하고 부랴부랴 그 자리를 떠나는 것이다.

그동안 담당자가 스바루에게 말을 거는 일은 한 번도 없다.

처음에는 스바루 쪽에서 재갈 너머로 말을 걸어봤지만, 상대가 응답한 적은 없다.

의지가 없는 시종 인형. 그런 인상이 착 와 닿는다.

"────."

보살피는 사람과의 접촉이, 스바루의 마음을 더욱더 궁지로 몰았다.

누군가가 있다는 사실을 절실하게 느낌으로써 도리어 스바루의 고독이 깊어졌다.

시간이 흘러간다. 착각이 아니라 정녕 돌이킬 여지가 없어진다.

지금 몇 시인가. 몇 일인가. 무슨 일이 일어나고, 무슨 일이 일어나지 않았으며, 어떻게 되어가고 있는가.

　——나는 도대체 언제가 되어야 죽을 수 있을까.

　뺨에 묻은 수프가 말라가는 불쾌함을 맛보면서 그런 생각이나 하고 있었다.

　사람의 마음이란 암흑과 고독에 약하다. 그런 이야기를 어디선가 들어본 적이 있다.

　그 이야기를 들었을 때, 아마 스바루는 코웃음 쳤을 것이다. 정신력 같은 건 좀처럼 다른 사람과 비교할 수 있는 게 아니지만 그래도 어둠과 고독에 굴복하다니 어처구니없는 얘기라고.

　무슨 실험의 결과인지는 모르겠지만 난 그렇게 되진 않는다.

　근거도 없이 나만은 그냥 괜찮다고, 그렇게 생각하며 웃음거리 삼지 않았던가.

　"————."

　그리고 실제로 암흑과 고독에 놓이고서 퍽 시간이 지났다.

　현재 스바루는 죽는 일만 생각하고 있다.

　죽는 방법을 생각하고 있다. 『죽음』을 바라고 있다.

　혹시 그것은 어쩌면 『사망귀환』과는 관계없는 바람일지도 모른다.

　암흑이 무섭다. 고독이 두렵다. 그 사실을 모르고 있었다.

　숨을 멈추면 죽을 수 있는 게 아닐까. 밧줄에 팔을 계속 문질러 출혈로 죽는 건 어떤가. 머리를 바닥에 부딪치다보면 언젠가는. 다음 순간, 지진으로 땅이 갈라져 추락사하지는 않는가.

여기저기 흘린 식사가 있다. 벌레가 끓어서 스바루를 잡아먹는 건 어떤가. 쥐는 약한 환자의 손가락이나 귀를 갉아먹는다고 들었다. 왜 지금의 나를 먹이라고 인식하지 않나.

본인이 본인이라는 사실조차 망각한 단순한 고깃덩어리라고 ──.

"────."

죽음을 애원하던 나머지, 그것을 깨닫는 게 늦었다.

발소리다. 인기척이 접근하고 있다. 또 담당자의 시간인가. 고독이 깊어질 기회다.

딱딱한 바닥을 뭔가가 두드리는 소리가 들렸다. 그 소리는 천천히 쓰러진 스바루 쪽으로. 지금 위를 보고 누웠는지 엎드리고 있는지, 그것도 알 수 없는 이쪽으로 오고 있다.

아사(餓死), 아사는 어떤가. 완고하게 식사를 거부하면 느릿하게나마 죽음은 다가온다. 그걸 시도하려고, 보살피는 사람이 내미는 손을 거절하려다가──.

"──끔찍한 상태일 줄 알았습니다만, 이건 생각했던 것보다 심각한데요."

그 순간, 그게 무엇인지 스바루는 이해할 수 없었다.

고막을 울리는 소리가, 자신의 더러운 숨결과 맥박 말고 이 세상에 있었던가. 미지의 뭔가와 맞닥뜨린 듯한 심정으로 그것이 『말소리』라고 한참 뒤늦게 이해했다.

누군가의, 목소리다. 몇백 년 만에 들은 것만 같은 다른 사람의 목소리. 그것도 알고 있는 목소리였다.

"──아."

"이크, 소리는 지르지 마세요. 꽤 위험한 다리를 건너서 온 거라 여기서 보초에게 잡히는 건 사양이에요. 피차 포기할 줄 모르는 성격이잖아요?"

신음 소리에 스스럼없이 응수한 상대가 나뒹구는 스바루의 몸에 뭔가를 했다. 경쾌한 소리가 나고 스바루는 손발의 구속이 풀린 것을 이해했다. 팔이, 다리가 자유롭게 움직인다.

엎드리고 있던 몸을 굴려서 위를 보았다. 호흡이 벅차다. 왜지?

"재갈 풀게요. 푸는 김에 눈가리개도."

"────."

숨이 막히는 원인이 제거되고 침이 입 끝에 꿀럭 넘쳤다. 그와 동시에 줄곧 머리를 죄고 있던 눈가리개도 풀렸다. 해방감에 눈물로 달라붙은 눈꺼풀을 움직였다.

풀로 붙은 것을 떼는 듯한 소리가 나고 눈꺼풀이 열렸다. 암흑. 그것은 시간과 함께 밝아지고──.

"뭐가 어쨌든 간에 살아 있어줘서 안심했어요, 나츠키 씨."

──그렇게 말하고, 몇백 년 만의 경치 속에서 오토 스웬이 웃고 있었다.

6

눈앞에 있는 얼굴에 스바루는 말없이 마냥 넋이 나갔다.

"뭐죠? 그 있을 수 없는 거라도 보고 자기 머릿속을 믿을 수 없어진 결과, 꿈이나 허깨비라도 보는 게 아닌가 의심하는 듯한 얼빠진 얼굴은."

"……딱 그거다."

허리에 손을 짚고 살짝 분개한 표정의 오토를 쳐다보며 스바루는 가까스로 그렇게 말했다.

목은 바싹 마르고, 온몸은 쇠약에 따른 권태감으로 공기마저 무겁게 느껴진다. 묶여있던 손발과 몸은 살짝 움직인 것만으로도 통증이 번지고, 감금 중에는 깨닫지 못한 이상이 다발하는 중이었다.

그럼에도 살아 있기는 하다. 그것도——.

"——네가 오는 건 예상 외 오브 예상 외였어."

"하긴 이해해요. 솔직히 저는 여기서 상당히 미덥지 못한 편일 테고……."

"아니 그냥 네 존재가, 머리에서 쏙 빠져 있던 수준인데……. 과장 없이 그토록 시간이 있었는데…… 네 생각은 한 톨도 머리에 스치지 않았다고……."

"이 사람 봐. 이 상황에도 가차 없이 남의 의욕을 깎아먹네!!"

"큰 소리, 내지 마라……. 네가 한 말이잖아……."

비명 같은 소리를 지른 오토가 스바루의 주의에 수긍 못하겠다는 표정을 지었다. 이런 대화도 그립다. 아무래도 이곳에 있는 건 진짜 오토 같았다.

"고독한 나머지, 환영을 봐서…… 처음으로 나온 게 너였으면 어떡할까 했는데……."

"목이랑 체력이 엉망인 상태인데 말도 잘하세요. 자, 물이요."

오토가 말도 많은 스바루의 입을 닫고자 금속 수통을 내밀었다. 받아들고 절반가량 남은 물을 뒤집어쓰듯 마셨다. 실제로 일부는 세수하기 위해 뿌렸다.

"그래서 슬슬 얘기할 수 있을 것 같아요?"

"콜록……. 가까스로, 말이야. 먼저 물어도 되겠어? 지금, 며칠 지났지?"

"그 질문이, 나츠키 씨가 행방을 감춘 밤부터 세어보라는 취지의 질문이라면 그로부터 사흘이 지났어요. 건물 밖은 밤……『시련』의 시간이에요."

"사흘……! 그리고『시련』도 아직 계속하고 있는 거야?!"

질문의 답과 그에 따라붙은 정보에 스바루의 안색이 바뀌었다.

사흘 뒤의 밤. 그것은 저택의 시간제한을 반나절 뒤로 남긴 시간이다. 그리고 계속된『시련』의 도전은, 스바루 감금 뒤의『성역』상황과 다이렉트로 관계된다.

스바루의 반응에 오토는 피곤한 표정으로 고개를 가로젓고 대답했다.

"나츠키 씨 마음도 이해하겠는데요. 에밀리아 님께서도 생각이 있어서 하는 일이에요. 결계를 풀 필요가 있는 건 여전히 변함이 없으니까요……."

"……내가 없는 동안, 무슨 일이 있었는지 들을 수 있을까?"

"저도 그다지 자세히 설명하지 못할 복잡한 사정이 있는데 말이죠……."

오토는 이야기 전에 묘한 서두를 깔고, 천천히 말하기 시작했다.

문제는 스바루가 없어진 그날 밤, 다시 말해 스바루의 행방불명이 계기였다.

"당연하지만 나츠키 씨의 실종은 금방 퍼져 나갔어요. 그날 밤 변경백과의 약속이 있었다고 들었고, 그게 아니어도 나츠키 씨는 여기서 유명인이니까요."

"빈말은 됐어. 하던 말 계속해 줘."

"딱히 빈말은 안 했는데……. 아무튼 나츠키 씨의 행방을 알 수 없어져서 촌락은 꽤 어수선해졌죠. 특히 에밀리아 님이 크게 평정을 잃어서 이튿날은 『시련』의 도전을 미뤘을 정도예요."

"에밀리아가……."

평정을 잃었다는 말에 에밀리아의 심경이 우려됐다. 스바루가 곁에 있을 수 없었던 이상, 그녀는 『시련』 첫날의 심적 위로를 받지 못했다.

자상한 말로 격려하지도, 위로할 수도 없었던 게 새삼스레 분했다.

"……계속할게요, 나츠키 씨."

"……아아, 부탁해."

그 뒤에도 오토는 담담히 『성역』에서 벌어진 사건을 객관적으로 설명해 주었다.

스바루의 실종은 밤중에 헤매는 숲에 들어간 게 원인으로 지목된 것. 람의 『천리안』을 이용해도 스바루는 발견하지 못하고, 에밀리아는 한때 숲을 수색하러 나갔던 것. 아람 마을 사람들도 뜻 있는 사람을 모아 수색대를 꾸려 숲을 찾아다녀준 것.

　그리고 그 활동에 가필 쪽은 아낌없이 협력해 준 것——.

　"그런 짜고 치는 판이 다 있냐. ……뭐가, 바깥은 잘 처리한단 거야."

　스바루의 실종 사건을 잘 처리하겠다는 투로 말했는데, 뚜껑을 열고 보니 이런 날림이 또 없다. 가필의 무계획성이 엿보인다.

　"하지만 실제로 에밀리아는 내 수색을 중단했단 말이지……."

　"그건 에밀리아 님의 생각과, 변경백의 한마디 때문이에요."

　의문에 고개 숙인 스바루의 말에 오토는 손가락을 세우고 좌우로 흔들었다.

　"변경백이 에밀리아 님한테 제의했거든요. 소수로 숲을 찾아서 끝이 안 난다면, 대규모 수색대를 풀 수밖에 없다. 그러기 위해서 『성역』의 해방을 우선해야 한다고."

　"숲에, 수색대……. 에밀리아가 그 말을 받아들인 거야?"

　"백경 토벌, 마녀교 대죄주교의 격파. 그러한 공훈을 세운 나츠키 씨를 괄시하는 짓은 안 한다고, 변경백이 정식 서약을 세웠다나 뭐라나 해서."

　오토는 어색하게 눈을 내리깔지만 스바루의 마음속은 참으로 혼란스러웠다.

가필의 발뺌이야 어쨌든 로즈월의 태도에는 의문이 너무 많다.

애당초 이번 회차에서 스바루는 로즈월에게 질문 공세를 펼칠 작정이었다. 저택의 참극에 임해 『복음』을 가지고 있는 베아트리스는 어떻게 관여하고 있었는가. 정령이기도 한 그녀의 생각에 대해 가장 자세히 아는 것은 계약을 나누었다고 들은 로즈월, 바로 그 남자다.

이번에야말로 숨기지 않고 둘의 관계를 남김없이 실토하도록 하는 게 목적이었다. 하긴 그건 가필과 류즈의 간섭으로 훼방받았지만——.

"그 맹세도 있어서 어제 오늘 에밀리아 님은 귀기 어린 모습으로 『시련』에 도전했죠. 그런데도 『시련』을 넘지 못한 것에 매우 마음이 아프시다고 하고……."

"……아까부터 조금씩 신경 쓰이던데."

"네? 뭔데요?"

말이 중간에 끊겨 오토가 눈썹을 치켜뜨자 스바루는 "아니." 하고 운을 떼며 물었다.

"얘기가 괜히 전해 들은 투 같아서. 왜 너도 남한테 들은 것 같은 설명이야?"

이야기의 중핵에 있었는지는 별개로 치고, 오토 또한 『성역』에 있는 여타 문제의 당사자일 터다. 그런데도 아까부터 이야기가 전해 들은 말 같은 인상인 것은 왜인가.

"아, 그걸 또 묻나요. ……좀 말하기 어려운 일인데요."

스바루의 의문에 오토의 거동이 노골적으로 수상해졌다. 그는 손가락으로 뺨을 긁으면서 어색한 얼굴로 쓴웃음 지었다.

말하기 어려운 사정. 그것이 대체 무엇을 의미하는가. 스바루는 살짝 대비했다.

"뭐지? 지금이라면 놀랄 보고가 연속되고 있으니, 슬쩍 끼워 넣어도 뜻밖에 눈에 안 띌지도 모른다? 비밀을 털어놓는 데에 추천한다고. 저금의 잔고 같은 거."

"대출 장부라면, 그걸 본 나츠키 씨가 기겁할지도 모를걸요."

"얼버무리지 말고."

농담으로 가장한 쪽은 스바루지만, 그에 편승해 달아나려는 건 용납 못한다.

오토는 스바루의 눈길에서 그 의도를 눈치 채고 체념한 분위기로 한숨지었다.

"아뇨, 사실은 말이죠……. 나츠키 씨랑 마찬가지로, 저도 가필에게 찍히는 바람에 『성역』 안을 이리저리 도망쳐 다니고 있는 중이에요."

"──뭐?"

"그러니까! 나츠키 씨가 감금당했던 피해자라면, 전 쫓기고 있는 도망자라고요! 정보는 죄다 도망치면서 모은 거라서……. 그러니까 실제로 전해 들은 얘기가 맞아요."

어안이 벙벙해진 스바루를 내려다보며 오토는 몹시 피곤한 얼굴로 어깨를 축 늘어뜨렸다.

그 설명에 몇 번쯤 눈을 깜빡이다가 스바루는 오토를 물끄러미 쳐다보았다. 거기서 간신히 알아챘다. 눈앞에 있는 오토의,

그 추레하고 엉망진창인 꼬락서니를.

　행상인의 입장상 외견의 인상이 중요하다며 오토는 평소부터 차림새가 말쑥하다. 그것이 상인의 마음가짐이라고, 스바루도 직접 들었다.

　그런 오토의 현재 모습은, 얼굴을 땀과 흙으로 더럽히고 머리카락은 쭈글쭈글한 상태. 모자는 찌그러지고 의복은 이곳저곳 걸려서 찢어졌다. 신발은 진흙투성이에, 덤으로──.

　"──너, 엄청 냄새 난다! 눈 쓰라려!"

　"무지무지 직설적인데, 그거 나만 그런 게 아니고 댁도 그렇거든요?!"

　"아아, 뭐, 하긴 그런가. ……하기야 그렇지. 하하."

　힘없이 웃고 스바루는 자기 소매에 코를 들이댔다. 말마따나 냄새가 지독했다.

　눈가리개와 고독. 시각과 청각이 막힌 영향이 의외로 컸지만, 무사했던 코 쪽도 꽤 맛이 간 모양이다. 단지 그렇게 된 가장 큰 이유는 자신의 체취가 아니다.

　더 독특한, 코를 찌르는 듯한 날카로운 악취가 주위에 자욱하기 때문이다.

　"설마, 이 콱 쏘는 게 독기의 냄새……라고는 안 하겠지?"

　"왜 갑자기 독기란 말을 꺼냈는지 모르겠지만, 걱정할 거 없어요. 마녀의 묘소가 가까운 건 확실하지만 그렇게 위험한 건 나돌고 있지 않아요. 그렇다고 이 냄새의 원인이 안전하다는 뜻은 아니지만요."

"독기에 대해, 알아?"

"그게 독기라고 알 수 있을 만큼 나돌고 있다면, 머리가 이상해진다는 것쯤은."

한순간, 독기를 판별할 수 있다는 투의 발언에 스바루가 경계했다. 하지만 이어지는 오토의 증언에 그 경계는 풀렸다. 어쨌든 냄새와 독기는 무관계——.

"그렇다면 이곳이 엄청 냄새 난다는 뜻인가. 오래 있기 싫군."

"그건 다른 의미로도 동감이에요. 보초가 돌아오기 전에, 서둘러 이곳을 떠나고 싶은데요."

"보초 보초. 자꾸 듣자니 무서운걸. 하지만 그 전에……."

목소리를 죽이며 탈출 순서를 진행하려는 오토. 그러나 스바루에게는 그의 방침에 따르기 전에 확인해야 할 사항이 있었다.

앞서 나온, 『성역』에서 오토의 입장에 관한 뒷이야기다.

"얘기해봐. 왜 가필에게 쫓기는 상황이 됐어? 네 꼴이 그렇게 엉망인 것도 도망쳐 다니던 게 원인 맞지?"

"————."

"구하러 와 준 건 진심으로 고마워. 솔직히 네 얼굴 볼 때까지는 죽는 편이 나을 정도로 내몰려 있었으니까. 하지만……."

스바루는 거기서 말을 끊고 입을 다무는 오토를 응시했다.

웬일로 오토 또한 진지한 쪽에 가까운 얼굴로 스바루의 시선을 정면으로 받았다. 하던 말을 이었다.

"네가 나를 구하려는 이유를 못 찾겠어. 이치로 따져 보면 가능성은 있지만."

오토를 의심하고 싶은 건 아니지만, 스바루는 그 행동을 이해할 수 없었다.

넝마 꼴이 되어 『성역』의 최대 전력인 가필까지도 적으로 돌리고, 그렇게까지 해서 스바루를 구하러 온다. 물론 이유를 가져다 붙여서 수긍할 수는 있다.

여기서 스바루에게 은혜를 팔아서 『성역』의 여러 문제에 대처할 기회를 만들면 그는 에밀리아 진영에 절대적인 빚을 지울 수 있다. 로즈월도 가장 큰 공헌자로 기억해 줄 것이다. 그 입장은 변경백에게 얼굴을 팔고 싶은 오토의 목적과도 합치한다.

하지만 합치하고만 있을 뿐이다. 내기, 대승부, 도박이라고 쳐도 너무 불리하다.

대패 확실. 승산이 보이지 않는 그것은 내기가 아니라 단순한 자살 행위다.

만약 그에게, 이 행위가 『자살 행위』가 아닌 이유가 있다면 이야기는 달라지지만──.

"너는 좋아서 자살하는 타입이 아니란 말이지."

"……좋아서 자살하는 사람이 있긴 할까요?"

오토의 의문에 스바루는 "글쎄." 하고 갸웃했다.

적어도 이곳에 한 명, 요 사흘 동안에 죽는 것만 생각하던 남자가 있다.

그렇다. 요 사흘 동안 스바루는 수도 없이 『죽음』을 빌었다. 『죽음』을 빌면서도 여태까지 봐 온 수많은 『죽음』을 다시 돌아보았다. 오토에게 한 얘기는 사실이다. 농담이 아니라, 스바루는 사흘 동안 한 번도 그를 떠올리지 않았다.

　그것은 어떻게 보아 스바루의 오토에 대한 신뢰다.

　이만큼 안 좋은 상황이 겹치고 겹친 끝에, 오토에 대해서까지 경계심을 할애해야만 하는 이유는 없었으면 한다.

　그런, 도피 같은 신뢰였다.

　"그러니까 대답해 줘, 오토. 왜 날 구하러 왔지?"

　차분한 물음이긴 하지만, 이 말은 이 자리에 있는 두 사람에게 있어 분수령이었다.

　숨을 멈추고 스바루는 오토의 대답을 기다렸다. 스바루의 물음에 오토는 딱 한 번 침을 삼키더니, 자신을 응시하는 검은 눈을 마주 응시했다.

　그리고——.

　"——제가 가필에게 쫓기고 있는 이유 말인데요. 이거, 나츠키 씨 때문이에요."

　"……나, 때문?"

　"그날 밤, 전 나츠키 씨랑 가필이 마지막으로 만난 걸 봤었잖아요. 그 뒤, 나츠키 씨가 행방불명됐으니 당연히 가필을 의심하죠. 상대방도 제 목격 증언도 거추장스러울 테니 비밀로 하고 싶었겠죠."

　그 설명에, 스바루의 마음속에 이해가 갔다.

　즉, 가필은 입막음을 위해서 오토를 노린 것이다. 그렇다면 오토도 상황을 타개하기 위해 스바루를 구출할 생각을 떠올린다. 자연스러운 흐름이다.

"그런데 그 사람은 제게 그러더군요. 나츠키 씨와 자기가 만난 걸 비밀로 하면 해는 안 끼치겠다고요. 보답도 해 주겠다고 마석 종류를 보여주면서."

그러나 스바루의 이해는 곧바로 오토 본인이 뒤집었다. 가필은 힘이 아니라 말과 보답으로 입막음하려 들었다고.

그래서는 앞선 이해는 성립되지 않는다. 오토에게는 신변의 안전을 얻을 선택지가 있었다.

"그런데 그걸 거절했어? 그래서 가필에게 쫓겨 다니고 있어?"

"뭐, 위세 좋게 선택한 것에 비해서 구질구질한 건 애교지만요……."

"농담으로 넘기지 마! 너, 바보지? 왜 그랬어?! 네가……."

──그렇게 위험한 다리를 건널 이유가 어디 있어.

뭔가, 그렇게 할 계기가 될 만한 일이, 있었다고 친다면.

"너는, 뭘……."

"저기 말이죠, 나츠키 씨."

절박한 스바루의 말을 가로막고 오토는 자신의 회색 머리카락을 쓰다듬었다.

그리고 찌그러진 모자 모양을 바로잡으면서 말했다.

"──벗을 구하겠다는 건, 그렇게나 이상한 일일까요?"

──그 순간, 무슨 말을 들었는지 알 수 없어서 스바루 속의 시간이 정지했다.

시간이 움직이기 시작할 때까지 몇 초. 한참 늦게나마 재기동.

그러나 움직인 뒤에도 혼란은 잦아들지 않았다. 말뜻을 이해할 수 없었다. 방금, 오토는 도대체, 스바루에게 무슨 마법을 걸었단 말인가.

──벗? 벗이 뭐지? 그런 사람, 여태까지 있었던가?

"왜, 왜 그렇게 놀란 얼굴로 굳는 거라죠, 이 사람."

"아니, 갑자기 내가 모르는 사람이 나와서…… 벗 씨는, 어어, 응?"

"머리부터 꼬리까지 결론이 다 틀렸어요! 벗 씨가 아니라 벗! 친구!"

"친구…… 친구?! 누구랑 누가!?"

"나랑! 나츠키 씨가!!"

오토가 발을 구르고 본인과 스바루를 번갈아 가리켰다.

하지만 그 행동에 스바루는 여전히 눈이 동그래진 상태다. 스바루의 그 반응에 오토는 "아아 진짜!" 하고 답답해서 못 견디겠다는 듯이 머리를 쥐어뜯고 말했다.

"확실히! 제가 여기에 온 건 이해가 일치한다는 이유도 있어요! 변경백을 만나기 위해서라거나, 그 거래는 에밀리아 님 구출에 제가 협력했기 때문이라거나, 애당초 제가 마녀교에 잡힌 걸 나츠키 씨 일행이 구해 줬기 때문이라거나!"

"────."

"하지만 그런 번잡한 걸 걷어내면, 전 나츠키 씨를 단순한 친구로 여긴다고요. 평소 대접에는 감정도 있지만 그것도 친구의 거리감이라고."

중간부터 쑥스러워졌는지 머리를 긁는 오토가 스바루로부터 시선을 돌렸다.

그리고 그 이야기를 듣는 스바루는 완전한 무반응이었다. 스바루의 침묵에 오토는 의아한 표정을 지었다. 그 눈에 살짝 불안이 서린 것은 스바루가 그의 말에 아무 반응도 보이지 않기 때문이다. 우정을 강요했다는 반성이라도 하고 있을지 모른다.

그런 오토의 눈으로 표현되는 천변만화에 스바루의 마음에 솟아오른 것은――.

"――푸핫."

"네?"

"와하하하하! 치, 친구? 친구라아! 아아, 그래, 그래! 오토, 너, 나랑 친구 먹고 싶었던 거냐!"

"뭐엇――?!"

스바루는 참다못해서 웃음을 뿜어내고 얼굴을 붉힌 오토의 어깨를 거칠게 두드렸다. 그러고도 웃음의 충동은 가시지 않아 스바루는 배를 부여잡은 채 다리를 동동 굴렸다.

"푸하하, 친구! 아아, 제기랄! 오토, 너, 요놈 자식!"

"아파요, 아파! 뭐 하는 거예요?! 아아, 말한 내가 왕바보였죠! 알고 있었다고요! 나츠키 씨가 웃을 것쯤은! 하지만 그렇게까지 웃을 것도 아니잖아요!"

"아니아니, 안 웃고 배기겠냐. 네가 우스운 게 아니야. ……나 자신이 너무나 멍청해서, 기가 막혀 웃을 수밖에 없다고."

스바루는 폭소에 치미는 눈물을 왼손으로 닦고 사라지지 않는 충동을 품은 채로 자세를 바로잡았다.

정면에 있는 오토는 친구라고 말한 것을 후회하는 듯한 표정이다. 하지만 그런 그의 모습에 스바루가 품은 것은, 감사와 속절없을 정도의 자조였다.

──뭐가 오토를 이해할 수 없어. 뭘 믿으면 될지 모르겠다야.

스바루가 친구라고, 그것만을 이유로 도우러 와 준 오토. 그를 앞에 두고, 그 심성을 믿기 이전에 먼저 의심한 어리석음이여.

상황에 농락당한 나머지, 주위 사람들의 마음을 알 수 없어진 나머지 악의의 존재만을 믿고 선의의 존재를 잊는, 정녕코 왕바보다.

불과 몇 번 『죽음』을 거쳐 세계를 반복한 정도 가지고 뭘 깨달은 척할 수 있지?

──아직은 뭔가 버릴 정도로, 싸움은 끝난 게 아니다.

"나츠키 씨?"

스바루의 자조와 자숙. 그 의미를 알지 못하고 오토는 물음표를 머리에 띄웠다.

그의 반응에 고개를 내저은 스바루는 어딘가 밝은 기분으로 숨을 들이켜고.

"미안하다. 넌 내 친구야, 오토. ──구하러 와 줘서 고마워."

제일 처음에 말했어야 할 감사를, 친구에게 전했다.

제4장 『생명의 가치』

1

  스바루가 감금됐었던 곳은 촌락에서 떨어진 숲의 한참 깊은
곳——『클레말디의 헤매는 숲』, 그 본색이 발휘된 듯한 우거
진 벽지에 있었다.

  건물을 나온 순간, 사흘 만의 바깥 공기를 피부에 받으며 스바
루는 심호흡을 반복했다.

  "그건 그렇고, 냄새가 끔찍하더군. ……진짜로 무슨 냄새였
던 거지?"

  "글쎄요. 비린내하고도 썩은 내하고도 달랐지만, 코가 고장
난 건 변함이 없죠. 기름이나 약품 쪽 냄새 같은데요……."

  "코를 찌르는 냄새로 따지자면 암모니아나 그쪽 계통인가. 아
니, 고찰은 나중에 하자."

  감금됐던 건물을 돌아보고 인상 깊은 냄새의 화제를 어떻게
떨쳐냈다.

  하얀 석조 건물에는 세월이 엿보였다. 재질이나 연대는 묘소
와 가까운 게 느껴지지만 그쪽과 비교해서 보존 상태가 좋은 것

같았다. 그건 아마도 냄새를 포함한 환경의 영향이다.

"잡혔을 때도 느꼈지만, 벌레나 쥐도 전혀 없었으니까."

"묘한 환경인 건 틀림이 없어요. 저도 가호로 나츠키 씨의 위치를 총동원해서 찾으려 작정했는데, 이 위화감을 알아채지 못했더라면 위험했어요."

"위화감?"

"제 가호가 진짜로 나가면 벌레나 새의 목소리를 절제 없이 뽑아내서 이 세상에 조용한 장소는 거의 없어요. 그게 거의 없는 장소가 있다면, 수상하다고 보는 게 인지상정이잖아요?"

한쪽 눈을 감고 윙크하는 오토의 말에 스바루는 팔짱을 끼었다. 그리고 진지하게 뇌까렸다.

"으음. 쓸 만한 남자야. 왜 성공을 못하는지 진짜 모르겠어."

"칭찬하든지 헐뜯든지, 둘 중 하나만 해 주실래요?!"

"왜 성공 못하는 거야? 남에게는 말 못할 엄청난 결함이 있다거나?"

"그래서 헐뜯는 쪽으로 가는구나?!"

공적에 대한 칭찬이 부족하다고 투덜대는 오토에게 쓴웃음으로 응수한 스바루는 감탄했다.

오토의 가호——『언령의 가호』는 어떤 생물과도 의사소통을 할 수 있다. 오토는 그것을 구사해서 지렁과 대화하거나, 새나 곤충하고 접촉을 취해 안전한 길을 배우는 등의 행위가 가능하다.

"그 가호로 나를 찾거나 가필을 피해 도망쳤단 뜻이군. 역시

네 능력은 무지막지 편리한데."

"좋은 일만 있는 게 아녜요. 자리에만 앉아 줄 뿐이지, 교섭 결과는 저 하기 나름. 그들의 비위가 상하면 속아서 길이 아닌 낭떠러지로 안내를 받는다고요."

"자연의 생물 무섭네!"

가진 자가 말하는 가지지 못한 자에 대한 교훈이다. 이를 가슴에 새기면서 스바루는 일단 하얀 건물에 대한 관심을 접었다. 궁금한 곳이긴 하지만 고민해 봤자 답이 나오는 문제가 아니다. 지금은 그보다도 고민해서 답이 나오는 문제 쪽이 우선이다.

"예를 들면, 여기서 모두가 있는 곳으로 돌아가 가필의 꿍꿍이를 폭로한다든가 말이지."

"……실은, 그건 별로 추천할 수 없는 생각이란 말이죠."

"어, 왜?"

"아, 아까 한 이야기로는 설명이 모자랐는데요. 나츠키 씨가 없어진 일은 액면 이상으로 영향이 크게 나와서……."

말하기 힘든 듯이 시선을 피하며 오토가 가슴 앞에 양손의 다섯 손가락을 맞대고 있다. 패기 없는 몸짓에 꺼림칙한 예감이 일어난 스바루는 "세상에, 무서워." 하고 운을 뗀 다음 물었다.

"무섭지만, 얘기해 봐. 내가 없어져서, 사실은 어떤 느낌이라고?"

"아뇨. 사실과 설명에 차이는 없거든요? 단지, 실정은 설명보다 더 과격하달까, 좀 더 혹독한 상황이라고나 할까……."

"분명하게!"

"에밀리아 님이 궁지에 몰려 있는 거랑, 피난한 마을 분들의 불안이 정점이라서, 여기에다 나츠키 씨가 감금되고 있었다는 말 들으면 대폭발하지 않을까 싶달까요!"

항복이라는 듯이 두 손을 들고 자포자기하는 투로 오토가 실상을 폭로했다.

그 폭로 내용에 스바루는 입을 뻐끔거리다가 겨우 말했다.

"그렇게나, 아슬아슬해?"

"……나츠키 씨는 좀만 더, 자기가 얼마나 주위의 정신적 지주가 되고 있는지를 깨닫는 편이 나아요. 자세히는 모르겠지만, 에밀리아 님은 계약한 정령과 소식이 닿지 않고, 마을 사람들도 나츠키 씨에게 구원을 받은 게 두 번째라고 하잖아요."

"그건 뭐, 그런데……."

"영 미덥지 못한 대답이네요."

못 말리겠다며 오토가 어깨를 으쓱대지만, 스바루는 쉽게 수긍할 수 없었다.

에밀리아의 불안은 이해한다. 팩이 없는 지금, 그녀의 절대적인 아군은 스바루뿐이다. 그렇다고는 해도 『시련』을 제외하자면 에밀리아가 그렇게까지 흔들릴 이유는 없을 터.

아람 마을 사람들도 마수 소동과 마녀교 문제를 해결한 것이 있다. 감사를 받아서 나쁜 기분은 안 들지만 역시 과도하다. 스바루는 몇 번이나 그들의 죽음을 못 본 척했다. 이만저만 과대평가가 아니다.

단, 양쪽 다 사실이라면 상황은 매우 까다롭다고 할 수 있다.

"내가 발견되면 『성역』은 대폭발……. 그럼 넌 진짜로 왜 날 찾았던 거야? 찾아 봤자 아무런 해결도 못 되잖아."

"그야 못 찾았으면 죽었을 거잖아요? 그게 이유면 안 되나요?"

"_____."

"아파 아파 아파! 뭐야?! 왜 말없이 때리고 그래요?! 그러지 말죠?!"

손바닥이 아니라 주먹으로 오토의 어깨를 때려서 치밀어 오른 감정은 던져놓았다.

좌우간 가필의 음모 폭로 작전은 미루기로 했다. 스바루도 『성역』과의 관계 악화는 바라지 않는다. 물론 울며 겨자 먹기로 참을 생각도 없지만.

"여기서 진실을 밝히는 상책이 아니란 말이지. 별수 없군. 플랜 B로 가자."

"뭐죠? 플랜비라니."

"앙? 없어, 그딴 거. 말하는 중에 떠올랐으면 좋았는데."

애초에 탈출 직전까지 죽는 것만 생각하던 몸이다. 무슨 운명 인지, 체념에서 탈출했어도 아직 머릿속에서 생각이 굴러가지 않았다.

"근데 나랑 다르게 네게는 제대로 플랜이 있다고 봤어. 아무리 그래도 친구를 구하겠다는 마음뿐이고 앞뒤 생각 없이 내달릴 만큼 골이 비진 않았지?"

"우와! 우—와! 갑자기 말하는 것 좀 봐요, 진짜! 그야 아무 생각도 없이 올 일은 없긴 해도요?"

기대를 받으면 부응하고 싶어진다. 오토도 스바루와 같은 족속이다.

그는 사악한 웃음을 지으며 슬며시 목소리를 낮추고 말했다.

"나츠키 씨의 존재는, 가필에게도 고민거리예요. 쓸 곳도 없는데 살려둔 게 그 증거……. 그러니 그 고민을 송두리째 뽑아내죠."

"즉, 어쩌자고?"

"나츠키 씨를 결계 밖으로 내보내는 거예요. 결계가 있으면 가필을 포함해서 안의 주민들은 쫓지 못하죠. 결계가 풀려서 조건이 성립됐을 때에는 불씨는 물바다 속이란 거예요."

결계가 있고, 『성역』이 해방되지 않는 상태니까 안에서 일어난 폭발이 치명상으로 번진다.

오토의 제안은 심플하다. 그 폭발을 피하기 위해서 불씨인 스바루를 밖으로 내보낸다. 그리고 인질인 마을 사람의 해방 교섭은 그리 어렵지는 않다.

"문제는 그걸 할 수 있느냐군. 『말은 쉽고 행동은 어렵다』고 하잖아."

"그 인용 같은 발언, 가필 같네요. 어쨌든 그건 걱정할 필요 없다고 말씀드리죠. 이미 든든한 협력자가 있어요."

"협력자?"

"네. 덕분에 도망치면서도 안의 정보를 알 수가 있었어요. 다른 생물로부터 이야기를 들어도 복잡한 인간관계나 정세 변화까지는 역시 좀 무리여서."

가호도 그렇게까지 만능은 아니다. 아니 그보다는 생물의 가치관 차이의 이야기일까.

 그러나 협력자의 존재에는 조금 놀랐다. 『성역』도 한 덩어리는 아닌 모양이다. 화약고로 변한 『성역』에서 불씨가 화려하게 뛰어다니는 걸 사양하고 싶은 심정은 이해하지만.

 "그냥 탈출이라."

 "네. 그게 제일일 것 같아요. 에밀리아 님에게 직접 무사하다고 전하고 싶은 건 알겠지만……."

 "그럴 마음은 물론…… 있긴 한데."

 오토의 플랜에 반론은 없다. 그가 염려한, 에밀리아에 대한 배려도 참아낼 수는 있다. 그러나 이대로 도망치는 데에 망설임이 있는 건 그것들과는 또 다른 이야기다.

 "아무튼 협력자와 합류하고 싶어. 도망친다고 해도 기회는 에밀리아가 『시련』에 도전하고 있을 때…… 즉, 이 시간밖에 없지. 그럴 심산인 거지?"

 "정말로, 나츠키 씨는 이따금 말귀가 빨라요. 협력자와는 숲밖에서 만나기로 약속했어요. 일단 그곳으로 가죠. 놓치지 말아주세요."

 스바루의 판단을 긍정하고 오토가 숲을 향해 귀를 곤두세웠다. 『언령의 가호』의 힘을 발동해 주위 생물의 말에 귀를 기울이고 있는 것이리라.

 "───────."

 때때로 오토의 입에서 인간이 내서는 안 될 종류의 소리가 흘러나왔다. 대화할 때는 상대의 주파수에 맞추는 가호라고 한다. 박쥐와는 초음파로 대화하는지 꽤 궁금하다.

오토의 교섭을 기다렸다가 협력자와 합류하러 움직였다. 어두컴컴한 숲을 가치관이 다른 벌레와 작은 동물의 말을 의지해 지나가는 행위는 생각 이상으로 기력을 소모했다.

"설마 사람이 지날 수 없는 굴 같은 곳으로 안내를 받을 줄이야……."

"상대는 인간이 아니니까요. 그나저나 그 고생도 슬슬 끝나겠어요."

지친 스바루의 한숨에 머리카락에 이파리가 가득한 오토가 대답했다. 긍정적인 그의 말에 고개를 들어보니 정면에 어렴풋이 화톳불―― 촌락의 존재가 보였다.

화톳불이 있는 이상, 묘소에서는 에밀리아의 『시련』이 거행되고 있다. 원래라면 그쪽으로 달려가 곁에 있어 주고 싶은 마음이지만――.

"……그럴 수는 없단 말이지. 네가 말한 협력자는?"

"약속 장소는 여기예요. 시간 엄수. 이미 도착해 있을까 싶은데……."

"――느릿느릿 오고 있었구나. 기다리다가 지쳐서 노파가 되는 줄 알았지 뭐야."

"――어."

갑자기 대화에 끼어드는 목소리에 스바루는 숨을 집어삼켰다.

풀을 밟으며 사람이 접근하는 기척. 그쪽을 돌아보자 마침 덤

불을 가르고 나타난 분홍 머리 소녀가 짧은 치맛자락을 털고 있
었다. 그리고——.

"하긴 늙어도 람은 귀엽지만 말이야."

그렇게 말한 람은 평소 같은 기색으로 스바루와 오토를 향해
콧방귀를 뀌었다.

2

협력자와의 합류 장소에 도착하자, 모습을 드러낸 사람은 다
름 아닌 람이었다.

그 사실에 놀라서 경직된 스바루의 모습에 람의 연홍빛 눈이
가늘어졌다. 그 서슬 퍼런 시선에 침을 삼키고 스바루는 옆의
오토에게 잽싼 눈짓을 보냈다.

"……오토, 하나둘셋 하고 찢어져서 도망치자. 넌 소리를 크
게 지르고 추적자를 유인하는 역할. 나는 말없이 조용히 스네이
크하는 역할. 반대 안 하지?"

"반대뿐인데요!? 아니 그보다 왜 그렇게 경계 태세로……."

"바보, 찍힌 거라고. 람의 저 눈을 봐. 우리 둘을 죽일 셈이
야. 틀림없어. 저택에서 내가 실수했을 때에 저런 눈이었지. 날
믿어."

"믿으라니, 평소부터 살의 어린 눈총을 받고 있는 사람의 뭘
믿으라고?!"

스바루는 작은 소리로 달아날 계산을 세우지만, 오토의 반응

이 무디고 느리다. 람 상대로는 치명적으로 감이 좋지 못한 것이다. 안타깝지만 오토는 죽었다.

"그리고 난 죽은 네가 남긴 뜻을 가슴에 품고 이 『성역』 해방을 달성한다……!"

"장난은 그쯤 하고, 이야기를 진행해 줄래? 시간낭비, 다시 말해 인생낭비야."

"그 낭비 취급 받는 흐름에서, 아무래도 제가 죽은 것 같은데요!"

쌀쌀맞은 람의 말에 오토가 물고 늘어지지만, 그 태도에 대한 답례는 무시무시하게 냉랭한 눈빛이었다. 시선에 갈가리 찢긴 오토는 덧없이 꿍침했다.

그런 일방적인 응수를 지켜보다가 스바루는 "어쨌든." 하고 말을 이어받았다.

"백척간두인데 초조해하지 않는 오토를 보건대…… 네가 얘 협력자인 거야?"

"협력자라고 하면 대등하게 들리는걸. 사역자야."

"오토가 엄청 사역마 같아졌군."

사역마 본인은 그 대접에 불만스러운 눈치지만, 이견이 없기에 긍정했다고 판단. 호칭이야 어쨌든 람이 오토에게 힘을 빌려주던 건 사실인 모양이다.

즉, 그녀 또한 『성역』의 폭발을 바라지 않아 스바루를 밖으로 내보낼 의지가 있는 사람——.

"람과 오토가 손을 잡은 것도, 좀처럼 상상 못 할 사태인데."

"그럴지도 모르겠네. 하지만 사실을 사실로 받아들여."

"그건 그거대로 있을 법한데, 난 다른 견해도 가능하다고 본다. 그쪽이 더 자연스럽고."

"_____."

"네가 날 내보내려고 하는 건, 로즈월의 지시냐?"

구태여 따지고 드는 스바루의 물음에 침묵한 람의 표정이 얼어붙었다.

그녀가 자주적으로 스바루에게 협력한다. 그것은 제법 가슴이 뜨거워지는 전개지만, 그런 편의주의가 작동하지 않는 건 몸으로 배웠다. 람의 행동 근본에는 로즈월에게 바치는 충성이 있다. 따라서 그녀의 행동 뒤에는 반드시 로즈월의 의도가 있다고 봐야 한다.

"_____."

"부정은 안 한다. 그걸 오토가 알고 있었는지는 모르겠지만."

"전, 나츠키 씨와의 거래가 있어요. 그걸 건너뛰진 않죠."

"그렇게 되면 말을 먼저 건 쪽은 람인가. 그것도 로즈월의 지시라면 그밖에도 뭔가 들은 거 아니고? 그 녀석은 무슨 생각으로 움직이고 있지?"

"……바루스 주제에, 기운이 넘치는걸."

오토의 자기변호를 듣고 확신이 깊어진 스바루의 말에 람이 탄식했다. 그 한숨에는 어렴풋이 피로와 초조함이 포함된 것처럼 느껴졌다.

"안 어울리는 태도인데."

"그건 람이 할 말이야. 어딘지도 모르는 곳에 감금당한 것에 비해서, 태연자약한 게 신기……하다기보다, 소름 끼치기 짝이 없어."

"소름 끼친단 말 하지 마. 상처 받는다. 그리고 태연하게 보이는 건 폭소한 다음이라서 그래."

유감스럽게도 방금 오토와 나눈 대화로 기력을 되찾았다. 객기도 기운의 일종이라면 지금의 스바루는 틀림없이 기운 넘친다. 그리고 그 기운이 이어지는 동안에———.

"방금 질문에 대답을 원해. 그에 따라서 어떡할지 정하겠어."

"뭘요? 이럴 땐 도주밖에 없잖아요? 딱 말해서, 나츠키 씨가 누구에게 발견되든 말든 간에 이미 상황은 최악이거든요?"

"네 주장은 이해해. 도우러 와 준 것도 무지 고마워. 하지만 이대로 맞고만 있다가 끝나면 패배가 슬금슬금 쌓인다고."

도주에 전념해야 마땅하다는 오토의 의견은 처음부터 변함없다. 하지만 그 때문에 차츰 손해가 누적된다는 것을 스바루는 알고 있다. 타개하려면 도박에 나설 수밖에 없다.

그리고 그 도박의 상대가 되는 딜러는, 눈앞에 있는 람이라는 것 또한 안다.

스바루의 각오 어린 눈초리에 람은 날카로운 눈을 살짝 깔았다. 그리고———.

"……그래. 그 말이 맞아. 바루스에게 조력하는 건 로즈월 님의 지시. 그러기 위해서 오토를 점찍은 것은 람 자신의 판단이지만."

"네 안목에 맞았다, 이 말인가."

"잘 부려먹을 인간이 없으면 헛되이 죽겠다 싶었을 뿐이야."

"큭……. 부정 못하겠다!"

"부정하라고!!"

오토는 고함치지만 배경 사정을 감안하면 람의 추측이 옳다. 람의 협력 없이 가필의 요구를 내친 오토에게 살아남을 방도가 안 보인다.

그때는 스바루의 감금 기간이 길어져 폐인 루트를 타겠지만.

"람의 위대함이 사무치게 이해됐나 봐."

"수긍과는 또 다른 차원의 얘기다만. ……그리고 묻고 싶은 게 늘었어. 네가 따르는 로즈월의 지시란, 날 밖에 내보내란 거냐?"

"……조력하라는 지시셔. 하지만 현재 『성역』을 보면 바루스를 밖에 내보내는 게 최선책인 건 알 수 있잖아?"

"확실히 그렇군. ──날 무슨 수로 내보낼 계획이었지?"

폭발 직전의 화약고에서 불씨를 어떻게 들고 나갈 작정이었는가. 스바루의 물음에 자기 팔꿈치를 껴안는 람. 그녀는 "간단해." 하고 운을 떼며 말했다.

"에밀리아 님께서 『시련』에 도전하는 동안, 가프는 묘소에서 떨어지지 못해. 걔 눈이 벗어난 지금, 바루스를 지룡에 태워서 결계를 넘기만 해도 그만이야."

"심플하군. 내 가짜 같은 건 준비 안 해도 돼?"

"이런 건 단순한 편이 좋은 거야. 우물쭈물하지 마."

곧장 등을 돌린 람은 스바루를 내보낼 방향으로 앞장서서 이끌려고 했다. 그 지시에 따라 서둘러 『성역』을 이탈하는 것이 정답이다. ──사태가 『성역』의 문제뿐이라면.

하지만 그렇지는 않다. 그렇기에 다른 정답을 도달해야만 한다──.

"──람, 계획 변경이다. 도망치는 건 뒤로 미루겠어."

"나츠키 씨?! 무슨 말 하는 거예요?!"

"도망치지 않겠다는 말은 안 해. 하지만 가필이 묘소에 있다는 상황은 딱히 도주 기회만은 아냐. 다른 일을 방해 받지 않을 기회이기도 하지."

비명을 지른 오토에게 스바루는 힘차게 손가락을 들이댔다. 오토가 그 몸짓에 밀려 입을 다물자 대신에 람이 스바루를 뒤돌아보았다.

"그건, 뭘 할 작정인데?"

감정이 보이지 않는 눈으로, 냉랭한 음성이 스바루가 꺼낸 말의 의도를 물었다.

그 눈초리에 스바루는 깊게 숨을 내뱉고는, 입 끝을 뒤틀며 대답했다.

"──사흘 전에 방해 받은 일을, 지금부터 마저 하러 가려고."

3

"──로즈월, 이번에야말로 숨기는 것 없이 얘기해 줘야겠어."

입을 열자마자 스바루가 그렇게 내뱉자, 좌우 색이 다른 로즈월의 두 눈이 가늘어졌다.

류즈의 집 침실. 부상 입은 몸을 침대에 누인 로즈월은 갑작스러운 손님을 보고도 놀란 기색이 없다. 마치 스바루가 올 것을 이미 알고 있었던 것처럼.

실제로 그는 스바루의 그 예감을 긍정하듯이 깊이 끄덕이고 말했다.

"사흘 만의 재회. 기적의 생환. 그런데 유달리 살벌한 분위기이ー가 아닌가."

"말 돌리지 마. 지금의 나는 장난질에 어울려 줄 여유가 없다고. 상대가 중상이든 말든 관계없어. 실력 행사도 불사할 각오다."

"그렇군. 사흘이나 괴로운 경험을 하면 그렇게도 변하나. 아니아니아아ー니지. 내가 위로해도 비꼬는 말이 될 뿐이겠지. 바로 본론으로 들어갈까."

여유 없이 윽박지르는 스바루의 모습에 로즈월은 웃음을 띠며 고개를 가로저었다. 그리고 스바루 등 뒤의 닫힌 문에 눈길을 주고 말했다.

"들여보낸 건 람이로군? 그 애에게는 널 도우라고 지시했었는데."

"그래. 그래서 이곳에도 순순히 들여보내 주더라. 도망치고 싶다고 하면 도망 보내 줬겠지만, 그 선택지는 내가 보류했어."

"ーー호오."

대답에 로즈월이 한쪽 눈을 감았다. 남아 있는 노란색 시선. 스바루는 가볍게 입술을 축였다.

──『성역』에서의 도망을 뒤로 미루고 로즈월과의 대화에 임한다.

물론 오토는 맹렬히 반대했지만, 스바루는 위험할 뿐이라고 주장하는 그를 가까스로 달래고 람에게 부탁해 이 자리를 마련했다. 『성역』 주민들의 눈에 띄지 않도록, 세심한 주의를 기울여 이곳에── 로즈월과의 대화할 자리를 만들기 위해서.

"물어보자, 로즈월. 사흘 늦었지만 마음이 변해서 서약은 없던 거라고 하지 말라고?"

"엄밀히는, 서약은 그날 밤에만 유효하다고 보지─만……뭐, 됐으려나. 난 정령술사인 것도 아니지. 말꼬투리 잡는 건 취미가 아니니까아─."

본래 대화해야 했을 그날 밤. 로즈월은 거짓말을 하지 않겠다고 서약했었다. 불편한 사항에서 침묵하더라도 얘기하는 말은 진실뿐이라는 맹세를.

그 서약을 유효하게 활용하겠다. 얄궂게도 지난 회차에 로즈월이 한 말대로 말이다.

"『성역』의 상황은 알아. 내가 남아 있는 게 위험하단 것도. 그래서 이곳을 나가는 건 대전제로서, 저택 일에 관해 묻고 싶은 게 있어."

"흠. 저택 일에 관해, 말이지. 내가 알 수 있는 거어─라면 좋겠는데."

"오히려 너밖에 대답 못할 일일걸. ――내가 묻고 싶은 건, 베아트리스에 관한 거다. 그 녀석은 왜 저택에…… 아니."

거기서 스바루는 스스로 말을 끊어 질문을 중단했다. 이렇게 물으면 안 된다.

로즈월은 이미 한 번 비슷한 질문을 얼버무렸다. 이 또한 로즈월의 조언에 따르는 것 같아서 성질나지만, 『능숙하게』 질문해야만 한다.

지난 회차와 결정적으로 다른, 얼버무릴 수 없는 정보를 더한 질문을――.

"……묻는 방식을 바꾸지. 그 녀석은, 베아트리스는…… 마녀교도인가?"

말을 가리고 숨을 골라가면서 동요를 억누르며 스바루는 그 질문을 제시했다.

지난 회차와의 결정적인 차이. 그것은 베아트리스가 마서를 소유한 것을 알고 있다는 점. 다시 말해, 그녀가 마녀교의 관계자가 아니냐고 의심을 품고 있는 점이다.

"――――."

스바루의 의문을 차분히 받아들이고 로즈월은 잠시 골똘히 생각했다.

그 침묵이 묘하게 길게 느껴져서 스바루의 마음은 더욱더 조급해졌다.

이윽고 그는 안달 내는 스바루 앞에서 한숨을 내뱉고 물었다.

"왜, 베아트리스가 마녀교도가 아니냐는 생각을 했을까?"

"······내가, 그 녀석 방에서 봤기 때문이야."

"봤다고, 함은?"

"그러니까! 그 녀석이······ 책을! 『복음』을, 가지고······!"

분명하게, 말하고 싶지 않은 부분까지 토설하는 바람에 스바루의 목소리에 분노가 섞였다. 어딘가 비통한 그 외침이야말로 스바루가 로즈월에게 캐묻고 싶었던 의문이다.

『복음』을 가슴에 안고 기록에 따랐다고 소리치며 스바루를 거절한 베아트리스.

그녀가 정녕코 『복음』을 따르는 광신자고, 저택의 참극을 꾸몄다고 한다면──.

"──그때, 그 녀석은 우리의, 내 적이 돼."

베아트리스를 적으로 간주한다. 배제해야 할 장애라고.

"굳센 말이군. 실로 각오가 서린 말이야."

스바루의 선언에 로즈월은 무겁게 끄덕였다. 그리고 눈을 감았다.

"······그건, 그렇게나 괴로운 표정으로 말해도 설득력이 부족한 말이지."

"──윽."

"네가, 그 아이와 적대해야만 한다니 지독한 얘기야. 너희가 아옹다옹하는 모습을 흐뭇하게 보던 내게도 말이지. 그러니 구원의 손길을 뻗고 싶군."

"구원의, 손길? 네가 내게? ······세계 최고 수준으로 수상쩍은데."

속내를 까발린 기분에 젖어 스바루는 뺨을 실룩이면서 목소리를 쥐어짜냈다. 그 허세를 간파한 것이리라. 로즈월은 악담에는 아무 말 없이 단지 손가락을 세우고 말했다.

"네가 본 책은, 확실히 마녀교도가 가진 『복음』과 가까운 물건이야. 그 때문에 네가 베아트리스를 의심하고 싶어질 만도 해. 그래도 보증하지."

"보증……?"

"그 아이는, 마녀교도가 아니야. 있지도 않는 사랑을 찾아 자진해서 대폭포에 떨어지는 놈들과는 무관하지. 책의 성질이 유사하다는 건 사실이다만."

"윽──! 마녀교가, 아니다……! 사실이지?!"

눈을 부릅뜨고 스바루는 로즈월의 답변에 달려들었다.

그건 이번 루프에서 처음 같은 낭보다. 로즈월의 증언이라는 점에 일말의 불안이야 남지만, 그 부분은 거짓말하지 않는다는 서약이 커버한다.

"베아트리스는, 마녀교가 아니다……. 그렇다면……."

그렇다면 같은 곳에 설 수 없다고 포기할 필요는 없다. 그 소녀를, 포기하지 않고──.

"자, 잠깐! 좋다가 말기는 싫어. 문제는 소속만이 아냐. 그 녀석이 마녀교가 아니라면 그 책은? 왜 『복음』을 들고 있지?"

"그 장소가 모든 마서를 모은 금서고라서……라는 말은 역시 이치에 닿지 않는군. 그러니 단적으로 대답하자면…… 그 책은 『복음』이 아닌 거야."

"아니다……? 하지만 그 녀석은 분명히, 그건 복음서라고 했었다고?"

"정식 이름이 없기 때문이지. 그래서 그 아이는 열화품의 이름으로 부르고 있는 거야."

지금도 귀에 선한 베아트리스의 거절. 그 잊기 힘든 외침에 얽매이는 스바루의 말을 로즈월은 부정했다. 잘 안다는 눈치의 그는 스바루에게 "알겠나?" 하고 말을 이었다.

"네가 어디까지 소상히 아는지 모르겠지만, 마녀교도가 가지고 있는 『복음』은 불완전한 물건이다. 기록의 횟수는 한정, 내용도 애매, 해석 방법은 어떤 식으로든. 그런 불친절한 책이 소유자의 운명을 규정하는 이정표? 너무나 억지 아닌가."

"……너야말로 황당하게 소상히 하는데. 난 그저 미래를 예지하는 경전이라고 들었다만."

"마녀교도는 어디서든 솟아나지. 특히 나는 마녀와 연고가 있는 『성역』의 관리자야. 그들과 분쟁을 벌인 적도 한두 번이 아니지. 숯덩이로 만든 유해 속에서 책의 흔적을 찾아낸 적도 있었어. 단, 내용은 소유자밖에 읽을 수 없으니 의심스럽지만."

"그건 나도 기억에 있군……."

스바루도 딱 한 권 『복음』을 소유하고 있지만, 그 내용은 이해할 수 없었다.

마치 외국의 필기체라도 바라보는 것처럼 뇌에 문자 정보로서 전달되지 않는 것이다. 목도한 페이지 그 자체를 떠올리려고 해도, 지금 역시 머리에 단편조차 떠오르지 않는다.

"인식 저해 로브의 효과에 가까운 느낌이 드는데……. 즉, 흔해 빠진 수준까지는 아니어도 그런 책은 드물지 않다. 그래서 베아트리스가 가지고 있어도 이상할 게 없다고?"

"——아니. 베아트리스가 가지고 있는 책은 완성품이다. 이 세상에 단 두 권밖에 현존하지 않는, 진정한 미래를 적은 마서, 『예지의 서』에 가장 가까운 물건이야."

눈을 감은 로즈월이 입에 올린 것은 스바루가 모르는 책의 이름이다.

그리고 그것이 베아트리스가 가진 책이라고 밝힌 직후——공기가 급격히 싸늘해지는 감각을 맛보고 스바루는 무심코 몸을 굳혔다.

원인은 정면에서 고개 숙인 로즈월이다. 그 귀기에 스바루는 숨을 집어삼켰다.

"로즈월……?"

"미안하군. 약간, 옛 생각에 웃음이 나온 모양이야."

"……바, 방금 그게 옛 생각에 나온 웃음이라니, 네게 깜빡 실수로 옛날이야기를 조를 맘이 없어지는데."

"재미도 없는 옛날이야기는 또 다른 기회에. 지금은 시간도 제한됐을 테니 말이야."

별안간 긴장을 푼 것 같은 미소에 팽팽하던 분위기가 사라졌다.

분위기가 풀려 스바루도 몸의 힘을 뺐지만, 예사롭지 않은 태도에 느낀 공포는 가시지 않았다. 그러나 스바루는 그 가시지 않는 공포를 어금니로 깨물고 억지로 의식을 회복했다.

이러는 사이에도 『시련』의 끝은 가까워진다. 가필이 돌아온다.

그 전에 이야기를 마쳐야 한다고 사명감을 불태우며 스바루는 재차 그를 마주 보았다.

"지금 한, 『예지의 서』에 관한 이야기를 자세히 듣고 싶지만 개요는 아무래도 상관없어. 필요한 건 그걸 가지고 있는 베아트리스를 어떻게 설득하면 되느냐야."

"네가 울고불고 간청하면 들어주는 것 아닐까?"

"그러니까 농담으로 넘기지 말라고! 웃자고 하는 말이 아냐. 난 진심으로 묻고 싶어."

"나도 그렇게까지 장난으로 대답한 것도 아니라고 생각하는데……."

완고한 베아트리스의 공략은 저택에서 일어난 재앙을 돌파하기 위해 절대로 빼놓을 수 없다. 데리고 도망치는 선택지가 사라졌다고 해도 그녀의 협력이 있으면 현격하게 유리해진다.

렘과 페트라, 비전투원을 금서고에 숨기고 아람 마을로 날려 보내는 행위도 가능한 것이다.

"그리고 그 아이라면, 프레데리카가 적대해도 어려움 없이 물리칠 수 있을 테니 말이지."

"……딱히 프레데리카가 적이라는 의심은 안 해."

"이런, 너도 휘석 사건으로 그녀를 의심하고 있었을 텐데, 의견을 싹 바꿨나 보지?"

"……아아, 그랬었지."

"미덥지 못한 대답이군? 만약 불안하다면 람을 데리고 가도록. 거절하지 않을 거야."

프레데리카의 의심이 풀린 건 어디까지나 저택에 돌아간 기억이 있는 스바루뿐이다.

로즈월 쪽에서는 스바루가 저택에 돌아가는 데에 품는 불안은 프레데리카의 반역과 책을 가지고 있는 베아트리스 두 문제가 겹친 형국으로 보일 것이다.

따라서 람의 동행을 제안 받는 건 자연스러운 흐름이다. 이미 시도했다가 실패한 뒤라는 점을 제외하면——.

"——『로즈월은, 질문을 하라고 말했었다』."

"……아?"

생각에 잠긴 스바루는 그 느닷없는 발언에 입을 멍하니 벌렸다. 침대에 누워 상반신을 일으킨 자세로 로즈월은 스바루를 올려다보며 되풀이했다.

"『로즈월은, 질문을 하라고 말했었다』라고. 네게 여전히 불안이 있으면 저택에 돌아가서 이 말을 전해보도록. 베아트리스가 들으면 반응이 있을 거다."

"그건……."

눈을 깜빡였다. 거듭된 말. 스바루는 그 말을 들은 기억이 있었다.

이 루프의 첫 회차, 저택에 돌아가려고 『성역』에서 출발하기 전, 관계가 나빠진 로즈월의 전언으로 람이 가르쳐 준 말이 그것이었다.

『죽음』의 충격에 깜빡해 두 번째가 되는 지난번 루프도 떠올리지 못한 말이지만——.

"……그렇군. 너는 이 말로는 부족하다고 보여."

"자, 잠깐. 부족하다는 말은…… 아니, 그 이전에 이건……."

"그럼 계속하지. 혹은 이렇게 말하는 편이 확실할까?"

혼란에 빠진 스바루를 아랑곳하지 않고 로즈월은 아예 미소까지 머금었다. 그러면서 그는 평소처럼 한쪽 눈을 감고 노란 눈으로 스바루를 꿰뚫더니, 말했다.

"——자신이, 『그 사람』이라고 말하면 돼."

"그, 사람……?"

"베아트리스에게 질문을 시키고, 너는 그 말을 긍정해 봐. 그러면 그 아이는 반드시 네 편이 되어 줄 거야. 아낌없이 힘을 빌려줄 테지."

단언에는 강한 확신이 담겨 있었다. 그 확신에 스바루는 로즈월의 눈을 마주 보지만 고요한 노란색 광채에는 어떤 의도도 꿰뚫어 볼 수 없었다.

단지 사실이라고, 그렇게 타이르는 언령의 힘만이 있어서.

"그건, 뭐지? 왜 그렇게 단언할 수 있어?"

"그게 그 아이의, 베아트리스의 번복할 수 없는 계약이기 때문이야."

"——계약."

고막에 울린 그 단어에 스바루는 뭉쳐 있던 분노가 다시 타오르는 걸 느꼈다.

계약, 서약, 맹약, 약속——. 그것들이 도대체 얼마나 마음을 옭아매는가.

"그 녀석이 저택에…… 금서고에 있는 건 계약이라고 그랬었지. 그건 너와 그 녀석 사이에 무슨 계약을 해서……."

"착각하고 있어, 스바루. 나와 베아트리스는 아무 계약도 하지 않았다."

"……뭐?"

분노에 떠는 스바루의 물음을 로즈월은 고개를 가로저어 부정했다. 그리고 멍해진 스바루에게 로즈월은 가슴에 감은 붕대를 만지며 말했다.

"거듭 말하지. 나와 베아트리스 사이에 계약 관계는 존재하지 않아. 그 아이가 당가에 있는 건 이해가 일치됐기 때문……. 금서고를 지키는 계약은 그녀와 다른 인물 사이의 것이야."

"다른 놈……?! 그럼 그 녀석은 도대체 누구인데!"

"그건, 베아트리스 본인의 문제다. 내게 물어야 할 내용이 아니지. 본인에게 들어야 해."

격분하는 스바루와 정반대로 로즈월의 대답은 서서히 열기를 잃어 갔다. 그의 태도와 대답에 스바루는 "제길!" 하고 바닥을 세게 걷어찼다.

"또 그거냐! 그 녀석은 너한테 들어라, 너는 그 녀석한테 들어라! 뺑뺑이 돌리는 것도 작작 해! 난 답을 알고 싶은 거라고!"

"그 답에 이르는 열쇠는 넘겼지. 남은 건 네가 열쇠구멍에 꽂아 넣어 돌리기만 하면 그만이야. 상자 안을…… 아니지. 서고

안을 옆에서 엿보는 멋없는 짓은 하게 못 두지."

언외로 로즈월은 자기 의견을 굽힐 수 없다며 주장하고 있다.

그 강고한 자세에 스바루는 어금니를 깨물고 억지로 울분을 뱃속에다 밀어 넣었다.

"……어제까지와 같은 식이라면 슬슬 에밀리아 님께서 묘소를 나설 때군. 성패 여부는 몰라도 말이야. 너는 어떡할 거어—지?"

지금까지 의식적으로 봉인하고 있었는지 광대 어조의 로즈월이 유들유들하게 말했다.

부아가 치밀지만 지적은 옳다. 시간은 빠듯하다. 저택이 습격당하는 제한시간까지 남은 건 반나절. 파트라슈를 전력으로 몰아도 더 이상은 머무를 수 없다.

습격자인 두 재앙에 대항할 전력은 저택에 있는 프레데리카와 지금부터 귀환하는 스바루와 오토, 추가로 람이 동행해서——.

"……베아트리스가, 아까 이야기에 넘어간다는 말은 사실이겠지?"

"서약했다. 거짓말은 하지 않아. 적어도 나는 그렇게 믿어."

"안 먹힌다면 네 따귀를 후려갈긴다. 뭐라고 하든 간에 반드시. 기억해 둘 거다."

스바루의 일방적인 약속에 로즈월은 웬일로 눈이 동그래졌다. 당연히 실패했을 때는 스바루의 목숨도 없다. 다음 루프에서는 사라지는 약속이다.

하지만 스바루는 기억하고 있다. 그것을 지금, 여기서 선언해 둔다.

"알았어. 마음대로 하도록. 네가 베아트리스와 맺어지면 아마 『성역』을 둘러싼 문제에도 큰 힘이 될 거야."

"떠날 때에 의미심장한 소리 하지 마. 어차피 말할 생각도 없으면서."

"이 정도야 괜찮지 않나—아. ——아무래도 나로는 닿지 못하는 모양 같으니."

시선을 떼고 로즈월이 희미하게 어조를 낮추며 속삭였다. 말 뒷부분을 알아듣기 어려워서 스바루가 "뭐야?" 하고 되묻자 그는 어깨를 으쓱였다.

"혼잣말이야. 자, 미련은 뒤로 미루도록. 네가 지각해서 뭔가 실수해도 나를 후려갈긴다는 약속은 안 지켜줄 거라고?"

"……로즈월, 마지막으로 딱 한 가지만 물어보겠어."

"——들어볼까."

농담하는 듯한 태도에 넘어가지 않고, 스바루는 자세를 바로잡아 로즈월을 응시했다. 그 날카로운 시선을 받아 로즈월 또한 색이 다른 두 눈에 스바루의 모습을 비추었다.

쌍방의 눈에 상대방을 비추고, 스바루는 이날 밤 마지막이 될 질문을 제시했다.

"너는, 우리의 적인 건 아니겠지? 로즈월."

"————."

한 호흡, 질문의 대답에 간격을 띄웠다가 로즈월은 대답했다.

"물론. ——너희는, 내 편이야."

4

밀담을 마치고 스바루는 『성역』 외곽에 있는 합류 지점을 향하고 있었다.

거기서 탈출 준비를 마친 오토와 람이, 파트라슈를 데리고 스바루의 합류를 기다린다는 계획을 세웠다. 때로 몰래, 때로 대담하게, 스바루는 길을 서둘렀다.

"하아……. 제길, 옆구리 땡겨……."

단, 서두르는 스바루의 발걸음은 튼실하다고 말하기 어렵다.

원인은 사흘 간의 감금. 식사도 환경도 안 좋고, 쇠약해진 육체는 생각 외로 기력이 없었다. 하지만 푸념은 뒷전이다. 저택에 돌아가면 더 벅찬 상황이 기다리고 있다.

"가령, 로즈월의 말이 맞더라도……."

베아트리스가 스바루의 호소에 응해 준다고 해도, 정말로 엘자 패거리에 대항할 수 있을지는 미지수다. 어쨌든 간에 저택에 돌아간다고 스바루의 역할이 끝나는 건 아니다. 오히려 거기서 비로소 싸움이 되는 것이다.

"————."

오른쪽 손목을 보니 단단히 묶인 손수건이 있다. 감금 중에도 몸에서 떼어 놓지 않았던 손수건은 검게 때가 탔으며, 해진 곳과 혈흔이 눈에 띄었다. 그래도 이것을 돌려준다는 약속은 더럽혀지지 않았다. 힘이 솟아난다. 그 약속의 효과가 다시 힘을 빌려주고 있다.

"……그토록."

계약이나 서약에 질색하는 마음이 있으면서도 스바루 본인도 약속을 기댈 곳으로 삼고 있다.

로즈월의 말에 따르면, 베아트리스도 계약에 묶여 있다. 사람이 아니라 정령인 소녀에게, 필시 스바루 이상으로 무거운 의미를 가진 계약에──.

"대체 뭐냐고, 계약이……. 나는."

뇌리에 스친 것은 지금까지 들은 수많은 약속.

에밀리아와 팩의 계약. 베아트리스를 금서고와 연결하는 계약. 로즈월이 이날 밤 세운 서약. 루그니카 왕국과 용(龍)이 주고받은 맹약. 스바루와 페트라의 약속──.

그리고 스바루가 렘에게, 렘이 스바루에게 건, 저주와도 같은 ──.

"──나츠키 씨!"

옆에서 날아든 목소리에 앞뒤 안 보고 뛰던 스바루는 멈췄다.

숨을 헐떡이며 돌아보니 손을 흔드는 오토와 서 있는 람의 모습이 있다. 아무래도 생각하는 데에 푹 빠져서 합류 지점을 지나치려는 참이었던 모양이다.

땀을 닦으면서 그쪽으로 돌아서니 두 사람 뒤에 짐을 진 파트라슈도 있다. 이미 준비는 마친 모양이라고 스바루는 길게 숨을 내뱉었다.

"어떻게 된 거예요? 겨우 왔다 싶었더니 그대로 달려가버려서 안절부절했다고요."

"……미, 미안. 생각을 하다 보니, 그만, 좀."

"바루스가 오토 상대로 농지거리를 안 한다? 이건 심각한걸."

"판단 기준에 항의하고 싶은데 말이죠!"

합류한 스바루를 두 사람은 평소 같은 기색으로 맞이했다. 하지만 여유가 없는 스바루는 그에 맞춰주지 못해서 두 사람은 미심쩍게 눈썹을 모았다.

"로즈월 님과는 대화할 수 있었을 텐데. 왜 얼굴이 어두워?"

"그 로즈월과 대화하면 다들 기운이 나기 마련이라는 네 기준 관둬 줄래?"

"하지만 얼굴이 꽤 좋지 못한데요. 위험을 각오하고 변경백을 뵈러 갔잖아요. 수확 없다는 말 같은 건 하지 말아주시죠?"

"수확은, 꽤 있었어. 있긴 했는데……."

다시 돌이킬 필요가 있었느냐고 새삼스럽게 다시 깨달은 수확이기도 했다.

물론 속수무책인 상황을 타개할 가능성은 열렸다. 대항책을 얻었기에 스바루는 이번 회차에서 아무것도 못하고 포기하는 짓을 안 해도 된다.

저택의 재앙을 막아내고, 렘과 페트라를 구출한다. 베아트리스와의 관계 개선을 꾀할 수도 있다. 그런데도——.

"……왜, 이렇게나 속이 거북하냔 말이야."

베아트리스를 한편으로 삼고, 프레데리카를 구하면 『성역』의 문제에도 대처할 수 있다. 그녀에게 지시한 흑막을 폭로하면 남은 문제는 『시련』에 승리하는 것뿐으로 충분하다.

그리고 그『시련』은 에밀리아가 못해도 스바루가 대신 성취하면 그만이다.

"계획은 잡혔어. 그런 판국인데 난 어째서…….'

"고민하시는데 죄송한데요. 시간문제가 있어요. 더 이상은 못 기다립니다."

오토가 가차 없이 스바루의 망설임을 끊으려 했다. 비정한 판단이지만 그의 말은 옳다. 스바루의 주저는 여기서 해결될 문제가 아니다.

모든 건『성역』을 빠져나가 저택에 도착해야 비로소 성립되는 설문이다.

"용차를 들고 나가면 지나치게 눈에 띄어요. 파트라슈에게 저랑 나츠키 씨가 같이 타야 하는데, 상관없나요?"

"너도 이곳에 남아 있으면 위험하니 말이지. 반대할 이유는…… 아, 잠깐."

파트라슈에게 손짓하며 같이 탈 자세를 취했던 오토를 제지했다. 거기서 스바루가 등 뒤를 돌아보자, 그곳에 있던 람은 "왜." 하고 눈이 가늘어졌다.

"『성역』을 나가면, 우리의 행선지는 일단 저택이야. 프레데리카 문제는 방치해 둘 수 없으니까. 그런데 나랑 오토뿐이라면……."

"아무리 봐도 전력 부족이지. ──즉, 람더러 와달라고?"

"로즈월에게 말해 놨어. 네가 와 준다면…… 저기, 든든해."

베아트리스의 설득이 성공하고, 프레데리카가 힘을 빌려주며, 거기다 람까지 가담해 주면 스바루도 이번 회차에서 준비할 수 있는 최고 전력이라 생각된다.

그 최선을 그리는 스바루의 요청에 람은 잠시 골똘히 생각하다가 금세 한숨지었다.

"어쩔 수 없네."

"괜찮은 거야?"

"바루스에게 조력하도록 로즈월 님께 명령 받았는걸."

생각 이상으로 선선히 받아들여서 스바루 쪽이 되레 당황하고 말았다. 하지만 람은 팔짱을 끼며 "하지만." 하고 말을 이었다.

"함께 가는 건 좋지만, 어떻게? 지룡은 한 마리, 우리는 세 사람이야."

"……아."

"바루스와 오토가 인간적으로 반푼이라도 질량적으로는 한 명씩 있지. 지룡 한 마리에 세 명씩 타는 건 아무래도 힘들어."

"반푼이라는 말, 꼭 필요했던 거예요?!"

오토의 한탄은 아랑곳하지 않고 스바루는 람의 지당한 의견에 머리를 부둥켜안았다.

행동 수단은 고려 밖이었다. 파트라슈라면 체중이 가벼운 람 한 명을 추가해도 유유히 달려줄 것 같지만, 그 경우의 탑승법은──.

"안전성을 감안하면 나랑 오토 사이에 람을 샌드위치……인가?"

"참고로 어느 한쪽이 타지 않고 달리는 선택지도 있어."

"그 경우, 피로와 체력 면으로 봐서 오토로 결정 난 거나 마찬가지인데……."

그림이 무지무지 비참한 꼴이 되는 선택이다. 당연히 오토는 맹반대—— 그 목소리가 안 들린다. 그 사실이 너무나도 부자연스러워서 스바루와 람은 미심쩍게 그를 쳐다보았다.

두 사람의 눈길을 받은 오토는 굳은 얼굴로 엉뚱한 방향을 노려보고 있었다.

그 시선을 좇으니 그곳에는 촌락을 밝히는 화톳불이 있고——.

"——사이좋게 산책 상담하는 중이냐. 기왕인데, 이 어르신도 끼워주지그래?"

붉게 일렁이는 불꽃을 사이에 두고, 주황빛에 물든 그림자가 걸어 나왔다.

——날카로운 이를 딱 부딪치고, 사나운 귀기와 함께 웃음을 머금은 그림자가.

"————."

그 즉시, 파트라슈가 낮게 으르렁대고 그림자에 대한 분노를 드러냈다. 임전태세에 들어간 고상한 지룡의 모습에 그림자는 더욱더 즐거운 듯 웃음이 깊어졌다.

"핫! 그토록 당하고도 기가 안 죽었군. 그 지룡, 좋은 여자인데. 『빛나면 빛날수록 마그리차는 멀어진다』라는 거구만."

"가필……."

말을 쥐어짜내며 스바루는 나타난 그림자—— 가필의 모습에 몸서리를 쳤다.

왜 이곳에 있는가. 그런 당연한 의문은 떨리는 간담이 없앴다.

감금의 직접적인 원인이 된 상대다. 그의 모습에 암흑의 3일간이 떠오르고 공포 또한 되살아났다. 어깨를 만지고 어금니를 깨물어 그 공포를 꾹 숨기며 고개를 들었다.

"……지금은, 대표 업무 중이잖아. 이런 곳에서 농땡이 피워도 되는 거냐."

"이 어르신은 이 『성역』을 지키는 입장이라고. 그게 위협 받았다면야 본분을 다하는 게 당연하잖냐. 니는 『성역』의 눈에서 도망칠 수 없었던 거지."

"『성역』의, 눈……?"

"훤히 들통 났다는 소리지. 그래서 니놈은 지금부터 어디 가려고, 엉."

가필은 콧잔등에 주름을 잡고 스바루의 동향을 물었다. 그 질문에 스바루는 솔직히 대답해야 할지 망설였다. 하지만——.

"——바루스는 지금부터 『성역』 밖에 내보낼 거야. 안에 있어서 민폐인 건 가프에게도 마찬가지. 오히려 안성맞춤이잖아?"

"……람."

"말해 두겠는데, 이건 가프의 과실이야. 그걸 구태여 대신 처리해 주겠다는 거니까, 고맙다는 소리를 들었으면 할 정도지."

가슴을 펴고 람은 도발적으로 가필에게 방침을 전했다. 한순간 그 자세에 위태로움을 느꼈지만, 스바루는 그게 정답일 거라고 입을 다물었다.

람의 주장은 옳다. 현재, 스바루의 존재가 『성역』에서 폭탄에 불과하는 사실은 가필도 알고 있을 것이다. 기폭을 일으키지 않고 밖으로 내보내는 게 상책이라는 것도.

따라서 가필은 짜증스럽게 자신의 머리를 쥐어뜯고 말했다.

"이쪽 속내 다 내다봤다 이거냐. 귀엽지 않은 여자군. 그 점이 좋지만."

"……그렇단 말은, 우리를 못 본 척하겠다는 뜻으로 봐도 되나?"

탄식과 함께 내뱉은 말에 스바루는 광명을 찾아내고 눈을 크게 떴다. 그 반응에 가필은 "아앙?" 하고 언짢게 으르렁댔다.

"마녀 냄새만이 아니라 구리기도 놈이군. 니놈을 놔두는 게 사정에 안 좋은 건 이 어르신도 알고 있다고. 다만 『호신의 바난 낙일』이란 표현도 있지."

"그러냐. 또 수수께끼 관용구는 모르겠지만 네가 말귀를 알아 듣는 건……."

감금당한 사실은 사라지지 않고 어디까지나 이해가 일치되는 곳만이 합의점이다. 그래도 못 본척하겠다고 받아들일 수 있는 가필의 발언에 스바루는 안도하고—— 그 안도를, 앞에 나선 두 사람이 가로막았다.

"왜, 왜 그래? 두 사람 다."

"교양이 없는 바루스는 못 알아들었지도 모르겠네."

"『호신의 바난 낙일』은, 전설의 상인 호신이 소국 바난을 함락시킨 일화에 따른 격언이에요. ——상대에게, 철저 공격과 항복 양자택일을 강요했을 때의."

"철저 공격과 항복이라니…… 설마!"

경계를 드러내는 람과 오토. 두 사람의 발언에 스바루가 낯빛을 바꾸자 그 반응을 본 가필이 팔짱을 끼고 목뼈를 꺾는 소리를 크게 냈다.

그리고 비취빛 눈을 호전적으로 빛내며 날카로운 이를 드러냈다.

"가프! 무슨 속셈이지? 너무 멍청해서 람의 말뜻이 안 통하는 거야?"

"너야말로 말버릇 조심해라, 람. 반한 거 하고 찍어누르는 거 하곤 안 똑같아. 잡소리 치우고 그놈은 원래 있던 데 갖다 놔."

"꽤, 꽤나 내 감금에 얽매이는데. 목숨 구걸로 들릴지도 모르겠지만, 나는 정말로 화근거리라고. 놔두기만 해도 손해니까 놓아주려면 무료인 지금이 기회란 말이야."

"『푼돈 노리다가 파멸한다』라지. 이것도 호신 어록이다."

공짜보다 비싼 건 없다는 식의 격언으로 가필은 제안을 단호히 거부. 그 완고한 자세가 이해되지 않았다. 스바루에게 얽매일 이유가 어디에 있단 말인가.

"니놈처럼 정체 모를 놈, 밖에 내놓을 순 없지. 안에서 최강인 이 어르신이 수중에 두는 게 최고 아니냐."

"그 판단, 로즈월 님의 심중을 해칠지도 몰라. 왜냐면 바루스는 로즈월 님께 있어——."

거기서 말을 끊고 람이 의미심장하게 스바루를 곁눈질했다. 그 눈초리의 의미를 알지 못해 스바루는 곤혹스러워하지만, 람은 가필을 다시 돌아보고 말을 이었다.

"쓸모없는 사용인인걸. ……버려도 상관없겠지."

"이 상황에서 언니분은 참 그런 말이 잘도 나오는군……."

도중까지 비호하다가 즉각 내버리는 람의 말에 스바루는 상황을 잊고 힘이 빠졌다.

그러나 그 발언에 받은 인상이 스바루와는 전혀 다른 사람도 있었다.

"로즈월의, 심중을 해친다아……?"

"―――."

순간, 피부에 소름이 돋는 감각에 스바루는 온몸을 긴장했다. 바라보니 람도, 오토도, 그 뺨이 굳어서 눈앞에 서 있는 가필을 주시하고 있다.

"그 자식이 얼마나 이곳을, 할멈들을 생각한다고? 생각 안해. 그놈 자식은 지 생각뿐이다! 람! 너도!"

"가프, 로즈월 님께선……."

"시끄러 시끄러 시끄러! 그 자식 따위 알까 보냐! 마지막이다! 그놈을 내놔! 꽁꽁 묶어 굴려놓고, 니들은 그걸 잠자코――."

발작을 일으키며, 가필이 들을 생각이 없다는 듯 윽박질렀다. 그대로 사나운 투기가 부풀어 오른다. 가필의 육체가 한 둘레 더 커진 듯한 착각이 들었다.

하지만 그 순간, 튕기듯이 상황이 움직였다.

"――람 씨!"

"가!!"

"으워어?!"

절박한 목소리. 그 소리가 들리자마자 스바루의 몸통에 누가 팔을 둘렀다. 오토다. 뭐라 말도 못하게 스바루를 떠메고.

"파트라슈――?!"

맹렬히 달리기 시작한 파트라슈가 스바루와 오토를 건져 올리듯 등에 태웠다.

예상 밖의 전개에 눈을 부릅뜬 스바루를 안고 오토는 억지로 고삐를 움켜쥐며―― 속도를 높이는 파트라슈에게 매달려 밤의 촌락을 단숨에 뛰쳐나갔다.

"이 자식, 똘마니――!!"

"가프, 딴 데 볼 틈은 없어!"

"――이익! 서약을, 방해하는 게 아냐아!!"

울려 퍼지는 노성. 그 소리를 덧칠하듯이 휘몰아치는 폭풍.

두 소리가 격렬하게 작렬하고 터지는 기척에도 여전히 스바루의 의식은 따라잡지 못했다. 그저 바로 옆에서 뺨을 굳힌 오토의 멱살을 잡았다. 언성을 높인다.

"기, 기다려, 오토! 저런 곳에, 람을 남기고, 어째서?!"

"그 이상은 당신이 위험했어요! 저랑 람 씨의 판단이에요!"

답변으로 고함치는 말을 들어 스바루는 이를 악 물고 등 뒤에 시력을 집중했다. 화톳불이 걷어차여 시야는 애매하다. 하지만 세차게 바람이 휘감기는 소리와 노성이 오가는 건 들린다.

적의에 이글대는 가필을 잡아두는 것에 있어 전력을 고려하면 이게 최선책이다. 그러나 그건 논리상의 문제지, 감정이 납득

할 수 있는 건 아니다.

"삑——!!"

의혹과 혼란으로 뇌가 복잡한 와중에, 날카로운 쇳소리가 귓불을 때렸다.

소리의 발생원은 바로 근처. 구체적으로는 자기 손가락을 물고 있는 오토다. 높은 손피리가 밤의 『성역』에 울려 퍼지고, 두번, 세 번씩 그 행위가 반복됐다.

"지금 그 휘파람, 무슨 신호야?!"

"……별로 쓰고 싶지 않던 수단이에요. 안 쓰고 넘어가면 그게 좋았죠."

"의미심장한 말 하지 마! 람 문제도 있는데, 이 이상의 혼란은……."

파트라슈와도 결탁해 도망칠 계획을 맘대로 세웠던 오토다. 이 마당에 이르러 뭘 감추고 있었느냐고 언성을 높인 스바루는 금세 그것을 알아챘다.

"——아."

뒤가 아니라 정면. 지룡이 달리는 진로에 잇따라 빛이 켜진다.

그것은 화톳불의 붉은 빛이 아니라 결정등의 하얀 빛이다. 헤매는 숲을 밝히는 이정표.

그 이정표가 되어, 어둠 속에 빛을 들고 있는 것은——.

"아람, 마을의……."

"——말했었잖아요. 든든한 협력자가 있다고!"

오토가 뱉은 말에 스바루는 충격을 받아 가슴이 먹먹했다.

협력자. 스바루를 구하기 위해서 손을 빌려준 사람을 그는 그렇게 불렀다. 스바루는 철석같이 그 협력자란 람을, 람만을 가리키는 뜻인 줄 알았다.

"──스바루 님! 부디 무사하시길!"

빛 옆을 지나가는 순간, 결정등을 들고 있던 남자가 소리쳤다. 당연히 낯익은 얼굴이다. 대성당에서 가족과의 재회를 바라며 에밀리아에게 『시련』의 돌파를 의탁한 마을 사람 중 한 명.

협력자는 그만이 아니다. 촌락에, 숲에, 떠오르는 빛의 수만큼 아군이 있다.

"너, 모두가 알면, 폭발한다고……."

"실제로 할 뻔했어요! 그래서 당신에게는 덮어두기로 했었죠! 나츠키 씨가 도망치는데 족쇄가 되고 싶지 않다면서!"

"────."

의미를 모르겠다. 오토의 외침은, 마을 사람들의 배려는, 의미를 모르겠다.

무엇 때문에 그런 짓을. 족쇄. 누가 누구의. 어둠 속에 무수한 빛이 떠올라 있다.

"우────."

빛의 길을 만드는 마을 사람들의 헌신에 파트라슈가 경의를 표하듯이 짧게 울었다.

헤매는 숲의 길을 풀어내는 파트라슈도 야음에 삼켜지면 확실하지는 않다. 그 불확실을 없애는 하얀 빛에 따라 지룡의 속도는 쭉쭉 바람을 추월한다.

"이쪽입니다! 이 안쪽으로! 스바루 님!"

"오토 씨, 스바루 님을 부탁드려요!"

"이 늙은이보다 먼저 가시진 마시구려, 스바루 님……!"

몸이든 마음이든 매달리는 걸로 한계인 스바루를 향해서 목소리가 날아온다. 어느 것이나 필사적이며 열성적이고 그 전부에 스바루의 이름을 부르는 말이 있어서.

"왜 다들, 이런 바보 같은 짓을……."

"스바루 님이 그런 말씀 해 봤자 설득력이 없을 텐데!"

치미는 감정을 처리 못하고 오열처럼 흘린 스바루의 말에 쓴웃음이 얹혔다. 머리를 드니 정면에 특징적인 거목—— 그 밑동에 여러 마을 사람들이 서 있었다.

"이 앞으로 똑바로 나가면 결계라고 합니다! 거기까지 도망치면 돼요!"

"당신들은?!"

"추적자 발목을 잡죠! 뭘요. 스바루 님이 도망칠 시간 정도야 어떻게든……."

인영은 다섯 명. 청년단 젊은이들이다. 남자 다섯 명에 장비는 빈약. 그런데도 오기와 근성으로 가필을 몇 초는 잡아두겠다. 그런 판단이다.

람이 남은 것도 마음에 든 사람이라면 봐줄 거라는 타산이——.

"커어엉————!!"

포효가 숲에 울려 퍼지고, 다음 순간에 거센 충격파가 스바루를 삼켰다.

"――. ―――. ―――아."

'찡' 하고 귀가 울려서 스바루는 천천히 눈을 떴다.

뜨자마자 머리가 크게 휘청거렸다. 땅바닥에 쓰러져 있다. 그런데도 여전히 세반고리관은 세상을 놓치고 출렁출렁 파도에 흔들리는 것처럼 오른쪽 왼쪽 요동치고 있다.

뭉게뭉게 흙먼지가 시야를 뒤덮고 있었다. 쿨럭. 뒤집어진 위장이 뭔가를 게워냈다. 마신 지 얼마 안 된 물과 위액이다. 시큼한 맛, 쓴맛. 소매로 닦고 머리를 쓰러뜨려서.

"――아."

90도 기운 세계에 파헤쳐진 대지와 부러진 거목이, 그리고 웅크린 그림자가 있다.

――금빛 체모로 뒤덮인 그것은, 스바루의 눈으로는 한 마리 거대한 호랑이로 보였다.

"―――."

맹호는 몸을 낮게 굽히고 비취빛 눈으로 쓰러진 스바루를 내려다보고 있다.

체장은 대략 4미터. 스바루가 아는 호랑이와 비교하면 배 이상은 더 크다. 네 다리는 굵고 건장하며 다문 구강에는 미처 들어가지도 못한 이빨이 줄줄이 나 있다.

한눈에 그 존재의 위협을 시각적으로 호소하는 비주얼이다.

"……으."

이 충격, 이 상태. 극히 코앞에서 맛본 적이 있다고 생각했다. 지난번 루프, 저택을 습격한 마수들, 페트라를 잃은 그 참극 속에서.

"————."

스바루는 목을 필사적으로 움직여 주위에 눈길을 돌렸다. 부러진 거목 밑동에 충격으로 날아간 젊은이들이 쓰러져 있다. 바로 근처에 오토의 신음성. 파트라슈의 기척도.

가까스로 아무도 죽지 않았다. 아니, 죽게 하지 않았다. 왜냐하면 상대는——.

"가, 프……일……."

거구의 하복부에 특징적인 색깔의 거적이 걸려 있다. 그것이 가필의 허리 두르개 일부라고 금세 깨달았다. 뇌리에 수화한 프레데리카의 모습. 동시에 그녀와 가필이 혈연이라는 사실이 이어졌다.

——눈앞의 맹호는 수화한 가필이다.

가필은 몇 초 만에 람을 돌파해 매섭게 스바루 일행을 쫓아왔다. 수화한 전투력이 어느 정도 수준인지, 스바루가 대적할 수 없는 것만은 틀림없다.

손을 털 때다. 그렇게 생각했다. 더 이상은 도망칠 수 없다. 하지만 딱 한 가지, 굳게 결의했다.

"네, 말대로, 따를게……. 하지만, 더 이상, 아무도……."

다치게 하지 마. 죽이지 마. ——그 말만은 선언했다.

흉포하게 보이는 수화 상태여도 의사소통이 가능하다는 것은 프레데리카가 증명했다. 그 모습을 드러낸 이상, 가필이 진심인 것도 이해한다. 그러나 스바루도 진심이다.

　그 어둠에 도로 끌려간다고 하더라도 더 이상은 아무도 다치길 바라지 않는다.

　──『죽음』과 비교하더라도 그 어둠이 더 무섭다고 지껄일 수 있는 것이, 나츠키 스바루.

　"─────."

　억지로 몸을 일으켜 일어섰다. 스바루의 그 눈초리를 받는 대호(大虎)는 말이 없다.

　단지 슬금슬금 거리는 좁혀든다. 짐승의 콧김이 느껴질 지척에서 침을 삼켰다. 그대로 가필의 판단을 기다린다. 수화를 풀고 원래 모습으로──.

　"──어."

　천천히 세상이 느려진다. 극한 상태로 뇌가 각성, 이해를 초월해 움직였다.

　그 느릿한 세계에서 맹호가 그 앞발을 쳐들어 날카로운 갈고리발톱을 내지르는 모습이 보였다. 창졸간에 몸을 움직이려고 해도 뇌의 각성은 의식뿐. 육체에는 효력이 미치지 않는다.

　어중간한 날붙이보다 더 날카로운 발톱이 스바루의 몸통을 치명적으로 후린다──.

　"──이, 왕바보 자식!"

　옆에서 후려친 높은 목소리. 그와 동시에 터진 충격에 스바루는 밀쳐져 날아갔다.

눈앞에 붉은색이 튀었다. 세상의 지체는 아직도 지속 중, 밤의 검정에 피의 붉음이 섞여서 비명을 흘리며 쓰러지는 그림자. 스바루를 감싸고 쓰러진 그림자. 쓰러지는, 오토 스웬.

발톱에 가슴과 배가 뜯겨나가 분출하는 피가 스바루의 뺨에 튀었다.

"뭐……."

상처, 선혈, 감쌌다, 대호, 항복, 암흑, 스바루를, 가필, 갈고리발톱이, 오토를, 『사망귀환』, 페트라, 수화해서, 요구를, 왜, 왜, 왜왜왜──.

"가아피이이이일──!!"

폭발하는 뱃속의 감정대로 부르짖는 스바루의 눈이 맹호의 흉행으로 핏발이 섰다.

격정에 뇌가 끓어오르고 분노에 체내의 피가 가솔린으로 바뀐다. 온몸에 맴도는 것을 분노의 불꽃에 던져 넣고, 연쇄하는 폭열이 사고도 감정도 생명까지도 모조리 불살랐다.

소리친다. 부르짖는다. 말이 못되는 목소리를. 지금 분노와 증오만이 있었다. 모조리 태워라. 눈앞의 괴물을. 분노와 증오가 힘으로 변한다면 산산조각 찢어져버려.

"────!!"

하지만 목소리에는 운명을 뒤집을 힘이 없다.

스바루의 절규는 그 이상인 짐승의 포효에 덧칠되고 도리어 살해당할 판국이다. 실제로 목소리와 함께 맹호는 팔을 쳐들어 오토를 덮친 일격과 같은 일격을 내리치려 들었다.

두개골이 뚫리고 가슴뼈가 뜯겨 나가, 내장째로 생명이 뽑히고 짓뭉개져서 죽는다.

"＿＿＿＿＿＿＿."

눈을 감았다. 다가오는 『죽음』을 목전에 두고 다음 세계에서의 응보를 스바루는 맹세한다. 반드시, 복수한다. 분노의 불꽃을 끄지 않는다. 너를, 짓씹어 주마.

영혼에 증오를 새기고 스바루는 그 순간을 기다렸다. 그런데도 와야 할 종말이 오지 않는다. 『죽음』이 타이밍을 놓쳐서 온다. 왜지? 눈을 뜨고 대호를 노려보았다.

팔을 치켜든 채로 맹호는 그 자리에 변함없이 있었다. 단지 한 가지만 다른 점은, 짐승의 비취빛 눈이 스바루가 아니라 옆을 보고 있었다는 것이다.

시선을 좇았다. 그쪽 방향에서 뭔가가 날아와 맹호의 머리에 맞았다. 땅바닥에 가벼운 소리를 내며 굴러간 것은 별 볼 일 없는 돌멩이였다.

돌멩이를 던진 사람은 이마에서 피를 흘리며 비틀비틀 일어난 마을의 젊은이였다.

"스바루, 님에게서…… 떨어져. 이, 괴물놈아……."

목소리를 쥐어짜내고 신음을 참으면서 젊은이는 자기 의사를 강하게 표시했다.

이길 리 없는 맹수에게, 치졸하고 약한, 덧없는 저항이 있다. 그만이 아니다. 다른 젊은이들도 일어나서 발밑에 떨어진 돌을, 나뭇가지를 주워 무기로 삼았다.

"이, 봐……."

뭘, 하고 있는 거냐고, 그들의 무모함을 말리려고 했던가.

어디를 보고 있느냐고, 맹호에게 원한을 던지려고 했던가.

모르겠다. ──그러나 그 뒤의 결과는 어린애라도 상상이 갈 만큼 단순하다.

"─────."

맹수가 발톱을 휘두르고 선혈이 터진다. 잇따라서 두 번, 세 번씩 반복된다.

듣기 괴로운 단말마. 살점이 날카롭게 갈라지는 축축한 소리. 스바루의 목이 찌부러질 정도의 절규──.

왜냐. 왜지. 왜냐고 왜야 왜 그래, 왜.

"왜냔 말이야아악──!!"

눈앞의 짐승에 매달렸다. 두꺼운 모피를 물어뜯었다. 흔드는 기세에 나동그라진다. 앞니가 지금 충격에 나가버렸다. 사고가 과열한다. 이와 피를 뱉어내고 덤벼든다. 옆에서 후려친 꼬리에 가볍게 날아가 땅바닥에 대(大) 자로 누웠다.

누워 있을 때가 아니다. 일어나. 일어나서 죽을 거라면 누구보다 먼저 네가 죽어.

"기다려, 줘……. 나만, 죽이고…… 다른 사람들은……!"

죽을 거라면 누구보다 먼저 스바루를 죽이면 된다.

원래 가필의 목적은 스바루였을 터다. 용감하고 마음 착한 그들이 목숨을 빼앗길 이유는 없다. 결단코 어디에도 없다. 어디에도 없는데──.

"──우, 아?"

이 악물고 피를 토하는 스바루의 몸이 들려 올라간다.

바로 옆, 피에 물든 검은 비늘이 있다. 파트라슈다. 어마어마한 양의 피를 흘리는 그 모습은 맹호의 첫 공격에서 스바루를 감싼 증거였다. 상처는 깊어서 반생반사. 그런데도 파트라슈는 저택 때와 비슷하게 죽음에 임했음에도 스바루를 지키고 있다.

"그만, 됐어……. 그만 됐어. 그만 됐다고, 파트라슈……."

그만해달라고 애원한다. 매달리는 스바루의 말에 자비로운 지룡은 그 소원을 거절했다.

스바루를 입에 문 파트라슈의 노란 눈에 강한 의지가 깃든다. 빈사 상태로 보이지 않는 저력이 두 다리에 솟으며 다시 지룡은 맹렬하게 달리기 시작했다.

스바루를 지키려고, 필사적인 싸움을 펼치는 그들을 두고 전장을 이탈한다.

"_____."

모두를 두고 가지 마. 그렇게 외치려고 했다.

억지로 돌아본 순간, 머나먼 저편에서 마지막 한 명이 날아갔다. 어마어마한 소리와 함께 비취빛 두 눈이 어둠에 일렁이며 도망치는 스바루와 지룡을 쫓아온다. 너무 빠르다.

거리가 줄어든다. 도망쳐도 의미가 없다. 왜, 파트라슈는 도망치는가.

"──아."

파트라슈가 턱에 힘을 주고 고개를 힘껏 뒤틀어 스바루를 던졌다. 정면으로, 조금이나마 위협에서 멀리 떨어지라는 듯이, 그녀의 헌신이 담겨 있었다.

그리고 공중을 날면서 스바루는 알아챘다. 옆에서 뭔가가, 빛이, 깜빡이는 것을.

"＿＿＿＿＿."

휘석이다. 프레데리카의, 휘석. 품속에 넣어둔 돌이 파랗게 빛난다.

순간, 이해했다. 파트라슈는 무작정 스바루를 안고 달리던 게 아니다. 그녀는 결계까지 스바루를 바래다주었다. 맹호의 이빨이, 가필의 위협이 닿지 않는 위치로.

"파트라슈우."

회전하는 시야에서 그녀를 찾으며 이름을 불렀다. 기적처럼 시선이 오갔다.

노란, 파충류의 가는 동공에 있을 수 없는 자애의 빛이 보이고.

"＿＿＿＿＿."

따라붙는 맹호의 발톱이 칠흑의 지룡을 옆으로 후려치며 파트라슈가 두 동강 난다.

단말마의 비명조차 지르지 않고 충성스러운 용은 끝까지 스바루에게 헌신하며 절명했다.

"＿＿＿＿＿."

그것도 똑같다. 저택과 완전히 같은 결말. 벗은 죽고, 애룡은 죽고, 뇌와 혈액이 끓어오른다.

땅바닥을 굴렀다. 빛은 깜빡인다. 결계를 넘었는가. 알 바냐.

파트라슈를 죽인 맹수가, 해로운 짐승이, 눈앞에 육박한다. 결계를 넘어서서 살의가 가는 대로 덮쳐든다.

"＿＿＿＿."

격돌한다.

순간, 빛이 부풀어 오르고 나츠키 스바루를 파랗게 물들였다.

──전이가 발생했다.

6

의식이 돌아온 순간, 스바루가 처음에 느낀 것은 끔찍하게 자극적인 냄새였다.

"＿＿＿＿."

한 번 맡으면 잊기 어려운, 코를 찌르는 악취다.

약품의 그것과 가까운 냄새에 얼굴을 찌푸리며 차가운 바닥에서 상반신을 일으켰다. 기침하고 온몸이 아픔에 들썩거렸다. 연거푸 기침하며 천천히 벽에 손을 짚으며 일어섰다.

손목에 메마른 피와 토사물로 더러워진 손수건이 있었다. 시간 경과와 『사망귀환』에 이르지 않은 것을 확인할 수 있었다. 죽지 않았다. 세계는, 참극이 끝난 뒤에 있다.

──뇌리에 맹수의 발톱에 잇따라 쓰러지는 사람들과 애룡의 최후가 떠올랐다.

"⋯⋯으, 크."

살아남았다. 무슨 팔자인지 살아남고, 말았다.

지금 당장 죽어버리고 싶은 후회에 가슴이 메었다. 그러나 스바루는 혀를 깨물고 싶은 충동을 참고 벽에 체중을 실으면서 느릿느릿 걷기 시작했다.

악취가, 이곳이 어디인지 스바루에게 알기 쉽게 제시했다.

기억을 더듬어 발을 끌면서, 미련을 끌면서 스바루는 출구로 향한다.

감금당했던 건물이다. 왜 이곳에 날아왔는지는 모른다. 하지만 원인이 휘석이고, 결계와 접촉한 탓이라는 것은 직감적으로 알 수 있었다.

"큭──."

품속에 넣은 휘석을 잡고 내던졌다. 가벼운 소리를 내며 돌은 멀찍이 굴러갔다. 저런 돌에 더는 아무런 가치도 없다. 이 세계에, 아무런 가치도 없다.

──이곳은 끝나는 세계다. 이곳은 끝나야만 하는 세계다.

"────."

『죽음』을 자기 자신에 내리기 전에 스바루는 이 세계가 어떻게 끝나는지를 지켜보러 갔다.

지켜보고, 삼켜서, 양식으로 삼아야 한다.

그것이 죽어야 할 때에 죽지 못한 나츠키 스바루의 의무이므로.

정면에 건물 출구가 다가온다. 손가락이 감각이 없어질 만큼 만지고 있는 하얀 벽이 차갑다. 밖에서 비치는 빛에 눈이 가늘어졌다. 의식이 없는 동안에 밤이 끝나고 아침이 왔다.

이곳에 있는 걸 가필은 알아채지 못한 것인가. 나태한 자식이군. 스바루는 하얀 숨을 내뱉고 밖에 발을 딛고——.

"——아?"

——일대에 퍼진 은세계에 예상을 초월한 충격을 맛보았다.

7

이해가, 절망이 몇 겹씩 거듭거듭 칠해진다.

——스바루의 영혼에 새겨지는, 지옥을 그린 회화가 있었다.

그 회화를 바꿔 그리기 위해서 분주해야겠다고, 스바루는 사력을 다했다고 생각했다. 실제로 두 번의 『죽음』을 거쳐 회화에 붓을 댈 수는 있었을 터였다.

붓이 닿은 순간, 회화의 내용이 다른 지옥으로 바뀔 줄도 모른 채.

"——학, 하아."

은세계에서 숨은 하얗게 흐리고, 눈을 밟은 스바루는 허덕이듯 무릎에 손을 짚었다.

이미 몇 시간, 건물을 나온 뒤로 정처 없이 걸어 다니고 있었다. 어젯밤, 스바루가 무사히 촌락으로 돌아올 수 있던 건 오토의 가호에 따른 길 안내가 있던 덕분이다.

그것이 없는 지금, 이곳은 『클레말디의 헤매는 숲』의 가장 깊은 곳——. 계속 내리는 눈에 경치는 일변하고 조력을 청할 존재는 하나도 곁에 없었다.

"제길……."

체력을 소모하고 눈경치의 저온에 몸의 온기를 빼앗긴다. 조금이나마 체온 저하를 막고자 스바루는 이마의 땀을 페트라의 손수건으로 닦았다. 다시, 걷기 시작했다.

"페트라와의, 약속도……."

해는 떴다. 저택에 찾아올 참극도 이미 막을 방도가 없다.

아무것도 하지 못했다. 페트라도, 프레데리카도 살리지 못한다. 렘도, 필시. 베아트리스는 마서를 껴안은 채로, 오토는 죽고, 파트라슈도 죽고, 람은 어떻게 됐을까. 가필, 로즈월, 무슨 생각으로. 에밀리아는——.

"하지만, 나는……."

모든 것을 되찾는다. 모든 것을 다시 시작한다. 모든 것에 옳은 길을 걷게 할, 책임이 있다.

스바루밖에 할 수 없는 일이다. 스바루가 해야만 하는 일이다.

그러기 위해서 잃어버린 모든 것을, 스바루만은 끝까지 생각해야만 한다.

그러기 위해서 치른 희생은 스바루 안에 끝까지 남겨야 한다.

그러기 위해서 소비할 수 있는 대가는, 스바루만 치러야 한다.

치르자, 대가를. 쌓자, 희생을. 그리고 되찾자, 모든 것을.

"————."

해야 할 책무에 불을 붙인 순간, 스바루의 눈앞에서 숲이 활짝 트였다.

영원히 이어질 줄 알았던 경치가 끝나고 눈밭에 묻힌 촌락이

홀쩍 나타났다.

　놀람은, 없다. 진즉에 각오는 마치고 있었다. 이곳에서 갑자기 대호가 시야를 막더라도 증오만을 아로새기고 웃으며 죽을 수 있다. 마음은 진즉에 얼어붙어 있었다.

　그러나 각오와 정반대로 맹수는 나타나지 않는다. 아니, 그러기는커녕——.

　"아무도, 없어……?"

　쓰러진 화톳불은 눈에 꺼졌고 『성역』에는 사람이 있는 기척이 전혀 느껴지지 않았다.

　사람이 적은 촌락. 그런 설명은 먹히지 않는다. 이것은 아무도 없는 들판과 같은 모습이다.

　실제로 백은의 적설에는 발자국 하나 없었다. 사람이 걸은 흔적이 없는 것이다.

　"눈이, 내려서…… 아무도, 없고……."

　얼굴에 손을 짚고 뺨에 손톱을 박으면서 스바루는 자신의 제정신을 의심하기 시작했다.

　『성역』은 정적이 가득했다. 인기척도, 벌레 울음소리도 없다. 때때로 바람이 나뭇잎을 흔드는 소리만이 고막에 희미한 변화를 알렸다. 아무것도, 들리지 않는, 세계에——.

　"——아?"

　무음의 세계, 은색에 물든 지옥, 그곳에 변화가 있어서 얼떨떨해졌다.

　처음에 스바루는 그것을 바람에 구르는 하얀 털실뭉치나 비슷한 무언가로 착각했다.

그러나 그것이 털실뭉치가 아님은 금세 알 수 있다. 그것은 스바루의 발밑에 굴러와서는 가늘게 떨기 시작했다. 그리고 눈을 크게 뜬 스바루에게 두 개의 긴 귀를 세운 것이다.

긴 귀, 하얗고 부드러운 털. 짧은 손발과 붉은 두 눈. 그것은 갸웃하며 정신없이 입을 오물거리며 '끼이' 하고 높은 소리로 울었다.

"토끼……?"

그것은 스바루의 눈에는 토끼로, 그것도 너무나 조그만 토끼로 보였다.

토끼는 주먹만 하고, 쥐 같은 작은 동물과 별 차이 없는 사이즈다. 특징적인 긴 귀는 토끼치고는 짧고, 동글동글한 꼬리도 합쳐 모든 신체부위가 아담하게 뭉쳐 있다.

벌레도, 동물도, 지룡도, 사람도, 모두 다 눈 밑에 사라진 『성역』에 갑자기 나타난 토끼.

"어째서, 이곳에 토끼가……. 토끼가, 맞나?"

끝없는 수수께끼가 발생해 스바루는 정보로 말미암은 뇌의 압박에 토악질마저 느꼈다. 발밑에 있는 이 토끼가 『성역』에 무슨 일이 있었는지 알 수단이 될까.

그런 매달리는 듯한 심정으로 토끼에게 손을 뻗고——.

다음 순간, 스바루의 왼손이 손목부터 남김없이 뜯겨 나갔다.

"……어아?"

거칠고 엉성한 잘린 자국에서 피가 뿜어져 나오고, 검붉은 혈관이 축 늘어졌다. 실처럼 하얗고 가늘게 늘어난 것은 근섬유인가 신경인가. 어느 쪽이든 간에 인체가 파괴되는 광경은 몹시 그로테스크하다.

잃어버린 왼손에 그런 현실도피가 정확히 2초——. 다른 차원의 격통에 뇌가 찢어졌다.

"끄, 어?! 으어아아! 아아아, 가그가아아악——!!"

세상이 하얗게 달아오른다.

아픔에 의식이 지배되어 『아파』 정상적으로 현실 『아파』 을 인식할 방법을 상실한다 『아파』 왜 이런 『아파』 고통을 『아파』 맛보아야 한단 말인가 『아파』 원인은 어디서 『아파』 뭐가 있어서 『아파』 어째 『아파』, 『아파』 아파아파아파——.

몸부림치고 몸부림치다가 피가 넘치는 왼쪽 손목을 지면에 밀어붙였다. 무의식중에 눈에 달려들어 스바루는 의미도 알 수 없이 진흙과 얼음을 씹고 있었다. 흙을 맛보고 얼음을 깨트리며 무슨 일이 일어났는지를 원해 시야가 회전한다. 발밑, 하얀 털 실뭉치——. 털에 붉은 얼룩이 흩어지고 입을 움직이고 있다.

오물오물 움직이는 작은 입에서 스바루의 손가락이 보였다. 이해했다. 먹혔다.

잡아먹힌 것이다.

"어, 어어어어억——!!"

이해하기 싫은 이해에, 자각하기 싫은 통증에, 정신이 발광으로 이끌린다.

마음이 유리 세공품처럼 금이 가고 산산이 부서져 모래알 같은 잔해로 바뀐다.

"끼, 이히기이익!!"

그런데도 부서진 마음이 통증에 각성되고 말았다.

장딴지에 새겨진 감각. 줄로 가차 없이 살점과 뼈를 갈아내는 자극에 허옇게 눈을 뒤집었다. 검붉은 거품이 목 안에 넘치고 뭍에 오른 물고기처럼 경련했다. 기절하지 않는다. 못한다. 통증이 너무나 세다. 통증이 너무나 아프다. 잔혹한 통증이 의식을 억지로 각성시킨다.

'끼이끼이' 하는 무수한 울음소리를 고막이 잡아냈다.

그것은 높은 울음소리. 수는 방대. 헤아릴 마음도 들지 않는 기척에 둘러싸인다. 이미 안구는 역할을 팽개쳐 주위를 보는 것을 포기하고 있었다. 덕분에, 구원 받았다.

기능하고 있던 게 귀뿐이라 다행이다. 이 광경에 견딜 수 있을 턱이 없다.

"_____."

온몸에 이빨이 달려든다. 이빨이 파고드는 그 감촉이, 먹이에 모인 것이라고 이해하게 해 주었다.

절규. 위를 보고 넘어져 하늘을 향해서 목소리를 터트린다. 그 순간, 털투성이의 뭔가가 벌린 입에 파고들어 혀를 물어뜯었다. 목이 유린당하고 식도부터 위장에 걸친 길이 내부에서 뜯어먹힌다. 씹힌다.

항문부터 침입한 이빨이, 입으로 들어온 그것과 체내에서 충돌한다. 다투듯이 오른쪽으로 왼쪽으로 장기를 들쑤시며 나츠키 스바루를 다진 고기로 만들어 간다.

산 채로 생물에게 씹히며 고기 조각이 되어 간다는 실감이 있다.

공포는 없다. 통증도 더 이상 느끼지 않는다. 의식이, 어디에 있는지 모르겠다.

잡아먹히고 있다. 먹혀간다. 왼쪽 눈이 먹혔다. 귀도 이미 없다. 장기 따위 싹 사라지고 지금 얼굴 가죽이 벗겨진다. 두개골에 구멍을 뚫고 뇌수에 이빨을 박혀───.

─────.

─────────.

───────────────.

───────────────────────아───.

8

육체가 재구성된다.

물어뜯긴 볼살이, 벗겨진 얼굴 가죽이, 이빨에 깨진 두개골이, 씹히던 신경이, 쪽쪽 빨리던 혈액이, 극악한 식욕에 유린당한 영혼이─── 원래 형태를 되찾는다.

"───아."

손끝에 피가 통하고 스바루는 온몸을 경련하며 격하게 들썩거렸다.

　차갑고 딱딱한 지면. 신음하는 스바루는 거품을 뿜고 안구를 사방에 뒤룩뒤룩 굴린다.

　통증, 없다. 상실감, 없다. 사지는 몸통과 연결됐으며, 몸통에는 생명을 유지하는데 필요한 장기가 전부 있다. 육체는 되찾았다. 하지만 뜯어 먹힌 정신은 어떻게 되나.

　『잡아먹힌』 기억을 가진 채로 누가 제정신의 세상으로 되돌아온단 말인가.

　"으, 으, 으워⋯⋯."

　발작이라도 일으킨 것처럼 스바루는 땅바닥에 머리를 찧었다. 딱딱한 충격이 반사되어 두개골 안에서 뇌가 흔들렸다. 순간, 씹던 감촉의 잔재가 누그러졌다. 그것을 원해 반복한다.

　──왜.

　현실을 인식한 것을, 육체도 정신도 아니라 영혼이 부정한다.

　가장 중요한 의사 결정 기관이 재기동을 거절해 나츠키 스바루는 돌아오지 못한다.

　단지 영혼이 요구하는 것은 『왜』 하고 반복되는 말에 대한 대답이었다.

　무슨 일이 일어났는가. 무슨 일이 있었는가. 어째서 그렇게 됐는가. 어째서 그렇게 될 수밖에 없었는가. 지금의 자신은 어떻게 됐지. 어떻게 돼. 어떡하면 돼.

　──왜, 왜, 왜, 왜, 왜.

답이 나오지 않는, 문제문조차 애매한 명제를 앞에 두고 영혼이 마냥 통곡한다.

──왜! 왜! 왜!!

현실에 빠져서, 악몽에 시달리며, 살아갈 길을 잃고, 『왜』하고 마냥 묻는다.

그것이야말로──.

『──또다시, 너는 자격을 얻었다.』

바르르 떠는 스바루에게, 그 목소리는 귓전에 속삭이듯이 들렸다.

『초대하지. ──마녀의 다과회로.』

다음 순간, 되돌아온 직후의 나츠키 스바루의 영혼이 현실에서 다시 분리됐다.

제5장 『마녀들의 다과회』

1

  파릇파릇한 초원의 봉긋한 언덕에, 봄이 연상되는 선선한 바람이 불고 있었다.

  바람은 스바루의 앞머리와, 키가 큰 녹색 풀을 상쾌하게 흔들고 쐔비구름이 뛰노는 푸른 하늘 저편으로 달려 나간다.

  "━━━."

  스바루는 바람이 간지럽힌 이마를 손가락으로 만지고, 눈부신 햇살에 눈을 좁혔다. 그다음, 천천히 시선을 하늘에서 내려 정면을 돌아보았다.

  어느 틈에 스바루는 하얀 의자에 앉혀 있었다.

  안락의자 같은 큰 의자로, 눈앞에는 작은 하얀 테이블이 있다. 그 테이블을 사이에 두고 맞은편에 마찬가지로 의자에 앉아 긴 다리를 꼰 인영이 있었다.

  긴 머리카락과 노출이 적은 피부는 하얗고, 그 외의 모든 것에 검정을 두른 아름다운 소녀━━.

  "━━라는 건 정확하지 않군. 실제로는 400년 이상이나 성불 못한 지박령이니까."

"재회하자마자 홀로 취급이라니 말이 심한걸. 애초에 내 경우
향년 19세일 때부터 외모는 너와 어울리는 젊디젊은 소녀였을
테지만 말이야."

"향년 19세라니 은근히 무겁군. ……죽은 사람 얘기는 못 웃
겠네. 미안해."

"──? 괜스레 기특하군. 너답지 않다, 에는 다소 친분이 부
족할까."

무릎 위에서 주먹을 쥐었다 폈다 하며 고개 숙인 스바루의 모
습에 소녀── 마녀 에키드나는 흥미로운 듯 눈을 가늘게 떴
다. 그녀는 테이블에 뺨을 괴고 스바루에게 도발적인 추파를 보
내며 말했다.

"다과회에 두 번 같은 손님을 초대하는 일은 드물지. 좀처럼
없는 일이야. 자랑해도 좋다고?"

"호스트가 게스트에게 당당하게 말하지 마라. 순순히 고마워
할 마음이 없어지면 어떡하려고."

"이런? 그렇다면 너는 내게 순순히 고마워해 줄 심산이었나
보지?"

"으극……."

정곡을 찔린 스바루는 에키드나의 숨죽인 웃음에서 시선을 떼
었다. 조금 전의 정신 상태 때문에 입이 돌아가지 않아 실수했
다. 하지만 문제는 바로 그 『조금 전의 정신 상태』이다.

"나는, 묘소에서……."

말로 표현하는 것도 무시무시한 그 뒷말은, 『발광하고 있었을 터』이다.

실제로 스바루의 정신은 완전히 붕괴했었다. 이번 『죽음』은 그토록 스바루의 영혼에 지워지지 않는 상처를 새기고 수도 없이 거듭한 『사망귀환』의 경험을 뭉개버린 것이다.

『죽음』에 익숙해졌다는 말은 입이 찢어져도 안 한다. 하지만 각오만 있으면 된다는 생각은 했었다.

그 마음이, 그다지도 쉽사리 뒤집혀서——.

"그런데도 지금 난 태연히 있어. 기분 나쁠 만큼 멀쩡해."

"그게 싫은 건가? 평정을 잃고 아우성치고 싶다고? 꼴사납게 울부짖고 싶어?"

"……그런 말을 하고 싶은 게 아냐. 너도 알 텐데, 에키드나."

"그렇지. 지금 건 내가 심술궂었군. 너는 무심코 건드리고 싶어지거든."

목소리에 규탄하는 기색이 섞이자 에키드나는 항복한다는 듯이 두 손을 들었다. 그리고 마녀는 손바닥을 살랑대면서 "하지만 말이야." 하고 갸우뚱했다.

"너를 다과회에 초대한 것은 단순한 심술이 아니야. 그러지 않으면 네 마음은 깨졌었지……. 그건 자각하지 않았던가?"

"그래서 순순히 고맙다고 하려고 했었잖아. 그걸 네가……."

"과연. 자기 행동이 화를 부르는 건 생전부터 변함이 없군. 그럼 나는 이번에야말로 다시금 네 인사를 들도록 하지. ——자, 해 보게나."

희미하게 웃으며 에키드나는 가슴을 펴고 감사의 말을 받아들일 자세를 잡았다. 기분 탓인지 자랑스러운 듯한 그 얼굴을 바라보며 스바루는 장탄식을 내쉬었다.

이걸 자연스럽게 하고 있는 거라면, 과연 마녀. 『마』성의 『여』자다.

"——? 왜 그러지? 언제든 상관없는데?"

"……여기에 오자마자, 내 상태가 회복된 건 전에 마신 차 덕분인가?"

"아아, 그렇지. 차의 형태로 네 마녀인자에 작용해 안정을 촉구했어. 그 효과는 다과회를 드나들어도 사라지지 않아. …… 그런데, 감사의 말은?"

"그렇군. 약간 안심했다. 이거, 밖에 돌아가도 유지된다고 생각해도 될까?"

"정신 상태의 이야기니 말이야. 평정을 되찾았다면…… 여기서 일어난 일을 기억하고 있으면 꿈 밖에 돌아가도 마음의 평온은 유지되지 않을까. 저기, 감사는?"

남의 일 같은 대답에 포함된 한마디, 거기에 스바루는 숨을 죽였다.

'여기서 일어난 일을 기억하고 있으면.' 에키드나는 그렇게 말했다. 그리고 사실 그건 어렵다. 그 사실은 마녀와 만난 두 번의 접촉을 잊게 한 서약이 증명하고 있다.

서약은 스바루에게 에키드나를 잊게 한다. 그 결과, 스바루는 자기 자신조차 잃어버리는 것이다.

"──에키드나, 서약을 고칠 방법은 없어?"

"응?"

"너에 대해, 여기서 나가도 잊지 않고 넘어갈 방법은 없는 건가? 서약으로 너를 잊는 한, 내 마음은 박살 날지도 몰라. 그런 거지?"

"그건, 그렇지만……."

"그리고 내 마음만이 문제가 아냐. 그게 아니어도 널 기억하고 싶어."

"──엇."

그렇다. 이것은 스바루 마음만의 문제가 아니다. 에키드나의 존재를 기억하는 것은 『성역』을 해명하는 것에 더해 지옥을 바꾸기 위해 필요한 조각이다.

그렇기에. 스바루는 테이블에 손을 짚고는 숨결이 닿을 만큼 마녀에게 얼굴을 들이밀고 말했다.

"대가가 필요하면 달리 뭐든지 치르마. 그 대신──."

"_____."

"너는, 내 기억에 숨지 마."

"──그, 그래……."

스바루의 강한 요청에 에키드나는 괜스레 뻣뻣하게, 쭈뼛쭈뼛 끄덕였다.

그 태도에 위화감. 하지만 대답은 긍정이다. 해냈다며 스바루는 손뼉을 치고 말했다.

"말한 거다! 고마워! 역시 취소라고 하기 없기다!"

"그렇게 염치없는 짓은 안 해. 안 하지만…… 너는 좀, 비겁하다 싶은걸."

갑자기 비겁한 인간 취급을 받아 스바루는 갸우뚱했다. 그 반응에 에키드나는 살짝 언짢게 고개를 돌렸다. 그러고 나서 마녀는 스바루에게 맞은편 자리를 손가락으로 가리키며 말했다.

"좌우간 네 주장은 이해했어. 일단 앉아. 천천히 얘기하자."

"그래……. 어, 아니 그럴 시간은 없어. 그보다 서약 쪽을 정리하고……."

"──착각하지 말아 줬으면 하는군, 나츠키 스바루."

느긋한 태도에 마음이 급해져 재촉한 스바루를 에키드나가 불렀다. 말이 멈추었다.

그 음색에, 왠지 거스르기 어려운 힘이 있었다.

그리고 침을 삼키는 스바루에게 에키드나── 마녀는 말을 이었다.

"서약을 고치는 것. 확실히 그건 어렵지 않아. 말하기 힘든 말을 당당히 꺼내는 자세도 싫진 않고. 하지만 입장을 분별치 못하는 발언은 마뜩잖군."

"_____."

"어디까지나 너는 다과회에 초대를 받은 손님이다. 그리고 이곳은 내가 지배하는 꿈의 성, 내 영역이야. 거기서 너무 투정을 부리면 내 체면에 문제가 생겨."

차분하게, 어조에 변화는 없이, 그저 목소리의 힘에만 변화가 있었다.

그때까지와는 분위기가 일변해 한없이 깊고 어두운 빛을 띤 눈이 스바루를 올려다보았다.

──그곳에 일상에서 벗어난 존재, 『마녀』가 있다.

"……아, 으."

영혼을 휘어잡는 위압감이, 스바루가 에키드나에게 당초 품은 인상을 떠오르게 했다. 그것은 백경이나 『나태』마저도 웃도는, 압도적인 위협에 대한 공포다.

『탐욕의 마녀』 에키드나, 그것이 눈앞의 하얗고 검은 마녀가 가진 이름과 직함이라고.

"다과회에 초대받은 너는 손님으로서 예의를 갖춰야 해. 당연한 노릇이지?"

정신체에 있을 수 없는 식은땀으로 범벅이 된 스바루에게, 마녀는 자신의 백발을 매만지며 말을 이었다. 목과 혀가 말라 가는 감각에 호흡이 가빠진다. 스바루는 가까스로 대답을 쥐어짰다.

"손님의, 예의라는 건……."

"간단해. 내가 호스트고, 네가 게스트. ──그 말대로 행동하는 것이야."

위압감은 고스란히 두고 에키드나가 천천히 손을 뻗었다. 가늘고 긴 마녀의 손가락이 테이블을 건드리고, 세 번 그 표현을 연주하듯 두드렸다.

그 손끝은 테이블 위의 한곳── 손도 대지 않은, 김이 오르는 컵을 가리키고 있다.

"……아?"

"다과회 손님이라면 우선은 초대를 받았다는 증거를 제시해야겠지?"

"……칵! 알아먹기, 힘들다고, 너."

"마녀니까. 평범한 여자아이와 같이 들먹이면 그 아이들이 가엾잖아?"

골탕 먹였다고 싱글대는 에키드나의 태도에서 압박감이 사라졌다. 무례를 저지른 데에 대한 앙갚음. 그런 것치고는 스바루가 받은 정신적 고통은 지나치게 큰 느낌이 들었지만.

"젠장……. 알았다고!"

혀를 차고 컵을 낚아채듯 빼앗고는 안의 액체를 단숨에 부어넣는다. 따른 뒤로 시간이 지났어도 그것은 온도가 식지 않았다. 역시 마녀의 다과회에 나오는 물건이다.

스바루는 맛도 모를 만큼 힘차게 비우고, 거칠게 소매로 입술을 훔쳤다.

"자, 다 마셨다. 이걸로 날 다과회 참가자로 인정해 줄 거냐?"

"내 체액을 그렇게 정열적으로 마시면…… 응, 살짝 쑥스러운데."

"으웨엑! 깜빡했었다——!!"

최초의 다과회에서도 있었던 드나 차 트랩, 그 재래에 스바루는 무릎부터 허물어졌다.

그 자리에서 열심히 헛구역질하는 게스트의 모습에 호스트인 마녀는 못 말리겠다며 어깨를 으쓱였다. 그러고 나서 마녀는 문득 떠오른 듯이 손뼉을 치고 말했다.

"그러고 보니, 감사의 말은? 나는 아직 못 들은 듯한데."

"거지 같은 차 타줘서 고맙다! 이 마녀야!"

원하는 대로 답례의 말을 했는데, 에키드나는 고맙다는 말에 몹시 불만스러운 눈치였다.

2

다과회는 스바루와 에키드나가 테이블을 사이에 두고 도로 자리에 앉고 나서 재개됐다.

지난번과 마찬가지로 필사적으로 헛구역질해도 흡수된 드나 차는 배출되지 않는다. 없었던 일이라고 매듭지은 스바루는 구역질을 사명감으로 지워 없애고 다과회에 임했다.

"그렇게까지 거절당하면 체액을 제공한 내 소녀심이 상처 입는데."

"보통 여자애는 체액을 제공한다는 문구를 평생 입에 안 담아. 그보다 중요한 이야기를 마저 하고 싶어. 서약은 약속……아니, 해 줄 거지?"

"약속이란 말에 기피감이 있나 보지? 어쨌든 긍정하겠어."

농담조이던 대화가 마음에 걸렸는데 확약을 얻어서 스바루는 안도했다.

꿈이 깨도 에키드나의 존재를 잊지 않는 것.

그것은 마녀의 실험장이라고 불리는 『성역』에서 답에 이르러면 필시 필요한 열쇠다.

그 확인을 얻었으면, 그 밖에 마녀에게 확인하고 싶은 것은 한 가지뿐——.

"——에키드나, 넌 어디까지 내 사정을 알고 있지?"

"알고 있는 거라면, 내가 알고 있는 모든 것을. 알고 싶은 거라면, 이 세상의 모든 것을 알고 싶다고 생각하고 있지."

"농담으로 넘기지 마. 알아채고 있을 텐데. 너는, 이곳에 내가 있는 게 이상하다는 점을."

"그렇지는 않아. 너는 다과회에 초대 받을 조건을 만족했다. 내 영역에 닿는 곳에서 그토록 왜냐고 갈망했지. 그 바람은 내 탐욕에——."

에키드나가 말을 떠들 때, 스바루는 다시 테이블에 손을 짚었다.

다과회에 어울리는 건 상관없다. 하지만 싸구려 연극에 어울려 줄 작정은 없다.

"이상하다고. 왜냐면 너한테 있어, 나하곤 헤어진 직후잖아."

"————."

"나는, 『시련』을…… 과거를 넘어서서 돌아갔어. 그 직후에 이곳에 있는 거란 말이다."

이번 루프의 기점은 첫 번째 『시련』을 넘은 직후로 설정되어 있다.

스바루가 돌아온 것도 묘소의 석실이었을 것이다. 그것은 에키드나와 대화를 마친 직후이기도 하며, 마녀에게는 너무나 이른 재회——.

"머리가 좋은 네가, 그걸 기묘하게 생각하지 않을 리 없지. 생각하지 않는다면, 그건……."

"……그건?"

이어지는 말을 망설이고, 망설임의 등을 에키드나가 떠밀었다. 숨을 들이켰다가, 내뱉었다.

에키드나가 이 재회에 의문을 품지 않는 이유. 그건——.

"——그건, 이렇게 된 원인을 네가 알고 있을 때뿐이지."

"＿＿＿＿."

스바루가 추궁하자, 에키드나는 희미하게 웃음을 띤 채로 침묵했다.

——그 의혹의 근거가 된 것은 첫 번째 『시련』 도중, 에키드나와 가상의 교실에서 말을 나누고 그 세계가 눈속임에 불과하다는 선고를 들었을 때다.

과거에서 부모님에게 전한 답은 지금도 변함없다. 그것은 이 가슴 속에 굳게 남아 있다.

따라서 스바루가 신경 쓴 것은 그쪽이 아니라, 그 세계를 구축한 수단이다. 에키드나는 스바루의 기억을 참조해서 이세계를 구축해 학교 교복까지 재현해 보였다.

그것이, 묘소에서 영원한 잠에 빠진 『탐욕의 마녀』의 힘이라면——.

"——네게는 내 기억을 보는 힘이 있어. 그래서 이 상황도 이상하다고 생각지 않는 거다."

기억을 참조하는 힘이 있으면 스바루에게 있어 이 재회가 그

교실에서의 이별 직후가 아니라고 알 수 있다. 그 뒤로 며칠을 보내고 모든 것을 흘려버려서 『죽음』을 맞이한 것도.

　──나츠키 스바루가 『사망귀환』해서 이 시간으로 되돌아온 것조차도.

　"────."

　망설임이 스바루의 말을 막았다. 이 이상은 위험하다고, 심장이 거세게 뛰고 있다.

　──다음 말을 꺼내면, 스바루는 확실하게 금기에 저촉된다.

　『사망귀환』을 털어놓는다. 그것은 마녀가 규정한 유일한, 절대적인 금지사항에 대한 위반이다.

　이것을 어기면 스바루는 벌로서 고통의 극한을 맛보고 만다.

　혹은 마수(魔手)는 스바루의 소중한 사람을, 에밀리아의 목숨을 빼앗는 식의 비극을 부른다.

　"하, 아……. 하아……."

　정신체의 이마를 땀이 흥건하게 적셨다. 뺨을 타고 턱에 넘어와 물방울이 떨어졌다.

　영혼의 상태를 육체가 반영한다. 우수한 재현이다. 그 정도로 궁지에 몰려 있었다.

　지금, 스바루의 마음은 몰아세우는 것은 금기에 대한 두려움이 아니라 『미지』다.

　미지의 사태에 스바루의 혀는 말을 엮어내는 것을 거절했다. 왜냐하면 현재는 여태까지 경험해 온 『사망귀환』을 둘러싼 상황과 전혀 다른 것이다.

스바루가 스스로 금기를 입에 올리면, 심장을 부여잡힌다.

스바루가 털어놓고 싶다고 진심으로 빌자 마수는 정인의 생명을 빼앗았다.

그렇다면 『사망귀환』을 완전히 다른 각도로 간파당해 그 사실을 일렀을 때는, 어떻게 되나.

그것은 너무나도 미지의, 상상도 가지 않는 사태여서——.

"시험해 봐."

"——욱?!"

에키드나는 금기와 미지에 주눅이 든 스바루에게 가볍게 내뱉었다.

그 가벼운 기색에 스바루는 얼떨떨해하다가 곧 분개했다. 에키드나는 모르고 있다. 그것을 시험하면, 얼마나 큰 불상사가, 무슨 일이 일어날지도 모른다는 것을.

하지만 그런 스바루의 분노에 에키드나는 고개를 가로젓고 말했다.

"결과를 바라기 위해서 도전한다. 그것은 존귀한 행위야. 그렇기 때문에 욕망할 가치가 있지."

스바루의 망설임, 그 피해가 자신에게 미친다고도 알지 못한 채—— 아니, 그게 아니다.

마녀는, 에키드나는 스바루가 망설이는 이유를 간파하고 있다.

그 위험이, 스바루만이 아니라 자신에게 미칠 가능성을 알고 있다. 알고 있어도 마녀는 하라고 말했다. 말할 수 있는 건 입에 올린 신념이 부동의 것이기 때문이다.

지식욕의 화신, 『탐욕의 마녀』는 결과가 보이지 않는 행동에 그 생명마저도 걸 수 있다고.

"후회, 할 겨를도 없을지 모른다고……?"

"그렇게 됐을 때는, 네가 내 주검 앞에서 쓰러져 울어 주는 쪽에 기대하도록 할까."

빠듯하게까지 망설이던 스바루의 말에 에키드나는 끝까지 속편한 기색으로 응수했다.

그 자세마저도 스바루의 결단에 쓸데없는 사적인 감정을 끼워 넣지 못하게 하기 위한 배려다.

그것은 스바루에 대한 배려가 아니라, 이 결단으로 생기는 결과———에 불순물을 넣지 않기 위한 마녀의 성의다. 그것에는 기대도, 소망도 없다.

순연한 결과를 바라는 자세에서 마녀의 본질을 보았다. 거기에 등이 떠밀렸다.

자기 자신에게 아무 의심도 품지 않는 삶의 방식이, 자신의 그릇을 웃어넘기는 느낌이 들어서———.

"에키드나. 나는 『죽었다가 다시 살아나』———."

금기의 말을, 입에 올렸다.

이전에도 여러 번 입에 담아왔던 말. 약속된 문구. 금지사항을 짓밟는다.

마견의 미끼가 되기 위해서, 백경을 유인하기 위해서, 마녀교도를 속이기 위해서, 수도 없이.

그때마다 말은 빼앗기고 세계의 시간이 정지하여———.

"——돌아오고 있다."

굳게 눈을 감은 스바루는 찾아올 격통을 예감하고 이를 악물었다.

그러나 그 비장한 각오는 이루어지지 않는다.

"……엉?"

눈을 떴다. 세계에 변화는 없다. 시간도 멈추지 않았다. 아픔도, 없다.

그리고 '어쩌면.' 하고 정면에 선 마녀에게 눈길을 주니.

"흠……."

의자에 앉아 훤칠한 다리를 바꿔 꼬는 마녀는 단정한 용모의 눈썹을 희미하게 찌푸렸다. 그러나 반응은 그뿐이다. 마녀의, 가슴 주변을 응시해도 변화는 없다.

"……그렇게, 빤히 보면 부끄러운데. 나는 외견은 그럭저럭 쓸 만하다고 자부하고 있지만 몸매에는 자신이 없어. 세크메트나 미네르바와 달라서 말이야."

"그런 이유로 빤히 보는 게 아냐. 아니, 그런 것보다……."

헛다리 짚은 반응에, 스바루는 사고를 멈추고 응답했다.

팔로 스바루의 시선에서 가슴을 가리는 에키드나에게 금기의 벌은 적용되지 않았다.

그 사실에 천천히 사고가 움직이기 시작해 입에 손을 대었다.

잇몸이, 목소리가 떨린다.

"나는, 나는 죽으면 시간을 역행해 세계를 반복하고 있어. 『사망귀환』하고 있다고."

"들었지. 그리고 듣기 전에 보기도 했고. 그렇군. 매우 희귀한 상황……."

"나는! 『사망귀환』을! 『사망귀환』! 『사망귀환』! 『사망귀환』!!"

"자, 잠깐?!"

반복하며 금기의 말을 입에 담는 스바루의 모습에 에키드나는 깜짝 놀란다.

직전의 여유를 잃고 눈을 크게 뜬 마녀는 당황하면서 스바루를 진정시키려고 했다.

"지, 진정해 봐. 네 마음은 알지만……."

"나는! 『사망귀환』하고 있었어! 몇 번이고, 몇 번이고, 죽어서, 반복하고! 나는! 『사망귀환』을……!"

"알겠다니까! 그러니까, 이야기를……."

"나는……! 『사망귀환』해서, 몇 번이고, 반복하고 있었어……!"

"―――."

참다못해 연거푸 부르짖고 부르짖는 스바루의 눈에서 뜨거운 물방울이 뚝뚝 넘치고 있었다.

뺨을 타고, 턱에 건너, 물방울이 떨어진다. ――그것은 땀이 아니다. 눈물이었다.

"나는…… 지금껏……!"

이 광경을 몇 번이나 꿈꿨는가. 이렇게 외칠 수 있으면 좋겠다고 몇 번 고뇌했는가. 몇 번이나 빌어 왔을까.

『사망귀환』은 아무에게도 털어놓을 수 없다.

홀로 저항할 수밖에 없다고, 생각해서——.

"나는……!"

"——알아."

털어놓는 말은 오열이 되고, 외치는 소리는 반쯤 울부짖는 걸로만 변했다.

스바루의 그 목소리에 마녀는 차분하게 끄덕였다.

오열하는 스바루 옆에 마녀가 선다. 흑발에 손가락을 집어넣듯 어루만졌다.

그리고 가녀린 손바닥으로 부드럽게 머리를 쓰다듬었다.

"네가 거친, 지금까지의 족적을 알고 있어. 봤거든."

"————."

"하지만 보기만 했을 뿐이지. 그래서 가능하다면 네 입으로 가르쳐 줬으면 해. 네가 여태까지 무슨 생각을 하고, 무엇을 느끼고, 얼마나 떠안아 왔는가. 그것을 알고 싶어."

마녀는 머리를 쓰다듬으며 "왜냐면." 하고 말을 이어받았다.

"——나는, 이 세상의 모든 것을 알고 싶다고 욕망하는 『탐욕의 마녀』, 에키드나니까."

3

떠듬떠듬, 스바루는 참 지독하게 말을 더듬거리며 이야기했으리라.

그러나 오랜 시간을 들여 치졸한 스바루의 이야기에 귀를 기울이는 마녀는 한 번도 쓸데없는 참견을 하지 않았고, 재촉하려고도 하지 않았다.

그저 잔잔히 끝까지 이야기를 듣고서, 이야기를 마친 스바루가 고개 숙인 것을 확인한 다음.

"──끔찍하군."

목소리에 숨기지 못하는 혐오감을 띠고 내뱉었다.

그 말에 스바루는 한순간 불안해졌다. 지금까지 거친 스바루의 족적에 마녀가 악담을 퍼붓는 것에 마음을 집어먹었다. 하지만 그 반응에 에키드나는 "아니." 하고 고개를 가로저었다.

"오해하게 해서 미안해. 방금 말은 네 이야기에 품은 감상이 아니야. 그저 네게 그만한 고난을 걷게 한 존재에게, 참기 어려운 분노를 느꼈을 뿐이지."

"내게, 고난을 걷게 한 존재……."

"──『질투의 마녀』."

에키드나의 속삭이는 듯한 말에 말 그대로 스바루의 움직임이 정지했다.

몸도, 호흡도, 맥동조차도 정지한 것처럼 착각하는 와중에, 에키드나의 검은 눈이 가늘어졌다.

"너도 알고 있을 테지. 『죽음』을 반복하는 네 힘……. 아니지. 네게 『죽음』이라는 안녕을 용납하지 않는 그 힘이 『질투』의 것임이 틀림없다고, 한참 전부터."

"……여태까지 실컷 여러 상대에게 마녀 이야기는 들었으니까. 직접 그 마녀와 내가 만난 적은 없지만, 일이 있을 때마다 나타나는 『손』이 그거라고, 상상은 가."

금기에 저촉한 벌을 주러 시간이 멈춘 세계에 나타나는 검은 그림자의 여자——.

벌로서 고통을 내리는 한편, 사랑스러운 듯 만져오기도 하는 그림자의 존재. 처음에는 한쪽 팔뿐이었지만 지금은 두 팔과 몸통 윤곽도 보인다. 서서히, 다가오고 있다.

『사망귀환』을 거듭할 때마다 밀회의 순간이 다가온다는 건 감을 잡고 있었다.

"왜 나한테 집착하는지는 전혀 모르겠지만 말이야. 너는 이유를 알아?"

"글쎄다. 그자의 정신성을 이해하는 건 나만이 아니라 다른 누구여도 가능할 것 같지 않으니. 가령 가능하다고 해도 나는 사절하겠어."

눈을 돌리고 에키드나가 신랄하게 말했다. 그 태도에 스바루는 눈썹을 치켜들었다.

"너, 이 세상의 모든 걸 알고 싶다고 발언한 것에 비해서 『질투의 마녀』에 대해서만은 차가운데. 아니, 자기를 죽인 상대니까 당연할지도 모르지만……."

초연한 존재이며 인간의 몸으로는 도달할 수 없는 차원에 있을 에키드나.

꿈의 성이라고 큰소리치며 사후에도 영혼만 남은 상태로 하나의 세계를 창조한 초월자. 그 마녀가 마치 보통 사람처럼 다른

이에 대한 호오에 사적 감정을 끼우고 있다.

거기서 인간성을 엿본 느낌에 스바루는 묘한 친근감 비슷한 느낌을 받았다.

물론 에키드나 본인은 그런 스바루의 감개를 깨닫지 못하고 한숨을 쉬며 말했다.

"너도 비슷한 원한을 품고 있겠다 싶지만, 나도 그자의 얘기를 하면 우울해져. 그러니 다른 얘기를 하지. 묻고 싶은 게 있으면 뭐든 물어봐도 돼."

"다른 얘기라……."

화제 전환을 요구 받은 스바루는 골똘히 생각했다. 솔직히 말해 맥이 탁 풀리고 있었다.

『사망귀환』을 털어놓는 걸로 스바루는 여태까지 자신을 에워싸고 있던 폐쇄감이 깨져 갑갑한 세상이 탁 트인 듯한 해방감으로 가득했다.

따라서 극적인 변화가 있을 거라고 스바루는 기대했었다. 하지만 에키드나는 자연스럽게 『사망귀환』의 원인이 『질투의 마녀』라고 긍정하고, 상담도 받아 주겠다며 흉금을 터놓았다.

너무나 기복이 없는 전개에 그토록 울던 것도 거짓말이었던 듯한 느낌이 든다.

"예를 들면 그렇지. 네게 끝나지 않는 고난을 강요하는 권능, 『죽음』을 번복하는 힘을 제거할 수단 같은 것에는, 관심은 없을까?"

"……그런 수단, 있어도 곤란해. 관심 없어."

말문이 막힌 스바루에게 건넨 제안, 마녀의 발언에 스바루는 주저 없이 고개를 가로저었다.

『사망귀환』의 힘은 확실히 스바루에게 고난을 강요해 왔다. 그래도——.

"화는 나는데, 내게는 『사망귀환』이 필요해. 이게 없으면 손에 넣지 못했을 결과가 많이 있어. 구하지 못했을 사람들이 많이 있어."

"————."

"이 힘이 없으면 구할 수 없어지는 사람들이 많이 있다고. 그래서, 필요해."

말로 표현하고 새삼 깨우쳤다. 『사망귀환』은 스바루가 가지고 있는 유일한 무기다.

그와 동시에 묻고 싶은 게 생겨났다. 줄곧 의문이던 생각이다.

"에키드나, 나의 이 『사망귀환』에는 횟수 제한이 있다고 생각해?"

"……과연. 당연히 생각이 미칠 의문이군."

이 세계에 온 이래로 스바루는 이미 횟수로 열 번이 넘는 『죽음』을 경험했다.

고통과 상실감을 맛보며 『죽음』을 통해 스바루는 세계를 반복해 왔다. 당연히 이번이 마지막일지도 모른다는 감정을, 공포를 그때마다 느꼈다.

"당연한, 거지……."

본래 한 번밖에 없어야 할 『죽음』을 이미 여러 번 번복했다.

죽을 때마다 스바루는 목적을 이루지 못하고 사라지는 절망감을 맛보았다. ——그 절망감을 끝으로 모든 게 뚝 끊긴다면, 『죽음』이란 얼마나 무시무시한 것이란 말인가.

그 『죽음』을 모독하는 힘은 스바루에게 어느 정도의 유예를 내려 주는가——.

"이건, 어디까지나 내 추측에 불과하다고 미리 말해 두지. 네 권능의 원리에는 막연한 예상밖에 할 수 없어. 그 애매한 답변을 전하는 것을, 먼저 용서해 주길."

"……응, 말해 줘."

"네 『사망귀환』. 특정 조건에서 발휘되는 힘이라고 생각하지만, 그 횟수에 제한은——."

숨을 집어삼킨다. 답변을 기다린다.

바라보는 에키드나의 눈을 정면으로 응시하고 스바루는 그 아주 자그마한 말의 간격을 영원처럼 길게 애태우며 기다렸다.

그토록 바라던 결론. 그리고——.

"——아마도, 없어."

"————."

"네 『죽음』에는 끝이 없어. 몇 번 죽든지, 몇 번 스러지든지, 그럴 때마다 네 영혼은 시간을 역행해 『죽음』에 이른 운명을 타파할 때까지 반복하는 걸 요구받는다. 아무리 끔찍하게 살해당하든지, 심신이 부숴지든지 말이야."

에키드나의 결론, 그 이해에 스바루의 머릿속을 공백이 한 번 점유했다. 그렇게 펼쳐진 공백에 결론을 밀어 넣고 조금씩 해체

해서 이해로 침투시켰다.

그렇게까지 하고 나서야 겨우 떨리는 듯한 한숨과 함께 말이
튀어나왔다.

"――그, 렇군."

"생각 외로 순순히 받아들인 모양인걸."

"반응이 약해서 네 취향에 안 맞았어? 그건 미안하군."

쓴웃음, 간신히 그게 가능할 만한 정신 상태가 돌아왔다. 씁
쓸한 웃음을 유지하며 스바루는 마녀에게 긍정 받은 무제한의
『사망귀환』을 생각했다.

그 말은 스바루의 예상 중에서 가장 바람직한 결론이었다. 하
지만――.

"――엄밀하게는 횟수 무제한일 수는 없을 테지. 특정 조건
하라는 말은?"

"……속이 끓지만, 너를 『사망귀환』시키는 권능은 마녀의 망
집이야. 그 마녀의 망집이 끊어지면 너는 『죽음』을 거부할 수
없어지지. ――그럴 기회가 있을지는 모르겠지만."

"집착 받는 이유도 모르고 있는데? 갑자기 버림받아도 이상
할 거 없다고."

"절대로 그럴 리 없다는 건, 너는 왠지 모르게 아는 게 아닌가?"

야유하는 듯한 말투에 스바루는 대꾸할 수 없다. 실제로 그 점
에는 기묘한 확신이 있었다.

스바루에게 『죽음』을 허용치 않는 마녀는, 비슷하게 스바루
를 놔주는 것도 허용치 않는다. 그것은 스바루의 존재 깊은 곳

에 근거가 없는 절대적인 확신으로 쐐기를 박고 있었다.

"……이건, 무엇을 위한 힘이지? 넌 이걸 어떻게 생각해?"

"널 죽게 하지 않기 위한 힘이지. 네게, 실수를 용납하지 않는 힘이야."

"무엇 때문에 마녀는…… 『질투의 마녀』는 내게 그런 힘을 넘긴 거지? 너는, 상상하는 것도 싫을지 모르겠지만, 모르겠어? 내, 힘의 의미를."

서서히 말이 빨라지며 스바루는 가슴에 터를 잡은 기묘한 확신에 대한 기피감에 겁을 집어먹었다.

조금씩, 혹은 줄곧 여유를 잃은 스바루의 태도에 에키드나는 눈썹을 모으고 말했다.

"──네가 무엇을 두려워하는지, 나는 모르겠군. 뭐가 그토록 무섭지?"

"내가 무서워한다? 아아, 무서워! 내가 무서운 건! 내가, 겁먹고 있는 건……."

에키드나의 호기심 어린 메스가 가차 없이 스바루의 겁먹은 환부를 갈랐다. 절개되어 붉은 피 대신에 흘러나온 것은 가슴속에 뭉친 끈적한 감정이었다.

공포와, 후회와, 불안과, 비탄. 오로지 부정적인 감정만이 넘쳐 나온다.

"죽어도 돌아갈 수 있다……. 그 사실에 의지해서 몇 번 죽어도 상관없다는 마음을 먹기 싫어. 먹기 싫은데…… 그것밖에 의지할 것이 없으면 나는 거기에 의지할 거야. 하지만."

『죽음』에 한도는 없어도, 서서히 형상을 이루는 마녀의 그림자는 머잖아 스바루와 마주한다.

그리고 『사망귀환』은 만능이 아니다. 되찾을 수 없는 사태에 남겨지는 경우도 있다.

남겨진 것은, 지금도 되찾지 못하고 있는 것은──.

"──렘을, 되찾지 못했어."

유일한 스바루의 무기인 『사망귀환』은, 렘의 존재를 돌려주지 않았다.

렘을 잃은 것을 알고 잠든 렘 앞에서 목을 찌른 충동을 스바루는 잊을 수 없다.

그 직후에 돌아온 곳이 목을 찌르는 순간이었을 때의 절망도.

"어째서, 렘을 되찾지 못한 거야. 『사망귀환』이, 내게 운명을 번복할 수 있는 힘이라고 한다면, 왜 수습 못할 곳에……!"

"그것이 네 공포의 이유인가. ……후회의 원천이자 욕망의 근간이기도 한 것이로군."

손톱이 파고들 만큼 주먹을 쥐고 어금니를 깨문 스바루의 목소리에 에키드나의 눈이 가늘어졌다.

마녀의 말에 고개를 들었다. 검은 눈과 검은 눈이 섞이고, 마녀는 말했다.

"나는, 지금부터 네게 지독하게 잔혹한 말을 전하겠어."

그렇게 운을 뗀 마녀는 표정을 굳힌 스바루에게 말했다.

"──그자는, 네가 구하지 못했다고 후회하는 소녀를 운명에 고려하지 않고 있다."

"——윽."

"그자가 바라는 것은 네가 운명의 막다른 곳에 잡히지 않는 것이야. 권능은 그를 위한 수단이지, 너 말고 다른 누구의 피해는 의도에 없어. 그 힘으로 누군가를 구하려고 분주하던 것은 어디까지나 너 자신이지. 네 소망이야. 그자는……『질투의 마녀』는 관계없어."

"아……."

"그러니 거듭해서 명언해 두지."

충격에 얻어맞은 스바루. 그러나 에키드나는 여전히 잔혹을 설명했다.

그러는 것이 지금의 스바루에게는 필요하다고. 하얗고 검은 마녀는 한 번만 눈을 감고 아픈 것을 참아내는 표정으로, 그 검은 눈에 한 번 더 스바루를 비추었다.

"앞으로 어떤 장애가 막아설지라도 아마 너는 무한한 도전으로 운명을 타개한다. 하지만 가령 네가 수많은 희생을 허용해서 운명을 바꾸는 일이 있으면……."

"——그렇게 희생된 것을 되찾을 기회는, 다시 찾아오지 않는다."

"……그런 뜻이 되지."

에키드나는 단언했다. 『질투의 마녀』가 고려하는 건 스바루의 운명뿐이라고.

스바루가 『죽음』의 운명을 극복할 수 있으면 기타 모든 것은 사소한 일이다.

아무리 속수무책으로 보일지라도 무한한 도전이 스바루에게 운명을 타개하게 할 거라고 믿고 있다.

그리고 언젠가 반복할 때마다 짙어지는 그림자가 완성되어 재회할 순간을——.

"——좋다고. 네가 그렇게 나를, 나만을 편애하겠다면, 나도 각오할 수 있어."

"————."

"네가 내게 준, 『사망귀환』이란 은총……. 망가지도록 써먹어 주마."

그 끝에, 마녀 곁으로 아무것도 흘리지 않고 도착한다. 도착하고 말 것이다.

"아아, 결정했어. 결심했다. ——나는 다른 사람의 기대를 배신하라고 하면 천하일품이라고."

추측이 확신으로 바뀌어 분노가 각오와 결의에 불을 붙이고, 나츠키 스바루가 분발한다.

『사망귀환』이 스바루만 구한다면, 스바루가 다른 모든 것을 구하겠다.

마녀가 얽매이지 않는다면 스바루가 얽매인다. 마녀의 사랑을, 그러기 위해서 이용해 주겠다.

고집하고 고집하며 매달려서 놓지 않는다. 쌓아 올리고, 넘어서서, 모조리 떠안아 주겠다.

——그것이 가능하고서야 비로소 나츠키 스바루는 『질투의 마녀』에게 한 방 먹일 수 있는 것이다.

"……퍽 쉽게도 회복하는군. 이 절망적인 상황에 임해서, 무모하게도."

"쉽게 회복한 게 아냐. 여태까지와 같았으면 지금도 꺾인 마음을 필사적으로 테이프로 고정하고 있었을지도 몰라. 하지만……."

지금은 혼자가 아니라는 점이 크다. 『사망귀환』을, 홀로 떠안지 않고 넘어가고 있다.

고작 그뿐인 것만 가지고도 스바루의 마음은 어마어마하게 구원 받고 있었다.

그리고 그것이 누구 덕분이냐고 생각하자면——.

"_____."

"응? 왜 그러는 거지? 하지만, 뭔데? 다음 말은? 저기, 다음 말은?"

"너, 다 알고서 그러는 거지……?"

신이 나서 수다스럽게 다음 할 말을 채근하는 에키드나의 말에 스바루는 짜증스럽게 혀를 찼다. 그 행동도 정곡을 찔린 까닭임을 마녀는 분명히 간파하고 있다.

털어놓은 것, 들어준 것, 에키드나의 존재에 심히 구원 받은 것.

그런 사정, 절대로 에키드나에게 정면으로 전할 마음은 없다.

"좌우지간! 네 의견은 참고가 됐어. 각오를 거드는 것에도. 그건 고맙다고 해 둘게."

"그뿐? 내게 고마움을 표하고 싶은 건 그것뿐일까? 저기, 어떤데?"

"시끄러! 입 다물어! 그뿐이다! 다음 이야기로 넘어가!"

스바루는 끈질긴 마녀를 윽박지르고 거칠게 자기 의자에 앉았다.

그리고 뾰로통한 마녀를 올려다보며 "부탁하자." 하고 말을 이었다.

"지혜를 빌려줘. 너밖에, 기댈 사람이 없어."

"참 편리한 이야기로군. 이렇게 말하면 뭐하지만, 나는 다과회의 호스트로서 이미 충분하고도 남도록 너를 대접했다고 자부하고 있어. 네가 내게 이보다 더 요구하겠다면……."

"알아. 처음에, 서약 때에도 말했을 텐데. 필요한 대가라면 뭐든 치르겠다고. 그러니 그것도 포함해서 힘을 빌려다오."

무릎을 손을 짚으며 스바루는 깊이 머리를 조아렸다. 물론 이걸로 부족하면 땅바닥에 이마를 댈 각오도 있다. 자존심 따위 이 자리에서 무슨 가치가 있단 말인가.

마녀의 의도를 타개하기 위해서, 마녀의 지혜를 빌린다. —— 그것이, 모두를 구하는 최선책.

"————."

에키드나는 머리를 조아리며 차라리 당당하게 타인에게 기대는 스바루를 내려다보고 잠시 침묵했다.

하지만 곧 그 침묵에 마녀 자신이 견디지 못한 것처럼 탄식을 터트렸다.

그리고——.

"……너는, 마녀를 꼬드기는 재능이 있을지도 모르겠는걸."

입술에 누그러진 미소를 띠며 마녀는 어쩔 수 없다는 듯이 그
렇게 뇌까렸다.

4

마녀에게 상담하고 싶은 내용은 끝이 없다.

하지만 이때, 스바루가 처음에 확인한 것은 그것들과는 전혀
다른 쪽이었다.

"내가, 『사망귀환』 직후에 다과회에 불린 것은 알고 있어. 근
데 여기서 너랑 대화하고 있는 시간은 바깥이면 어떤 식으로 되
어 있지?"

"전에도 설명하지 않았던가? 이곳은 꿈의 성. 나와 너는 지
금, 영혼뿐인 존재야. 이곳에 있는 동안 바깥과는 시간마저도
단절되어 있지. 전혀 시간이 경과하지 않는다고는 말하지 않겠
지만, 바깥의 영향은 미미한 것이야. 그러니 반대로 바깥에서
깨워지는 일도 거의 없지."

"그렇군. ……그렇다면 에밀리아를 찬 바닥에 장시간 방치하
고 있는 사태는 피할 수 있나. 그건 좋은 소식인데."

리스타트 지점이 변경되지 않는 이상, 스바루의 몸은 지금도
석실에서 구르고 있다. 바로 옆에는 『시련』에 도전하는 에밀리
아가 있고, 그녀는 깨지 않는 악몽에 시달리고 있을 터다.

이 해후가 그 악몽을 오래 끌게 해서는 가엾다는 걱정이 있었
다.

"네가 공주님을 따뜻하게 배려할 필요는 일단 없어. 그래서? 내게 지혜를 빌리고 싶은 문제는? 설마 공주님의 건강을 걱정하는 건 아니잖아?"

"그야 그렇지만, 말투에 가시가 있는데. 왜 그래."

"딱히? 굳이 말하자면, 마녀를 꼬드긴 직후에 다른 애를 신경 쓰는 건 문제가 있는 게 아니냐고, 어디까지나 일반적인 관점에서 지적해 보지."

"꼬드긴 기억 없고, 애당초 아까는 마녀랑 일반인을 같이 들먹이면 실례라고 그랬었잖아."

안 그래도 기억이 없는 『질투의 마녀』가 보내는 집착에 애를 먹고 있는 판이다. 거기에 에키드나에게 앞서 말한 농담 가지고 위협 받아도 곤란하다. 놀려먹는 건 이만 끝이다.

에키드나의 말대로 해야만 하는 이야기가, 진솔한 상담이 있으므로.

스바루는 한 번 깊은 탄식을 터트리고 고개를 들었다. 진지한 표정으로 사태 해결에 임한다.

"이번에, 나는 알 수가 없는 일뿐이었어. 개중에서도 최고로 영문을 모르겠는 게, 제일 마지막…… 나를, 먹은…… 잡아먹은, 놈이야."

"————."

"한심하게도 손바닥만 한 토끼에게 죽었어. 아무래도 잡식성이었던 모양이라, 기르는 주인이 잘못했는지 배도 출출하던 모양이더군. 덕분에 남김없이 먹어치워서……"

스바루는 기억해내기도 끔찍한 체험을 굳이 너스레로 가장하며 말로 표현했다.

　부드러운 표현으로 바꿨지만 그 처참함은 필설로 형용하기 어렵다. 온몸에 이빨이 박히고 살을 뼈를 피를, 유린당한 기억은 스바루의 영혼에 진하게 새겨졌다.

　다과회의, 에키드나의 간섭이 없으면 정말로 마음이 부쉬졌을 게 틀림없을 만큼.

　"기르는 주인이란 말은 걸작인데 그래. 실제로 다프네는 『다토(多兎)』에게 아무 교육도 안 했지."

　"……대토(大兎)?"

　"정확히는 『크다(大)』가 아니라 『많다(多)』야. 다토가 변성해서 대토. 마수 『대토』는 『폭식의 마녀』인 다프네가 남긴 음지의 유산, 3대 마수 중 한 마리지."

　"3대 마수, 대토라 하면 전에 율리우스였던가에……."

　들어본 적이 있다. 백경을 토벌한 뒤, 합류한 율리우스와 대화하다가 튀어나온 마수의 이름이다. 3대 마수의 한 축에 부끄럽지 않은, 백경과 동격의 위협이라고.

　그것이, 에키드나의 말로 과거의 마녀가 만들어낸 민폐스럽기 짝이 없는 유물임을 알았다.

　"3대 마수……? 백경을 쓰러뜨린 직후인데, 또 금방? 좀 봐달라고……."

　"네 수난에는 나도 동정을 금할 길 없어. 그리고 대토라니 최악의 상대군."

예상 이상의 난국에 스바루가 머리를 부둥켜안았다. 에키드나의 표정도 왠지 모르게 어두웠다.

　　"싫은 예감이 드는 표정인걸. ……백경과 대토, 어느 쪽이 더 강하지?"

　　"단순한 전투력으로 비교하면 백경 쪽이 까마득하게 웃돌겠지. 하나 상황적으로 우선해야 할 건 전투력보다 토벌의 난이도야. 그건 압도적으로 대토가 앞선다."

　　"토벌 난이도…… 쓰러뜨리기 어렵다는 뜻인가."

　　백경의 토벌과 마찬가지로, 베스트 결과는 대토를 토벌해버리는 것이다.

　　그렇게 생각하던 스바루에게 에키드나는 "잘 들어." 하고 손가락을 세우고 설명했다.

　　"너희는 3대 마수를, 보통 마수보다 좀 성가신 정도라고 생각하고 있는 것 같지만."

　　"아니, 그렇게 귀여운 평가가 안 어울리는 놈들인 건 알고 있는데……."

　　"3대 마수, 그것들에 적합한 말은, 바로 『천재지변』이야."

　　스바루 말을 가로막으며 그렇게 말을 이은 에키드나의 발언을 호들갑이라고 웃을 수 없었다.

　　백경과 직접 대치해 봐서 그 무시무시함을 아는 스바루이기 때문에 마녀의 말에 웃을 수 없다.

　　"대토는 항상 무리를 지으며 행동하고 질리지 않는 식욕으로 모든 것을 먹어치우지. 대토에게 다른 생물은 죄다 먹이야. 다른 존재를 잡아먹어 굶주림을 채우는 것 외의 욕구는 하나도 없어. 그냥 먹는다. 아무것도 없는 벌판밖에 남지 않지. 그건 너도 목격했을 거야."

"아무것도 없는 벌판이라니, 설마…… 그, 『성역』을 두고 말하는 거냐?!"

에키드나가 설명하는 대토의 특징과 피해에, 스바루는 안색이 바뀌어 소리치고 있었다.

아무도 없는 『성역』에서 그 토끼들은 스바루의 온몸을 탐했다. 비슷하게 그 마수의 이빨이 촌락의 사람들을 노리고, 그 결과가 그 아무도 없는 광경이었다면.

에밀리아도, 로즈월도, 류즈도, 수화한 가필도 예외가 아니다.

남김없이 떼 지은 이빨에 사라지고, 잡아먹히는 상실감과 고통을 맛보며 생명을――.

"우, 웩……."

떠올린 순간, 스바루는 위장을 옥죄는 고통과 역겨움에 습격당했다. 자기 일이었기 때문에 선명하게 그것을 느꼈다. 모두가 맛본 고통이, 이해됐다.

황해(蝗害)――. 그런 단어가 구역질하는 스바루의 뇌리에 스쳤다.

황해란, 소위 메뚜기 대발생이라고 일컫는 현상을 말한다. 엄밀히는 메뚜기가 아니라 돌연변이를 일으킨 풀무치 무리를 가리키며, 대량발생한 그 무리가 논밭을 헤집어 작물을 망쳐서 기근을 일으킨다는 재해로 취급되고 있다.

대토의 습성은 스바루가 아는 그 황해에 가까운 것이 있다.

물론 놈들은 풀무치와 달리 작물이 아니라 생물의 혈육을 잡아먹는 진정한 천재지변이다.

"어떻게…… 격퇴할 방법은, 없는 거야?"

"어렵겠지. 대토 한 마리는 별반 강하지 않아. 문제는 그 생존력……. 한 개체가 무한히 분열해서 늘어나는 특성이 있어. 아무리 사냥해도 한이 없는 거지."

"한 개체가…… 무한하게 늘어나?! 아메바냐?! 아, 아니, 그런데 기다려 봐! 무리를 짓는다며? 그렇다면 무리의 보스를 쓰러뜨리면 쫓아낼 수 없어?"

인간계의 규칙에 따르면 우두머리를 잡으면 집단은 와해한다. 동물계의 규칙에 따르면 무리의 1위 자리를 2위가 채울 뿐일지도 모르지만, 마수의 생태는 어느 쪽에 가까운가.

그런 스바루의 추론에 에키드나는 "안타깝지만." 하고 어깨를 으쓱였다.

"내가 무리라고 말했지만 대토에게 그 개념은 없어. 말했잖아? 그것은 한 개체가 무한히 분열하는 마수야. 즉, 원점을 짚으면 똑같은 한 마리인 거지. 무수한 대토들은 기아감을 공유하고 사냥감이 없어지면 동족포식을 해서라도 굶주림을 버텨. 그런 존재인 거야."

동족의식조차 없는 끔찍한 생태에 스바루는 말문을 잃었다.

확실히 다른 생물을 포식해서 삶을 부지하는 건 생물의 섭리다. 하지만 개체가 분열해서 증식할 뿐더러, 굶주림을 채우기 위해 서로 잡아먹는다니, 완전 미쳤다.

——대토는 완전히, 살아 있는 생물로서의 가능성이 끝난 괴물이다.

"만약 없앤다고 치자면, 모든 대토를 한꺼번에 장사 지낼 수밖에 없지. 그건 쏟아지는 빗방울을 남김없이 증발시키는 것과 대등한 행위라는 게 내 생각이지만."

거창한 예시. 하지만 그것은 그만큼 가당치도 않은 행위라는 뜻이다.

에키드나의 설명을 듣고 스바루는 대토 타도의 난이도에 현기증을 느꼈다. 그만큼 토벌이 어렵다면, 대토의 습격에서는 도망치는 것 외에 수단이 없다.

하지만 『성역』에 나타난 대토의 무리로부터 도망치려면——.

"——결계가, 있어. 그게 있는 한, 에밀리아랑 다른 사람들은 밖에 나가지 못해."

그건 마치 주도면밀하게 몰아넣기 위해 고안한 장기판처럼 느껴졌다.

대토의 생태와 『성역』의 환경이 더할 나위 없을 만큼 악의적으로 맞물리고 있다.

저택에는 살인청부업자가, 『성역』에는 대토가, 각각 다른 위협이 5일째에 찾아든다.

그리되기 전에, 『성역』의 결계를 풀어서 사람들을 해방한다.

그리되기 전에, 저택에 필요한 전력을 모아 엘자 패거리를 격퇴한다.

——그것이, 이번 루프에서 스바루가 해야만 하는 역할이다.

"————."

가능하냐는 약한 소리는 절대로 내뱉을 수 없다. 그렇게 결심한 것은 다름 아닌 스바루다.

아무리 거대한 위기가 막아서더라도 극복해보이겠다고, 그렇게 맹세했으므로.

그러나 결의와 맹세하고는 정반대로, 이번 사태에 무엇부터 착수하면 된단 말인가——.

"——에키드나?"

사고의 미로에 낀 스바루는 문득 맞은편에 앉은 마녀의 이변을 알아차렸다.

침착하게 의자에 앉아서 스바루와 말을 나누던 에키드나가, 그 미간에 희미하게 주름을 잡고 있다. 그것은 스바루에게는, 뭔가를 망설이는 표정으로 여겨졌다.

"뭔가, 떠오른 생각이 있는 거야?"

"……솔직한 말하자면, 별로 추천하고 싶지 않은 생각이지."

"하지만 이 상황을 타개하는 데에는 의미가 있는 생각……인 건가?"

에키드나는 눈을 감고 스바루의 말을 긍정하지도 부정하지도 않았다. 그 태도 자체가 긍정이다.

방대한 지식량을 자랑하는 마녀가 스바루로는 깨닫지 못하는 가능성에 도달했다. 그 사실에 스바루가 몸을 내밀자 에키드나는 즉각 손바닥을 내밀어 견제했다.

그리고 기선이 제압된 스바루에게 마녀는 "들어줬으면 해." 하고 말을 이었다.

"나는, 이 수단을 권하고 싶지 않아. 정말로 위험하기 때문이야."

"위험한 건 상관없어. 그러기 위해서……."

'내 『사망귀환』이 있다.'는 말은 아무래도 입 밖에 꺼낼 수 없었다. 그러나 스바루의 말끝을 흐린 진의는 전해졌을 것이다. 그 말에 에키드나는 고개를 가로저었다.

"위험이 있는 건 밖이 아니야. 이곳이지. 이 자리에서 네게 위험이 찾아와."

"여기서……? 넌 대체, 무슨 말을 할 요량으로……."

"──네게, 『폭식의 마녀』 다프네와 대화할 기회를 줄 수 있다고, 그렇게 말한다면?"

"───────."

불가능한 제안을 받아서 스바루의 호흡 리듬이 흐트러졌다.

그런 스바루 앞에서 에키드나는 진지한 표정을 고수하고 있다. 거기에 농담하는 분위기는 없다. 그렇다면 마녀가 말한 내용은 사실. 그렇다 하더라도──.

"마녀라면, 모두 죽었을 텐데. 그 마녀와 대화하는 건 불가능하지."

"그렇다면 지금 여기서 너와 대화하는 나는? 이 상황은 어떻게 설명하지? 내가 이미 고인이라는 사실은 이제 와서 설명할 필요도 없는 사실임을 너도 알고 있을 거다."

"그건, 그럴지도, 모르지만……."

"세크메트, 미네르바, 튀폰, 카밀라, 다프네."

머뭇대는 스바루 앞에서 에키드나가 자신의 가슴을 만지며 그리워하듯 이름을 불렀다.

그것들이 과거 있었다는 마녀들의 이름이라고, 지난번 만남에서 스바루도 배웠다.

"──죽은 그녀들의 영혼은 나와 함께 이 꿈의 성에 있어. 육체가 사멸하고 볼카니카에게 봉인되기 전에 내가 직접 수집했지. 잃을 수 없다는 일념으로."

"영혼을 수집했다……. 그래서 이곳에 불러낼 수 있다는 거야……?"

"내 존재를 그릇으로 빌려주면 말이지. 그동안 나와 그녀들은 말 그대로 교체돼."

"그건……!"

말과 같은 현상이 일어난다면, 그건 어마어마한 일이다. 그리고 무엇보다 『폭식의 마녀』와 대화할 수 있으면 『대토』 타도의 힌트를 얻을 수 있을지도 모른다.

그러나 광명에 달려드는 스바루와 대조적으로 에키드나는 정말로 내키지 않는 표정이었다.

"……스스로 제안해 놓고서 얼마나 찜찜해하는 거야, 너."

"그러니까, 위험하다고. 너는 마녀가 어떤 존재인지 아마도 착각하고 있어. 나와 그자밖에 모르고, 양쪽 다 네게 적의를 품고 있지 않으니까."

"다른 마녀는 내게 적의를 품었단 뜻인가?"

"……잘못 상대하면 위험, 안전, 매우 위험, 극히 위험, 반드시 위험일까."

"그 라인업 중에서 반대로 안전한 게 있다는 게 신경 쓰이는데. ……『폭식』은?"

"반드시 위험, 이지."

눈을 감고 에키드나는 마녀들을 상대하는 난이도에 미간을 주물렀다. 단지 앞선 마녀의 태도에는 친밀감이 있었다. 마녀끼리 관계가 나쁘지는 않은 것이다.

스바루에게도 우호관계와 입장이 일치하지 않는 관계는 몇 개 있다. 그런 부류다.

"네 걱정은 이해했어. 근데 부탁하면 해 줄 거라고 생각해도 되는 거야?"

"네가 진심으로 바란다면 내게 그걸 막을 방법은 없어. 그리고 매우 사적인 말을 하자면—— 네가 그녀들을 상대하고 무슨 생각을 하는지, 흥미가 없지는 않아."

그렇게 말하고, 에키드나는 자신의 검은 눈에 스바루를 비추었다. 두 눈에 깃든 어둠에서 빛나는 것은 끝없을 것만 같은 호기심——. 그것에 압도당하지 않겠다고 스바루는 입꼬리를 뒤틀었다.

마녀다운 웃음에, 마녀의 다과회에 초대 받은 자로서의 긍지로 응수한다.

"참고로, 여기서 죽으면 어떻게 되지?"

"이곳은 네 정신만을 부른 세계야. 죽음과 무관한 세계지. 물론 정신체에 죽음을 연상케 할 만한 상처가 들어가면 육체에 돌아가도 마음은 금이 간 상태지만."

"즉, 폐인이 된다는 뜻인가. 바깥보다 훨씬 더 위험 부담이 크잖아."

"그럼, 그만두려고?"

폐인이 될 위험 부담을 제시 받아 언성이 높아진 스바루의 말에 에키드나가 도발적으로 웃었다.

그 웃음에 불이 붙었다. 물러설 수 없다.

"해 줘."

"──건투를 빌지."

마지막 웃음에 정말로 건투를 빌 생각이 있었는지는 확실하지 않다.

그 모습에는 궁극적으로, 결과를 신나게 기다리는 어린애 같은 탐욕의 기쁨이 너무나 강해서.

그리고 곧 그 사실을 신경 쓸 여유는 스바루로부터 사라졌다.

"──────."

에키드나의 미소가 느닷없이 공기에 녹아들었다. 마녀를 구성하는 입자가 풀려나가 에키드나의 존재가 분해되고 전혀 다른 형상으로 재구성된다.

그야말로 눈을 깜빡인 직후, 테이블을 사이에 두고 스바루 맞은편에 나타난 것은──.

"오, 겨우 만났네─."

"……어?"

"어―? 그게 뭐니. 그거 말야―. 버릇없는 짓이다―."

그런 말과 함께 스바루 앞에서 상대는 맨발을 파닥거리며 볼을 부풀렸다.

그곳에 있던 것은 열 살 안팎의 어린 소녀――. 도저히 마녀라고는 여길 수 없는 존재였다.

5

갈색 피부에 밝고 깜찍한 얼굴. 그리고 천진난만한 소녀였다.

짙은 녹색 머리에 크고 동그란 적색 눈동자. 세부에 파란 꽃을 장식한 하얀 원피스가 가련하게 비치고, 머리에도 옷과 같은 파란 꽃의 머리장식을 달고 있다.

순진, 무구. 그런 말이 구현화한 듯한 소녀. 그 모습에 스바루는 숨을 집어삼켰다.

직전 나눈 에키드나와의 대화가 옳으면 그곳에 있는 소녀가 바로――.

"너…… 아니, 당신도 마녀인, 거지?"

"음, 드나한테 들었잖아―? 너는― 그래―. 바루! 바루다―!"

'드나'라는 건 에키드나고, '바루'라는 건 스바루인가.

외견 연령에 맞거나 혹은 그보다 어린 소녀의 답변에 스바루는 쩔쩔맸다. 확실히 에키드나는 마녀 상대로 고전한다고 말했지만.

"어린애 상대, 같은 의미가 아니겠지……. 에키드나랑, 내가 한 말은 알고 있어?"

"왠지 모르게─. 일단─ 드나 안에서 들었으니까─."

"에키드나의 안이란 정보가 궁금하지만…… 아무튼 최소한 이야기가 통해 준다면 편하지. 급하지만, 토끼의……."

대토 이야기를 듣고 싶다. 그렇게 몸을 내밀고 스바루가 벼른다. 하지만 그 태도에 소녀는 갸우뚱하며 "그런데 말이다─." 하고 기선을 제압했다.

"바루는 말야─. 악인이냐─? 그거, 계속 궁금해서 말야─."

"……악인?"

전혀 의도치 않은 각도에서 날아온 질문에 스바루는 무심결에 벙 쪘다. 그러자 소녀는 지면에 닿지 않는 다리를 흔들어 의자를 앞뒤로 덜컹덜컹 흔들기 시작했다.

"악인이냐, 아니냐─하고 묻고 있다고─. 어떤데─?"

"나쁜 사람이냐는 의미……인가? 아니, 질문의 의도를 잘 모르겠는데……."

"음음─, 알았어─. 그럼 확인해 보자─."

천진한 미소 앞에서 스바루는 마녀와의 대화가 얼마나 어려운지 통감했다.

그런 감상을 아랑곳하지 않으며 소녀는 폴짝 의자에서 내려와서 맨발로 풀을 밟고 스바루에게 걸어왔다. 그리고 "응!" 하고 이를 내보인 웃음과 함께 손을 내밀었다.

"……잡으면 되는 거야? 악수로 뭔가 알 수 있단 뜻?"

"응──!"

"아, 알았어, 알았어. 직성이 풀리면 얘기 들려주라?"

그야말로 마음은 소녀와의 접촉 그 자체. 아람 마을의 아이들보다 더 어린 분위기에 주눅이 들면서 스바루는 소녀의 손을 잡았다. 손은 조그맣고 손바닥은 부드럽다. 다만 체온은 높은 아동의 손이다. 정신체라도 체온은 있는가 멍하니 생각을──.

"──*죄는 오로지 고통으로만 갚을 수 있다.*"

"뭐?"

알아듣지 못해 스바루는 한 번 더 무슨 말을 들었는지 되물으려고 했다. 하지만 그 전에 가벼운 충격. 팔이 당겨지는 감각과 함께 무거운 짐을 내린 듯한 해방감이 있었다.

무슨 일인가 싶어 소녀를 주시했다. 소녀는 그 웃는 얼굴의 가슴에 팔 하나를 안고 있다.

어깨부터 뽑혀서 뜯어진 단면을 드러낸 성인 남성의 팔──스바루의 오른팔을.

"억──?!"

"오─, 안 아프다는 건 악인이 아니라는 뜻이다─. 잘됐네─."

이상사태에 스바루는 자신의 오른쪽 어깨── 빼앗긴 팔의 상처를 보았다. 삐뚤삐뚤한 단면을 드러내며 잡아뜯긴 팔은 소녀의 말대로 아무런 아픔도 느껴지지 않았다.

아픔이든 출혈이든, 그 이전에 감각부터 없다.

상처는 뼈와 혈관을 내포한 혈육을 선명하게 내비쳐서 정육점에 진열된 식육을 연상하게 했다.

그렇게 이상한 현상이 자신의 육체에 일어나, 스바루의 목은 절규했다.

"억, 아아아아아아! 파, 팔…… 내 팔이이이이?!"

"안 아프지—? 소리지르며 날뛰면 드나한테 미움 받는다—."

"너, 너, 너어?! 무슨, 말을…… 도, 돌려줘! 돌려줘!"

스스럼없는 소녀의 말에 기이한 세계관을 받아들일 수 없는 스바루의 뇌가 펑크를 일으켰다. 순간적인 판단은 소녀가 껴안은 팔을 되찾는 것이었다. 지금 당장, 어깨에 붙여야 한다.

그래서 나을 만큼 인체는 간단한 것이 아니다. 그 사실도 알 수 없을 만큼 혼란에 빠졌다.

좌우지간 팔을 되찾아야만 한다고 스바루는 소녀에게 덤비려다가——.

"——과오는 쐐기가 되어 결코 놔주지 않으니."

다음 순간, 스바루의 두 다리, 그 무릎부터 아래가 유리처럼 깨졌다.

오른쪽 어깨, 그리고 두 다리를 무릎부터 상실해 스바루의 몸이 기세 붙은 채 앞으로 쓰러졌다. 그 충격에 허리에 금이 가고, 가슴에 균열이 생기며 안면이 비스듬히 찌그러졌다.

"커, 억……! 무흔, 지슬……."

"악인이 아닌데, 자기를 죄인이라고 생각하고 있나—. 바루는 착하구나—. 불쌍하게도—. 힘들겠네—."

부서진 다리에도, 금이 간 몸통에도 얼굴에도, 아픔은 없다. 그저 부서져서 사라진다.

쪼그려 앉은 소녀가 바닥에 쓰러진 스바루의 머리를 자상하게 쓰다듬었다. 그 손길에도, 스바루에게 거는 목소리에도, 진지하게 가엾어 하는 여운이 있어서 두려워졌다.

이해를 할 수 없다. 존재를 허용할 수 없다. 이상에 적응할 수 없다.

"튀폰의 목적은 끝이다─. 남은 건─ 어? 아─, 알았어─."

일어나서 무릎을 턴 소녀가 무슨 말을 하고 있지만, 의식이 집중되지 않았다. 소녀도 이미 스바루에 대한 관심이 떠났다.

위쪽을 향한 시야에서 소녀가 사라지니 대신에 보이는 것은 맑고 푸른 하늘이었다.

"─────."

아픔이 없는 것은 이곳에 있는 스바루의 육체가 영혼뿐인 정신체이기 때문인가. 그 정신체가 『죽음』을 연상하는 상처를 입으면 돌이킬 수 없는 일이 된다고 조언 받았다.

괜찮다고, 견뎌내 보이겠다고, 그렇게 생각하다가 이 꼴인가.

손발에, 허리에 몸통에 얼굴에 머리에, 금이 퍼져나가고, 이윽고 산산조각 나며 티끌로 변해 꿈으로─.

"─하나─! 인간 세상의 부조리를 후려치고!"

목소리가, 들렸다. 부서져서 티끌로 변하기 직전인 스바루에게 그 목소리는 괜스레 강하게 울렸다.

목소리는 이어진다. 위풍당당하게, 부끄러움 없이, 위풍당당하게.

"─둘─! 괘씸한 악행삼매 따위 알 바더냐아!"

그것은 멀리서 울리는 목소리. 그것은 서서히 접근하는 목소리. 그것은 여전히 높이 울리는 목소리.

"──셋! 추하든 아름답든, 이승에 있다면 그 무엇이든!!"

부서져 가는 스바루는 목소리를 들었다.

티끌로 변하는 손발과, 이미 형태를 잃은 몸통과, 『죽음』에 필적하는 상처를 입은 영혼에.

땅울림과 함께 디디는 발이 있고, 부릅뜬 스바루의 눈에 선회하는 뭔가가 비쳤다.

그것은 주먹이다. 하얗고 가녀린 손가락을 모은, 소녀의 주먹
──.

"──무사히! 돌아갈 수 없다고! 생각지 마라!!"

주먹이, 위를 보고 누운 스바루의 콧잔등을 직격, 충격이 뒤통수를 관통해 대지가 폭쇄된다. 초원에 크레이터가 생기고 일격의 파괴력에 폭발 같은 흙먼지가 피어올랐다.

"──컥?!"

무슨 일이 일어났는지 모르겠다. 단지 죽어가던 의식의 목덜미를 누가 잡아다가 억지로 뒤로 돌려세웠다. 죽기에는 이르다고 만류하듯이.

만류한 다음에, 얻어맞는다. 주먹이, 난타가, 핏발처럼 스바루를 연방 꿰뚫었다.

충격에 부대끼며 상하좌우를 완전히 잃었다. 의식이 하얗게 물들었다. 시야에 있는 것은 멈추지 않는 주먹과 그 주먹을 휘두르는 소녀의 얼굴── 폭포수 같은 눈물에 젖은 얼굴뿐이다.

반짝반짝, 소녀의 눈물이 하늘에 흩어졌다. 주먹을 한 번 휘두를 때마다, 일격마다. 소녀는 눈물지으면서 빈사의 스바루를 때리고, 때리고, 때리고, 계속 때렸다.

"내 주먹이 세계를 재생시킨다! 내 울화가 세계를 정화한다!! 내 분노가! 이 주먹의 치유가! 내 답이다아——!!"

혼신. 그렇게 부르기에 합당한 허릿심이 들어간 일격이, 스바루의 안면을 뚫었다.

터졌다. 스바루는 그 충격에 그것을 확신했다.

"——. ————. ————어?"

그러나 확신했던 폭쇄는 방문하지 않았다.

두개골은 무사. 산산조각 났어야 할 생명까지도, 모든 게 다 주먹의 영향을 받지 않고 있다.

——아니, 영향은 있었다. 손도, 발도, 몸통도 얼굴도 머리도, 금이 사라지고 원상복구됐다.

바스러져서 꿈의 티끌이 된 스바루의 영혼은 부지된 것이다.

"이, 이건……."

"팔도 두 다리도 무사하구나! 역시 내가 일 한 번 잘했어!!"

땅바닥에 책상다리로 앉아 손발의 무사함을 확인하는 스바루의 등 뒤로 기세등등한 목소리가 날아왔다.

당황해서 뒤돌아보자 목소리 주인은 정말로 접촉할 만큼 가까운 곳에 서 있었다. 눈앞의 상대를 올려다본다. 그리고 스바루의 눈에 날아든 것은——.

"……가슴?"

"윽──! 어, 어딜 보는 거야, 어딜!"

너무 가까워서 상대의 얼굴이 아니라 그 앞에 있는 가슴에 시선이 막혔다. 스바루의 얼빠진 목소리에 가슴 주인은 목소리를 뒤집으며 뒤로 뛰었다. 겨우 전신이 보였다.

"마, 말을 할 때는 상대 눈을 보고 말해, 눈을 보고! 참 내! 남자란 만날 이렇다니까. 못 살아!"

남자의 습성에 툴툴 화내고 있는 건 또 다시 낯모르는 소녀였다.

반짝이는 금발을 머리 옆에 사이드 포니 스타일로 묶고, 투명한 벽안이 선명한 미소녀였다. 움직이기 쉬운 쪽을 중시한 짧은 치마에 백색 기조의 웃옷을 두르고 있다. 스바루 또래로 보이지만 키는 꽤 낮은 축. ──다만 가슴도 엉덩이도 커서 육감적인 매력이 있었다.

당사자의 태도가 털털하기에 이른바 건강한 색기라고 해야 할까.

그런 소녀의 서슬과 소행에, 스바루는 처음에 무슨 말을 하는 것이 옳을지 심히 망설였다. 그동안에 소녀에게 변화가 발생했다. 살짝 치켜 올라간 눈매의 벽안이, 극적으로 촉촉해진 것이다.

"우, 울고 있어⋯⋯?"

"울기는 누가! 화내고 있을 뿐! 그래, 난 화가 났어! 튀폰 때문이야! 난 나올 맘은 없었는데 이렇게 다치게 하고⋯⋯! 튀폰 바보! 그 애에게 이런 짓 시키는 세상도 미워! 다들 정말 미워!"

발을 구르며 눈물을 줄줄 흘리는 소녀의 발밑에서 대지가 격렬하게 진동했다. 주위를 유심히 둘러보니 스바루에게 타격을 가한 피해는 심대했다.

　에키드나와 다과회를 벌이던 언덕은 평평해졌고, 테이블도 파라솔도 날아가버렸다. 이만한 피해가 나왔는데 스바루에게는 아무 영향도 없는 게 비정상적이다.

　단지 직전의 대화와 지금 태도로 눈앞에 있는 소녀의 내력은 왠지 모르게 상상이 갔다.

　"구, 구해 줘서 고맙다? 그런데, 흐름상 너도⋯⋯."

　"난 『분노의 마녀』 미네르바! 이름을 밝힐 만한 사람은 아니야!!"

　"이름 밝혔잖아!"

　"아무튼! 상처는 고쳤어! 내 역할은 끝! 이제 벌레에 물린 정도의 상처도 입지 말라고! 마녀와의 약속이다!"

　"스스럼없이 마녀의 약속이란 말 주워섬기지 마! 내가 얼마나 겁내고 있는 줄 아냐!"

　고개를 들고 소녀―― 마녀 미네르바는 툴툴대며 귀엽게 화내고 있다.

　그러나 그 이상함은 역시 증명됐다. 과격한 치료――. 그야말로 말과 똑같은 결과다. 그토록 얻어맞고 주위가 파괴됐음에도 상처는 아물었다. 신비현상에도 정도가 있다.

　단지 여기까지 부서지질 않나, 치료 받질 않나, 내키는 대로 놀아났다고밖에 여겨지지 않는 전개지만――.

"우……! 알았어!"

문득 하늘을 노려보던 미네르바가 보이지 않는 누군가와 말을 주고받는 자세를 잡았다. 그 사실에 스바루가 얼굴을 찡그리자, 그녀는 끝으로 스바루를 척 손가락으로 가리키며 말했다.

"알았어? 이걸로 학을 뗐으면 섣부른 짓은 하지 말 것! 다음에는 다 치료해버린다!"

"다 죽여버린다 같은 투로 말하지 마라……."

들이댄 손끝과 강한 의지를 간직한 목소리에 압도당했다. 어떻게든, 그 말만 투덜거리듯 대답한 스바루의 눈앞에서 미네르바의 모습이 신기루처럼 일렁이고——.

"……네 얼굴을 보고, 친가에 돌아간 것처럼 안심했다."

"……그건, 좀 복잡한 평가인걸. 나도 더 이상 얘기할 수 없어질까 싶어 다소 당황했었어."

힘이 빠진 스바루 앞에서 거북한 눈치로 나타난 것은 에키드나다. 마녀는 자신의 긴 백발에 손가락을 감고 좀처럼 스바루 쪽을 보지 않고 있었다.

그런 마녀의 주눅 든 태도에 스바루는 한숨지었다.

"네 충고가 옳더라. 죽을 뻔했는데도 수확 제로야. ……한심하군."

"그건 별수 없지……라기보다 그 이전의 문제였어. 목적은 너와 다프네를 주선하는 것이었는데, 몸을 양도하려던 순간, 튀폰이 새치기를 해서……."

"음음? 가만, 다프네가 아니라 튀폰?"

이름의 위화감에 스바루가 갸웃거리자 말을 가로막힌 에키드
나가 끄덕였다.

　"처음에 네 앞에 나타난 마녀는 튀폰……『오만의 마녀』야.
만나 보고 알았을 거라 생각하지만, 겉모습처럼 어린애라서 말
이지. 너랑 만나고 싶은 마음에 뛰쳐나오더군."

　"그렇단 말은, 난 아무 관계도 없는 여아한테 죽을 뻔했던 거
냐……."

　엄밀히는『죽음』이 아니라 폐인화 위기에 처해 있던 거지만,
결과는 마찬가지다. 그건 그렇고 정말로 만나고 싶었던 건가.
죽이고 싶다를 잘못 말한 게 아닐까.

　"그 죽을 뻔한 너를 구한 게, 이름을 밝혔지만『분노의 마녀』
미네르바다. 앞선 설명에 따르면 그 애가 가장 네게『안전』한
마녀지."

　"그건, 응. 그래……. 신감각 폭력 츤데레 계열 치유 로리 거
유였어. 덕분에 죽지 않고 넘어갔지만……."

　말을 끊고 스바루는 주위를 보았다. 초원의 광경은 일변. 아담
한 언덕은 원형도 안 남았다.

　스바루의 눈초리에서 그 호소를 알아챈 에키드나는 쓴웃음과
함께 손가락을 튕겼다.

　그 즉시 바람이 불었다. 그와 동시에 한 번 막을 내리듯이 세계
가 어둠에 휩싸였다. 그리고 막이 올라가니―― 그곳에 처음과
똑같은 꿈의 다과회가 돌아와 있었다.

　"오오……. 너, 진짜로 마녀 맞구나."

"지금까지 나눈 너와의 대화 중에서 그 사실을 의심 받고 있었다는 것이 놀랍군. 그래서, 어쩔 거지?"

"어쩔 거냐면?"

"계속하겠어? 이번에는 방해 받지 않고, 틀림없이 다프네와의 대면을 이룰 수 있다고 단언해 보겠는데…… 다프네는, 튀폰보다 위험해."

꿀꺽. 스바루의 목이 울었다. 에키드나의 말에 역시나 공포가 도드라졌다.

"……『분노』가 안전이라면, 『오만』은 어디였었어?"

"튀폰은 『매우 위험』일까. 카밀라와 다프네하고 비교하면, 대화가 돼."

"그 말 듣고 다짐을 받으니 고민이 드는데……."

대화가 된다고 들은 튀폰하고 대화가 성립된 기억이 너무나 희박하다. 그 이상으로 대화가 통하지 않는다면 정말로 생명이 위태롭다.

그게 아니어도 상대는 살육본능의 집합체인 마수의 창조주다. 혹은 처음부터 스바루는 가망이 없는 무모한 도전을 하려는 것뿐일지도 모른다.

그렇게 승산이 없는 싸움이라고 생각한다면——.

"——그러니까, 내가 억지로 열어젖힐 필요가 있잖냐고."

이긴다, 못 이긴다만의 이야기를 할 거면, 나츠키 스바루가 이길 수 있는 상대는 없다. 거기에 승산을 만들기 위해서 도전한다. 그것이 스바루의 싸움 방식이다.

"결의는 굳건하단 말이지. 알았어."

스바루의 눈에서 도전할 기개를 읽어낸 에키드나가 포기한 기색으로 한숨을 쉬었다.

그러나 마녀는 거기서 "단." 하고 손가락을 세웠다.

"이 말만은 꼭 하게 해다오. 다프네의 구속은 절대로 풀면 안 돼."

"구속……."

"그리고 그녀를 만지는 것도 금지다. 가능하면 눈을 마주치는 것도 피하는 편이 나아."

"그거 전부 지키면 나 죽도록 인상 나쁜 놈이다만!"

애초에 못 들은 척 할 수 없는 구속이라는 단어에 관한 설명이 없다.

하지만 그 사실의 추궁이 끝나기 전에 에키드나의 준비 쪽이 끝나고 말았다. 마녀의 모습이 일렁이다가 존재가 풀어지며 다른 마녀와 교체되어 세계에 녹아들었다.

그리고 긴장에 몸을 굳힌 스바루 눈앞에 그것은 천천히 출현했다.

"……이봐, 이봐. 이건, 아무리 그래도."

뺨을 푸들거리며 스바루는 그것을 앞에 두고 떨리는 목소리로 뇌까렸다.

눈앞에 나타난 그것이, 『폭식의 마녀』라면, 그건 너무나도 무시하기 어려운 모습으로.

"──다프네한테에, 뭘 묻고 싶은데요오, 스바룽──?"

어리광부리는 달콤한 목소리로, 『폭식의 마녀』── 다프네는 고운 코를 킁킁대며 말했다.

──관(棺) 속에서 사슬과 구속복으로 얽어매고, 두 눈을 검은 안대로 봉한, 마녀가.

6

종잡을 만한 데가 없다. 아니, 종잡을 만한 곳이 난감한 모습을 한 마녀였다.

관──. 그것은 아이언 메이든이라고 불리는 고문기구에 가까운 형태였다. 세로로 일으켜 세운 검은 관에 들어간 마녀의 외견 연령은 열서너 살 정도로 보였다.

등에 닿는 회색 머리카락을 두 갈래로 묶은 댕기머리로, 하얀 옷 위로 칠흑의 구속복과 사슬로 관에 고정하고 있다. 두 눈에는 머리의 중심에서 교차하듯이 안대가 감겨 있어서, 그 모습의 불온함을 따지자면 지금까지 나온 이들 중에서 단독으로 마녀답다.

"드나드나가 말해서 나왔는데요오, 기분 좋게 자고 있는데에. ……너무우, 오래 깨어 있기 싫으니이, 재미없는 얘기 하지 마세요오."

"오, 오오, 일부러 나와 줘서 고마워. 그 발언만 들으면 『폭식』이라기보다 『나태』 같지만…… 『폭식의 마녀』, 맞지?"

눈을 가린 상대다. 떨어져 있으면 불편한 문제도 있으리라. 하지만 직전에 들은 에키드나의 충고도 있어 스바루는 신중하게 한 걸음만 거리를 좁혔다.

그 움직임에 다프네는 관 속에서 코를 킁 실룩이다가 "아—." 하고 중얼거렸다.

"……이거, 다프네의 몸에 해롭겠다아. ——지네관."

"——읏."

부르는 말과 그 직후의 광경에 스바루의 목 안에서 놀란 감정이 발생했다.

단적으로 설명하자면 스바루가 좁힌 거리를 벌리듯이 다프네가 배후로 움직였을 뿐이다. 그러나 그 움직이는 방식이 스바루의 상상을 초월하고 있었다.

"————."

다프네를 구속한 관의 하부가 별안간 대지에서 떠올랐다. 원인은 관의 바닥 부분에 돋아난 다리——. 거미 또는 게와 닮은, 절지동물 스타일이다. 그 다리로 관이 뒤로 이동한다.

그것은 움직이는 아이언 메이든——이라기보다 생물적인 움직임이었다.

"그게…… 뭔지, 물어봐도 괜찮을까……?"

"그거라니요? 안 보이는 다프네가 알 수 있게 부탁해요오."

"그…… 엄청나게, 조형미가 빛나는 관짝 말이야. 내 좁은 견식에 따르면, 관이라는 것에는 다리도 없고, 벌레처럼 무지 빠르게 움직이지도 않을 거라서."

끼릭끼릭 소리를 내며 관은 이동한 곳에 눌러앉듯이 착지하고, 돋아난 다리를 다시 안으로 집어넣었다. 거북이가 등껍질에 다리를 숨기는 동작에 가깝지만, 역겨운 정도가 현격히 달랐다.

그 광경에 스바루가 침을 삼키고 있을 때, 다프네는 "아하." 하고 이해한 눈치로 끄덕였다.

"지네관이라면요오, 다프네가 못 움직여서 불편하니이, 그 때문에 만든 애예요오. 다프네의 땀이나 오줌으로 움직여서 편리하거든요오?"

"갑자기 엄청 듣고 싶지 않은 폭로가 나왔다."

요는 숙주의 노폐물을 먹이로 활동하는 생물이라는 뜻일까. 표현 방식이 안 좋은 걸 머릿속으로 곱씹으며 이해하자, 역시 그 이상함이 두드러졌다.

그중 가장 큰 것은 『만든 애』라는 부분일 것이다.

"스바룽 옆에 있으면요오, 다프네의 몸이 쑤셔요오……. 스바룽은, 어엄청엉나아게, 다프네가 좋아하는 냄새라서어…… 먹어버리고 싶어져요오."

"먹어버리고 싶다는 말은…… 저기, 성적인 의미로?"

"생적인 의미로오……."

황홀하게 다프네가 얼굴을 붉히고 대답하지만, 말의 뉘앙스가 달랐다.

표현이야 귀엽지만 마녀는 주저 없이 스바루를 『먹는다』고 발언했다. 그건 말 그대로 포식 말고 다른 의미가 없는 의사 표시——. 즉, 식인조차도 개의치 않는 존재다.

상식적인 윤리관으로는 맞설 수 없다. 페이스를 잡기 위해서도 선제공격이다.

"피차 오래 얘기해 봤자 변변치 못한 일이 된다는 건 이해했다. 이해했으니 곧바로 질문이나 해보지. 네가 만든, 3대 마수 얘기야."

"삼대 마수……?"

"——큭! 백경과 대토, 그리고 흑사(黑蛇)인가 하는 마수 말이야! 네가 만든 거잖아?!"

기억에 없다는 듯한 태도에 조급해져서 스바루는 마수의 이름을 꺼내며 고함쳤다. 그 마수의 이름에 다프네는 몇 번쯤 고개를 좌우로 갸우뚱하다가, 말했다.

"아아, 고래하고오, 토끼하고오, 뱀이요오?"

"그러니까, 그렇다고 하잖아……."

"이상한 이름으로 불렀는걸요오. 남이 붙인 이름 같은 거어, 몰라요오. 그 애들도오, 다프네한테서 둥실둥실 하고 맘대로 나오는 것뿐이고요오."

관 속에서 몸을 틀고 다프네는 스바루의 분노를 뺀들뺀들 피하려고 했다. 아무래도 그녀에게는 생명의 창조라는 신의 위업을 실행한 자각이 없는 모양이다.

——마수를 창조한 다프네의 행위는 그야말로 신에 필적하는 힘이건만.

"그런데, 왜 그런 놈들을 만든 거야……."

"——? 뭐라고요오?"

"왜! 그런 놈들을! 너는 세상에 풀어놓은 건데!"

남의 일 같은 태도에 견디다 못해 스바루는 마수의 어머니에게 노성을 터트리고 있었다.

노기로 얼굴이 붉어지고 손가락을 들이대며 다프네에게 부르짖는다.

"네가 죽은 다음에도, 400년! 마수가 얼마나 날뛰고 다닌 줄 알아?! 몇 명이나, 몇 십 명이나 몇 백 명이나! 지금도 희생이 계속 늘고 있는데!"

뇌리에 떠오른 것은 백경과 격돌한 리파우스 평원의 격전이다.

아내를 살해당한 빌헬름의 외침과 집념. 그 싸움에 참전한 전사들의 한탄과 분노의 나날——. 그 모든 것의 발단이, 이 눈앞에 있는 관의 마녀에게 있다.

"뭣 때문이야! 너는, 그런 괴물을, 백경을 뭣 때문에 만든 거야?!"

"——? 커다란 생물 쪽이이, 먹을 만하잖아요오."

"——우, 허?"

기세 오른 스바루의 설봉을, 다프네는 참 이상하다는 표정으로 막아냈다. 그 태도에 기세가 헛돈 스바루의 신음에 다프네는 더욱더 갸우뚱하며 말했다.

"백경, 커어다랗죠오? 그 애, 먹으면 많은 사람들이 만족 안 해요오?"

"무슨, 말을……?"

"대토는요오, 얼마든지 늘어나요오. 그 애가 있으면요오, 아무도 배를 안 곯고 넘어가고요오, 대단하지 않아요오?"

"그 대토에게 많은 사람들이 잡아먹히고 있단 말이야!!"

다프네의 주장은 지리멸렬하다. 단순히 말만 들으면 그녀가 마수를 만든 이유는 식량 문제의 해결에 있다. 기근에 시달리는 사람들을 구원하기 위해서, 식량으로서 마수들을 만든 것이라고. ——그 마수에게, 수많은 이들이 희생되고 있는데도.

"네 배려는 역효과라고! 마수로 만족하기보다, 빼앗기는 사람 쪽이……."

"상대를 먹으려고 하는데에, 자기가 먹힐 가능성을 생각 안 하다니이, 좀 이기적이지 않아요오?"

미소를 지으면서, 다프네는 쓸쓸한 표정의 스바루에게 당연한 것처럼 말했다.

"_____."

그 발언을 삼키고 이해하려고 노력하다가 겨우 이해할 수 없다고 이해했다.

겉모습하고, 말이 통한다고 해서 착각하고 있었다. 이건 사람과 사람의 대화라고.

하지만 그게 잘못이었다. 눈앞에 있는 소녀는 결코 『사람』이 아니다.

"그건, 동물의 논리잖아……."

약육강식——. 다프네의 행동이념은 바로 그것이다. 그것도 강자가 약자를 먹는 세상에서 가치를 찾아내는 게 아니라, 어디까지나 그녀의 눈은 『먹다』한 곳에만 쏠려있다.

에키드나가 다프네를 위험하다고, 대화가 통하지 않는 존재라고 설명한 이유를 이해했다.

스바루와 다프네는 가치관이 다른 것이다.

그녀는 마녀. 그녀들은 마녀. 세계에 단 일곱 명밖에 없는, 진정한 마녀다.

"스바룽도 그렇지만요오……. 다아들, 『폭식』을 쉽게 생각하는 거 아녜요오?"

"_____."

"식욕은요오, 살아가는 중에서 가장 중요한 욕구라고요오? 왜냐하면, 그게 충족되지 않으면 못 살잖아요오."

"_____."

"안식이 없어도오, 사랑받지 못해도오, 감정을 토해낼 수 없어도오, 자존심이 유지되지 않아도오, 원하는 게 손에 들어오지 않아도오, 뭔가에 애태울 일이 없어도오, 아무도 죽지는 않잖아요오. 하지만……."

"_____."

"먹지 않으면요오, 사람은 죽어버린다고요오?"

일곱 대죄라고 일컫는 죄 가운데, 『폭식』만이 직접 생명에 관계된다.

정확한 의미에서 『폭식』이란, 필요 이상의 식욕에 빠지는 것을 가리킨다. 하지만 이때 말하는 다프네의 진의는 살기 위해서 필요한 식욕 그 자체를 의미하고 있었다.

　그것은 부정 못할 진리이기는 하다. 그러나——.

　"네가 하는 말은, 일부는 옳아. 인정해. 하지만 그건…….."

　"스바룽도 한 번, 한계까지 굶어보면 알 거예요오. 다프네가 하는 말의 의미라거나아. ……다프네하고오, 토끼가 어떤 세상에 살고 있나거나아."

　극한의 기아. 확실히 그 말을 꺼내면 스바루에게 대꾸할 만한 말이 없다.

　스바루는 목숨을 위험할 정도로 굶주린 경험 따위 없다. 원래 세계에서, 현대 일본의 평범한 가정에서 굶주릴 만큼 식사가 끊긴 적은 거의 없고, 이세계에 소환된 뒤에도 곧바로 에밀리아와 만나 로즈월 저택에 거두어지는 행운을 얻었다.

　식사에 곤궁한 적은 한 번도 없다. 그렇기에 다프네의 말을 진정으로 이해할 수 없다.

　——지금도 공복에 시달리며 견디기 어려운 고통에 신음하는 마녀의 마음을, 알아줄 수는 없다.

　"그, 네 기아가 낳은 게, 대토라는 괴물이란 뜻이냐……."

　"그 애들은요오, 특히 다프네의 배가 꼬륵거릴 때애, 본받아서 생겨났으니까요오……. 서로 잡아먹는 기분도 알아요오."

　"……양심은 안 아프고? 자기가 만든 마수에게, 그런 공복을 맛보게 해서."

　"——? 토끼 배가 고파도, 다프네는 딱히 배 안 고픈데요오?"

　"……물어본 내가 멍청했다."

평행선이다. 아무리 해도 이 마녀와는 서로 이해할 수 없다.

다프네에게 있어서는 자신이 낳은 마수들이어도, 자신이 출출할 때에 집어먹기 위한 비상식에 불과한 것이다.

자기가 만들어내고, 자기가 먹는다. 궁극의 자급자족——. 정녕 대토의 어머니다.

그런 다프네에게 더 이상 말을 반복해 봤자 헛수고일지도 모르겠지만——.

"그 대토, 내가 퇴치하고 싶다고 한다면 힌트를 가르쳐 줄 수 있겠어?"

"어어——, 토끼 없애고 싶은 거예요오? 그 애는 약한데 먹기 쉽고, 게다가 늘어나고요, 다프네의 자신작이에요오."

"먹을까 먹힐까 약육강식을 강요할 거면, 살기 위해서 상대를 죽이려고 하는 생존본능이란 것도 인정해 줬으면 하는 바다."

상식을 벗어난 판단으로 답변을 꺼리는 다프네에게, 스바루는 궤변이나 마찬가지인 말로 반론했다.

가치관이 다르면 같은 시합장에서는 대화할 수 없다. 언뜻 스바루와 다프네 사이에 성립된 것처럼 보이는 대화의 캐치볼은, 서로 엉뚱한 곳에 내던지는 헛고생이 된다.

그러나——.

"——대토는요오, 사냥감을 찾을 때 마나를 의지해요오."

"……무슨 바람이 분 거지?"

"그으치만 살기 위해서 먹는 거라면 살기 위해서 죽인단 걸 인정해야지이, 앞뒤가 맞잖아요오?"

순순히 대토의 정보를 말하기 시작한 다프네를, 스바루가 의심했다.

그러자 다프네는 앞선 스바루의 궤변에 대해 깊이 수긍한 기색으로 연방 끄덕였다. 순간적인 반론 중의 뭔가가 다른 시합장에 서 있는 다프네와의 가치관 차이를 메운 모양이다.

그 사실에 놀라는 스바루를 아랑곳하지 않고, 다프네는 마수의 어머니로서 자식의 성질을 담담히 설명했다.

"마나의 총량이 많은 곳에 끌리는 습성이 있어서어, 강한 마법사를 미끼로 삼으면 모여들어요오. 그때, 한꺼번에 해치운다거나아?"

"……무한히 늘어난다고 들었다만. 무리와 떨어져 있는 놈은 없는 거야?"

"수는 있어도오, 의식은 한 개니까요오. 한 개의 의식을 군체가 다 같이 공유하고 있는 느낌이죠오. 파멸을 피하기 위한 지혜라거나아, 그런 건 없어요오."

"그렇군. 그렇다면 박멸한 다음에 살아남은 게 다시 번식한다는, 패닉 호러의 클리셰 같은 상황은 안 생기나……."

몬스터 패닉 영화의 정석적인 반전이지만, 대토의 성질로 보자면 장난으로 안 끝난다.

다만 지금 정보는 다가올 대토에 대한 대처에 크게 공헌한다. 아직 확실한 박멸 방법에 이른 것은 아니지만, 뛰어다닐 이유로는 충분하다. 조금은 광명도 보인다.

"후우암……. 슬슬, 다프네는 됐나요오?"

스바루가 대토의 토벌 방법에 골머리를 썩일 때, 하품한 다프네가 그렇게 말했다.

끝까지 마이페이스——. 아니, 주위에 흥미가 없는 것인가.

다프네는 대토와 마찬가지로 완전히 다프네 개인으로 존재가 완결된 마녀다. 따라서 스바루에게도 대토에게도 그 앞날에 흥미 따위 없다.

있는 것은 질리지 않은 기아감뿐. 그조차도 사후의 그녀에게 얼마나 의미가 있을까.

"그래. 경과는 어쨌든 참고가 됐어. 고맙다. ——그리고."

서로 산 자와 죽은 자. 살아온 시대도 다르다.

이런 형식이 아니라면 스바루와 다프네는 결코 섞일 일이 없는 두 선이다.

그렇기에 가치관의 차이든 뭐든 다 집어치우고, 이대로 헤어져도 아무 문제는 없다.

문제없었지만——.

"——대토는 내가 없앤다. 백경도 이미 죽인 다음이다. 불평하지 말라고, 어머님."

"————."

"400년, 네가 잘되라는 마음이었는지, 그 마음도 없었는지는 몰라도, 그런 만큼 놈들은 날뛰고 다녔어. 이만 충분해. ——흔적도 없이, 지워 주마."

양자 사이에 있는 가치관의 골——. 그것을 알면서도 스바루는 말했다.

끝까지 농락해 준 마녀에게, 닿을지도 알 수 없는 화살을 쏴 주고 싶어진 것이다.

스바루의 그 선전포고에 다프네가 여태까지 없던 반응을 보였다.

"……고작해야, 인간이."

흘러나온 중얼거림에서, 그때까지 내비친 어리광 섞인 분위기가 사라져 있다.

마녀는 그 입을 크게 옆으로 벌리고, 처음으로 『식욕』 외에 명확한 의사를 내비친다.

"──할 수 있다면, 해보지그래요오."

날카롭기 짝이 없는 이를 드러내며, 붉은 혀를 내밀고 『폭식의 마녀』가 즐겁게 비웃었다.

7

"_____."

센 바람이 불어 스바루는 얼결에 들어 올린 팔로 자기 시야를 가렸다.

돌풍에 나부끼는 초원. 바람에 휘말려 하늘로 올라가는 들꽃의 꽃잎을 눈으로 좇아 그것이 햇빛에 삼켜지는 모습을 지켜보다가 시선을 되돌렸다. 그곳에──.

"──무리한 부탁 해서 미안하다, 에키드나."

"감사는 필요 없어. 가끔 그녀들도 여기서 나 말고 다른 누군가와 말을 나눠야 해. 물론 너 같은 존재라도 아니면 우리 앞에는 못 서지만."

"······토하는 거냐."

"토하는 것만으로 끝나면 좋지만, 그걸로 끝나지 않는 편이 더 많겠군."

다프네와 교체해 현현한 에키드나가 농담 같은 몸짓으로 어깨를 으쓱였다.

적어도 스바루는 초면 때의 에키드나에게 위압감이야 느껴도 구역질까지는 느끼지 않았다. 그것은 다른 마녀를 마주해도 같은 감각이다.

그녀들의 이상함에 공포를 느끼기는 했다. 하지만 본능적인 거절감은 없었다. 그 차이다.

"그래서, 다프네의 이야기는 네게 수확이 됐을까?"

"그래, 보자. ······일단, 마녀 중에서 네가 대단히 정상적이란 수확이 있었지."

"하아······. 이거야 참, 안 되지, 원. 그렇게 듣기 좋은 말로 비위를 맞추려 하다니, 나를 쉽게 봐서는 난처한걸."

감명 깊은 스바루의 대답에 에키드나는 콧방귀를 뀌며 놀렸다. 그러고 나서 마녀는 테이블 위에 새 차와 쿠키 같은 과자를 놓고 콧노래를 불렀다.

노래는 별로 잘하지 못한다. 어쨌든 알기 쉬운 마녀였다.

"하지만 네 체액과 뭐가 섞여 있을지 모를 쿠키는 사양한다."

"머리털은 안 넣었는데?"

"이미 네 발언을 꼬치꼬치 의심 안 할 수가 없다고!"

앞으로 이 다과회에서는 두 번 다시 먹고 마시지 않겠다고 스바루는 마음에 굳게 맹세했다.

그런 결의의 스바루와 대조적으로 쓴웃음 지은 에키드나의 검은 눈이 스윽 가늘어졌다. 그 어두운 눈으로 보는 시선이 불편해서, 스바루는 얼굴을 찡그렸다.

"너의, 그 모든 걸 꿰뚫어 보겠다는 눈, 취향이 아닌데."

"바라보기만 해서 상대의 모든 것을 알 수 있다면, 나는 널 태워버릴 만큼 바라봐도 좋은데 말이야. ……그건 그렇고, 넌 자각이 있는지 없는지."

"——? 무슨 얘기인데. 자각?"

"상황이 낳는 일그러짐의 이야기일까. 예를 들면…… 너는 마음만 먹으면 튀폰과도 다시 태연히 말을 나눌 수 있어. 상대가 얘기하고 싶어 하면 말이지. 내 말이 틀린가?"

갸웃하는 스바루에게 에키드나가 의문을 던졌다. 그 의문에 스바루는 기울인 목을 반대로 기울이고, 고민했다. 마녀는 무슨 말을 하고 싶은가. 아니면 말하게 하고 싶은가.

"……하고 싶은 얘기가 있으면 물어볼 것 같은데, 그게 왜?"

"튀폰에게 그런 꼴을 당해 놓고? 무릇 인간은 자기 손발을 부수고 죽일 뻔한 상대를 받아들이지는 못해. 그 상처가 완전히 아물었다고 해도 말이지."

"————."

지적에 순간 스바루의 숨이 막혔다.

그 반응에 에키드나는 흥미롭다는 듯이 검정 눈동자가 짙어졌다. 그동안에 천천히 스바루는 잊고 있던 호흡을 기억해냈다.

"무자각이던 건, 아니었나 보군."

"……의식을, 어디에 두느냐 문제가 아닐까. 확실히 지금의 내 생각이 좀 정상이 아니라는 자각은 있어. 하지만 그 말을 꺼낸다면, 좀."

살해당할 뻔한 뛰폰, 그녀를 용서할 수 없다고 화가 치미는 대로 내뱉으면 어떻게 되는가.

스바루는 렘에게도 살해당한 적이 있는 것이다. 람도 고통을 덜어준 적이 있다.

그런데도 스바루는 두 사람을 용서했다. 두 사람에 대한 분노보다 사랑이 앞섰다. 그녀들이 없는 내일보다 그녀들과 함께 하는 내일을 택한 것이다.

"당연히, 렘과 람하고 갓 만난 마녀들은 얘기가 다르지. 뛰폰 녀석에게는 사과 안 받으면 이야기 같은 거 못해. 그렇게 말해 둬."

"……알았어. 귀를 기울일지, 너와 또 만나고 싶어 할지는 모르겠지만, 그건 내가 단단히 일러 두도록 하지."

가슴을 편 스바루의 분부에 에키드나는 유달리 기특하게 받았다. 그 대답에 스바루는 끄덕이고는, 문득 자신의 두 손을 내려다보았다.

기묘한 위화감. 그 감각에 손바닥을 오므렸다 펴고 미심쩍은 듯이 눈썹을 모았다.

"뭐지? 뭐가, 간지러운 듯한, 이상한 감각이⋯⋯."

"──아무래도, 기상할 시간이 다가왔나 보군."

"기상? ⋯⋯엇, 으어."

스바루는 어질 현기증을 느껴 상반신을 휘청거렸다. 의자에 앉은 상태인데 갑자기 일어날 때의 현기증과 비슷한 감각을 맛보아 스바루는 무슨 일인가 싶어 눈을 깜빡였다.

기상. 다시 말하면 꿈의 성에서 해방된다는 뜻이다. 단지, 이상한 것은──.

"네 말에 따르면, 여기서는 네 허가가 없으면 한 나갈 수 없는 것 아니었어?"

"그래야 하지만 예외도 있지. 예를 들면 밖에서 육체에다 각성을 촉구했을 때야. ⋯⋯하지만 묘하군. 확실히 이번은 오래 얘기했지만 그래도 좀처럼 있는 일이 아니야."

"밖에서 깨웠다⋯⋯? 그건, 설마."

에키드나의 설명에 짚이는 곳이 있어 스바루는 눈을 크게 떴다.

지금의 스바루는 에키드나의 꿈에 영혼만으로 초대 받은 상태다. 그릇인 육체는 지금도 묘소의 석실에 대자로 누워 있을 터였다. 내외의 시간 흐름에는 차이가 있어 이변을 알아차린 누군가가 묘소에 들어올 일은, 거의 있을 수 없다고 어림짐작 했었다.

즉, 스바루를 깨울 가능성이 있다면 상대는 한 명밖에 없다.

"에밀리아가, 날 깨우려 하고 있어? 아니, 가만. 애초에⋯⋯."

거기서 스바루는 기묘한 사실을 깨달았다. 에밀리아가 묘소에서 『시련』에 도전하고 있는 건 틀림없다. 스바루가 이곳에 있는 건 그사이의 사건이기 때문이다.

하지만 『시련』과 꿈의 성이 동시에 전개됐다면——.

"너, 『시련』의 시험관 행세하고 있지 않았었어? 왜 여기 있는 거야."

"응?"

"그러니까, 『시련』에는 에밀리아도 도전하고 있을 거잖아? 그런데 그걸 어쩌고 넌 감독하지 않으며 여기에 있어. 이상하잖아."

"······아아, 그거 말이군. 이미 결과가 보이는 일이라서."

"결과가 보인다니······."

지독하게 단적인 답변에 스바루는 다음 말을 잇지 못했다. 에밀리아의 『시련』에 에키드나가 무관심한 것은 스바루의 기억을 참조했기 때문이라고 깨달았기 때문이다.

스바루가 아는 한, 에밀리아는 지금부터 사흘간 『시련』을 극복하지 못한다.

더욱 시간을 들인다면 모른다고 생각해도, 그러기 위한 시간은 대토에게 빼앗긴다.

"그래서 그녀가 도전하는 결과에 나는 이미 흥미가 없어. 시행착오를 거듭해도, 사흘 만에 껍질을 깨는 걸 기대할 순 없겠지. 너라면 가능할까?"

"————."

"재시도를 반복하겠다고 결심한 너라면 겁 많은 공주님에게 날개를 줄 수 있을까?"

빈정대는, 야유하는 표현에 스바루는 눈을 감았다. 눈꺼풀 속에 떠오르는 에밀리아의 모습은 『시련』에 마음이 부서져 흐느끼는 얼굴뿐이다.

그녀가 『시련』을 넘게 하기 위해서 몇 번 『죽음』을 거듭하며 그런 얼굴을 하게 만들까.

그런 잔혹한 짓, 해야 할 일이 아니라고 굳게 소원했다.

"도발에 넘어가는 것 같아서 성질나지만, 더는 네가 에밀리아를 울리게 두지 못해."

"아니…… 응. 내가 울리고 있는 건 아닌데 말이야."

"그러기 위해서, 네 성격이 더러운 『시련』에는 내가 도전할 거야. 원래 지난번 루프도 그럴 작정이었어. 방해가 들어와서 못했지만, 다음에는 잘해 볼 거다."

"성격이 더럽다고까지는, 안 해도 좋지 않을까……."

토라진 에키드나의 코멘트가 일일이 스바루의 결의에 찬물을 끼얹었다.

어쨌든 에키드나에게 선언한 말에 거짓은 없다.

『시련』에는 다음에야말로 스바루가 나선다. 이미 첫 번째 『시련』은 극복할 수 있었다. 두 번째와 세 번째 『시련』도 돌파해 『성역』을 결계에서 해방한다.

그 뒤에는 저택으로 달려가 베아트리스의 힘을 빌려서 엘자 패거리를 격퇴한다.

그러기 위해서 몇 번 도전하더라도 말이다. 다음 우려는──.

"──가필."

거대한 호랑이로 변한 그 남자에 대한 태도만은, 재시도한 지금도 결정하지 못하고 있다.

『사망귀환』할 때마다 짙어지는 독기가, 스바루와 가필 사이에 필요 없는 분쟁을 낳은 건 사실이다. 그렇다고 해도 가필은 압도적인 힘의 차이가 있음에도 불구하고 람과 오토를, 마을 사람들을 그 발톱으로 해쳤다.

목숨 구걸에도 귀를 기울이지 않고——. 그런 상대와, 상황이 바뀌었다고는 해도 화해할 수 있을까.

"……못해."

적어도 지금 심경으로 가필을 용서하는 건 스바루에게는 불가능하다. 물론 적극적으로 적대해야 할 상대는 아니다. 가능하다면 대립은 피해야 한다.

무력으로는 승산이 없다. 아군으로 삼으면 된다는 마음까지는 아직 먹을 수 없지만.

"제길, 위험해……. 본격적으로 의식이 어지럽기 시작했어."

한창 생각하는 중에 의식이 흔들렸다. 꿈의 세계에서, 잠에 빠지는 듯한 착각이 엄습했다. 스바루의 그 모습에 에키드나도 "여기서 끝인가 보군." 하고 말했다.

"이번은 내게도 매우 의의가 있었어. 저번은 설마 하던 질문이 없다는 꼴이었으니까. 조금은 『탐욕의 마녀』로서 면목을 선보였을까?"

"그러네. ……응. 솔직히 도움이 됐어. 방침도 그렇고, 마음 쪽도 그래."

저번과 비교하면 길어도, 역시 에키드나와 말을 주고받은 시간은 짧다.

그동안에 스바루는 지금까지 아무에게도 보일 수 없던 면을 여럿 드러냈다. 가장 큰 것은 『사망귀환』의 토로. 잡아먹힌 마음에 입은 상처의 복구도 그러하다.

마녀에게 이만큼 구원 받다니, 바깥 세계에서 제정신인지 의심을 받아도 이상하지 않다.

"마녀의 힘으로 『죽음』을 번복하고, 다른 마녀에게 마음을 구원 받아서 말인가."

"뭐지?"

"아니, 이건 혼잣말. ──에키드나, 또 이곳에 오려면 어떡하면 되지?"

"───────."

『사망귀환』함으로써 스바루는 반드시 묘소로 되돌아온다.

그러나 이 에키드나의 영역에 초대 받으려면 그 외의 자격이 필요하다. 이번에 알고 싶다고 필사적으로 발버둥 친 것이 계기가 된 것처럼, 꿈의 문을 열 열쇠가.

"제멋대로 구는 건 알아. 근데 앞으로 또 네 지혜를 빌리고 싶을 때가 올 거야. 너는 박식하고, 게다가……."

"──네 『사망귀환』을 알고 있기 때문에, 말이지."

"……그래, 맞아."

스바루의 『사망귀환』을 알고, 또한 상담을 받아 줄 수 있는 사람은 여태까지 없었다. 하지만 눈앞의 마녀는, 에키드나에게는 그게 가능하다.

에키드나는 스바루보다 머리도 비상하다. 이 루프를 넘어서기 위해서 필요한 힘이 있다.

"의지 받아서 나쁜 맘은 안 드는데 말이야. 그래도 산 자가 너무 죽은 자에게 마음을 터놓고, 마음을 내맡겨선 안 돼. 상대가 마녀라면 더더욱 그렇고."

"그건, 안 된다는 뜻인가?"

"안 된다고는 말 안 해. 단지 아마도 꽤 어려운 일일 거야."

낙담과 기대 양쪽을 눈에 드리운 스바루의 모습에 쓴웃음 지은 에키드나가 뺨을 굳혔다.

"다과회에 초대하는 조건은 서서히 엄격해져. 첫 번째는 내가 마음대로 부를 수 있지만, 두 번째부터는 그럴 수 없어. 너는 두 번 다과회에 초대 받았지. 알고 싶다고, 진심으로 우러나온 욕구를 외침으로써 내게 목소리가 닿는다. 세 번째는, 두 번째보다 더 크게 말이지. ──가능할 것 같던가?"

"이번보다 더 큰 목소리로. 즉, 토끼에게 잡아먹히는 것보다 임팩트 있는 방식으로 죽으라는 뜻이냐. ……그건, 만약 가능하더라도 사양하고 싶군."

애당초 이번 시점에서 발광할 정도의 『죽음』을 맞이한 것이다.

그야말로 망아의 경지이며, 존재의 근본부터 영혼이 떨리는 '왜'의 표효── 그것을 웃도는 건 어떤 아픔과 상실감 끝에 다다를 수 있는 영역일까.

"네가 그걸 거부하는 이상, 나와 네가 얼굴을 맞대는 건 이번이 끝일지도 모르지. 단지 네가 계획대로 『시련』에 임한다면 꼭 그렇지만은 않겠지만 말이야."

"──? 아아, 그런가! 그런 말이군!"

손뼉을 쳤다. 에키드나가 하고 싶은 말을 이해했다. 다과회 말고도 말을 주고받을 기회.

첫 번째 『시련』과 마찬가지로, 두 번째, 세 번째 『시련』에도 마녀가 같이 있다면. 스바루가 에밀리아 대신에 『시련』에 도전하면, 거기서 재회는 이루어진다는 말이다.

"거기면 가능하단 말이지. 그래도 역시 그쪽에선 차는 못 대접하겠지만."

"네가 꼭 부탁한다면 나는 그 자리에서 탈 수도 있는데……."

"아니, 제조 과정을 보면 더더욱 마시고 싶어지지 않으니까 됐습니다."

손바닥을 들이대고 거부하자, 에키드나는 여태까지 본 것 중에서 가장 크게 실망한 표정을 지었다.

뭐가 그토록 마녀가 자신의 체액을 제공하게 만드는지를 모르겠다. 자신의 일부가 타인의 일부가 되는 데에 흥분하기라도 하는 걸까. 업보가 깊다.

어쨌든 다음 기회의 목표도 잡혔다. 떠나기 전에 해야 할 일은 하나만 남았다.

"슬슬, 본격적으로 일어날 분위기군. 에키드나, 그 전에 부탁한다."

"——?"

"아니, 물음표가 아니지! 다과회의 대가 말이야! 네가 말했었잖아!"

"아. 아아, 대가. 물론, 마녀의 다과회에는 필수지. 깜빡해서는 난처해."

순간, 진심으로 잊고 있었느냐고 안절부절못했지만 에키드나는 그렇게 말하고 요망하게 미소 지었다.

평소라면 스바루도 여기서 나중에 커서 갚겠다고 제안하고 대가 일은 잊고 싶지만, 이번 대가에는 『서약』이 포함된다. 그건 빠트릴 수 없다.

서약을 고쳐 쓰고, 에키드나와 다과회의 기억을 남긴 채로 꿈 밖으로 돌아간다.

최악의 경우 다프네와의 대화도 잊어버린다면 다시 대토에게 잡아먹히는 미래가 기다릴 뿐이다.

"저번에는 네게 다과회 내용의 발설을 금지했지. 이번에 너는 그 서약을 풀기를 바라고, 나아가 그 밖에도 내 환대를 받았을 터. 그에 어울리는 대가를 받아야겠지."

"해 준 일만 생각하면, 지불할 수 있을지 불안해지는군."

"사후, 네 영혼을 이곳에 수집해 우리와 영원한 다과회를 즐긴다거나……."

"미안하다. 나는 안 죽거든."

"그랬었지. 더욱더 그자의 집착이 지긋지긋하게 여겨져."

어디까지나 농담이라고는 생각하지만, 궁극의 선택으로서는 무섭도록 잘 다듬어진 대가였다. 여기서 마녀들과 영원히 지낸다니, 생각만 해도 떨리는 게 멈추질 않는다.

대신에 그 수준의 대가를 요구받는다면——하고 스바루가 불안을 느끼고 있을 때, 에키드나는 "그렇다면." 하고 손을 뻗으며 말했다.

"눈여겨보고 있었지만, 역시 이거겠군."

말한 에키드나의 손가락이 건드린 것은, 스바루의 손목에 감긴 하얀 손수건이다.

페트라에게 받은 것이자 꿈의 세계에도 따라와 준, 무사하게 돌아간다는 약속의——.

"역시 이거라니…… 그냥 손수건인데? 특별할 거 하나도 없는데."

"그럼 내가 받아도 되는 게 아닐까? 그냥 손수건이라며?"

"아니, 그렇긴 한데…… 이건."

집요하게 물고 늘어지는 에키드나의 태도에 스바루는 손목을 감싸면서 말끝을 흐렸다.

손수건에 담긴 약속은, 페트라에게 반드시 돌려주는 걸로 달성된다. 여행의 무사를 빌어준 페트라의 마음이 있는 것이다. 쉽게 줘도 될 게 아니다.

이것을 페트라에게 무사히 돌려주는 것도 스바루에게 있어 목적 중 하나이므로.

"그리고 대가가 물리적인 물건이란 건 가능한 거야? 이곳은 정신세계인데, 바깥 세계의 물건이 손에 들어와도 별수 없는 것 아니고?"

"감이 좋은데. 확실히, 여기서 내가 그것을 받아도 밖에 돌아갔을 때에 손수건이 네 손목에서 사라지는 건 아니지. 하지만 거기에 담긴 소원이 있어."

"손수건에, 소원?"

스바루의 비유적인 생각과 달리 에키드나는 성실하게 확신이 담긴 얼굴로 끄덕였다.

"네게 이것을 선물한 상대는, 너를 진심으로 걱정하고 있었던 거야. 그 무사를 비는 마음이, 너를 지키는 힘이 된다. 내 시대에도 있던 미신이지만, 우습게 볼 수는 없지."

"그럴 작정도 없어. ⋯⋯그런데, 그런가."

그 귀여운 소녀의 배려에 스바루는 손수건째 손목을 잡고 감동했다. 서서히 따스한 것으로 가슴이 가득 차오른다.

반드시 소녀를 비극의 운명에서 구하겠다고, 다시금 마음에 들려주며.

"이곳은 내 영역이지만, 그렇다고 뭐든지 자유인 건 아니야. 너를 자유롭게 할 수 없듯이 손수건에 담긴 마음도 말이지. 그러니 걱정은 필요 없어."

"서두가 마음에 걸린다만, 그렇다면 이 손수건의 뭐가 대가라는 거지?"

"그 마음의 존재를 확인한 것과, 사소한 간섭⋯⋯일까."

의문을 표하는 스바루에게 그렇게 대답하고, 에키드나는 가늘고 긴 손가락으로 페트라의 손수건을 건드렸다. 그대로 슬쩍 마녀가 눈을 감고 고개 숙이면서 바로 옆에 섰다.

그 거리감과 마녀의 향기가 불편하다. 빨리 하라고 속으로 기도하지만, 그런 줄은 모르는 에키드나는 족히 10초 들이고 나서 "좋아." 하고 몸을 뺐다.

"이걸로 대가는 확실히 징수했다. 너와의 새로운 서약이야. 잊지 말도록 해."

"······잊는 것이 원래 서약이었는데 말이지."

스바루는 겸연쩍은 감정을 핀잔으로 얼버무리고, 에키드나로부터 한 발짝 거리를 띄웠다.

이미 스바루의 시야는 일그러지고 세계는 에키드나만을 남긴 채 형태가 무너지고 있었다.

"그럼 고마웠다. 다음은 『시련』에서 볼까."

"순순히 묘소에 도전할 수 있으면 좋겠지만."

선뜻 마음이 무거워지는 말을 하는 바람에 스바루는 쓴웃음 지었다. 그리고 이번에야말로 꿈에서 분리되는 감각이 있고——.

"——나츠키 스바루, 만약 네가, 세 번째 다과회에 오는 일이 있으면."

"뭐?"

둥실. 부유감에 휩싸인 순간, 시야에서 사라지는 에키드나는 무슨 말을 꺼냈다.

되묻는 스바루에게, 흐릿해지는 마녀가 미소와 함께 말을 이었다.

"——그때, 이번엔 내가 네게 하고 싶은 얘기가 있어."

"————."

그렇게, 미련을 주는 말을 끝으로 스바루의 시야에서 마녀가
사라졌다.

애매모호한 뭔가가 가슴에 남았다. 하지만 떨쳐내고 스바루
는 머리 위를 우러렀다.

부유감은 사라져 올라가는지 떨어지는지도 모르겠다.

단지 꿈이 끝난다. 그리고 꿈의 종결에 품는 결의는————.

"————다음에는, 실수하지 않아."

각오와 함께 중얼거린 직후, 물을 가르는 듯한 소리가 나고 시
야가 단숨에 하얗게 물들었다.

제6장 『러브러브러브러브러브러브유』

1

"우웩! 콜록! 켁!"

깨어난 순간, 스바루는 입안에 있던 흙먼지의 쓴맛을 요란하게 뱉어내고 있었다.

차가운 바닥에 무릎 꿇고 울먹이며 필사적으로 구역질한다. 모래와 흙내 나는 침을 필사적으로 뱉었다.

"매번, 이 짓거리를 하는 거냐……!"

이물을 다 뱉고 악담한 스바루는 머리를 흔들어 깨어난 의식에 각성을 촉구했다.

천천히 자고 있는 중의 사건을 회상, 안개가 갠 것처럼 기억이 되살아나고──.

"대토에게, 당해서…… 돌아오고, 그리고 다과회에…….."

다과회와 마녀──. 그 키워드가 떠올라 눈꺼풀 속에 버라이어티 풍성한 마녀들이 떠오른 것으로, 스바루는 에키드나가 서약을 이행해 주었음을 이해했다.

무의식중에 손목에 손이 닿았다. 천의 감촉. 페트라의 손수건도 무사히 이곳에 있다.

"……에키드나는 약속을 지켜 주었다 이거지. 진짜로, 명칭 사기인 마녀군."

탄식인지, 아니면 감탄인지, 스바루는 작게 한숨을 쉬었다.

칭호에 비해서 마녀다운 면이 부족한 에키드나는 이 루프에서 몇 없는 아군이다. 지식도 있고 지혜도 잘 돌아간다. 의지할 수 있는 기회는 다과회에 『시련』으로, 많지가 않지만──.

"──대신에, 가장 큰 어드밴티지가 있어. 그 점이 아주 커."

가슴에 손을 짚으며 스바루는 『사망귀환』을 고백할 수 있었다는 사실에 다시 진심으로 떨었다.

그곳에서, 에키드나와 다른 마녀들뿐이라는, 한정된 조건이기는 하다. 하지만 사실을 토로하고 『사망귀환』을 감안하며 대화할 수 있는 상대는 여태까지 바라 마지않았던 것이다.

덕분에 대토의 정보와 『사망귀환』의 특성에 대해서도 가설을 얻을 수 있었다.

스바루에게 깃든 권능, 그 원인이 『질투의 마녀』에 있으며, 머잖아 반드시 마녀와 맞설 때가 올 거라는 특대의 골칫거리를 들고 돌아왔다고도 할 수 있지만.

"지금은 네 힘에 기대 보겠다고. 몇 번이든, 내 생명으로 괜찮다면 써먹어 주마."

그래서 답에 접근할 수 있다면 바라는 바. 미래를 위한 저렴한 쇼핑이다.

스바루는 소매로 쓱 거칠게 입가를 닦고 그 자리에서 일어섰다. 그 표정은 강한 결의로 끓고 있었지만 그것이 돌변해 위화감에 의아해하는 눈치로 바뀌었다.

직전의, 꿈의 성에서 한 대화가 떠올랐다. 다과회가 끝난 이유, 그것은——.

"에밀리아가, 날 깨웠기 때문……이어야, 할 텐데."

정확히는 밖에서의 간섭이 스바루의 의식을 불러 깨웠다는 것 같다. 하지만 이 경우에는 사소한 차이다. 그런 사항은 현재 문제 앞에서 무산된다.

묘소의 석실, 첫 번째 『시련』의 방—— 그곳에 에밀리아의 모습이 눈에 띄지 않았다.

"……이게 뭐야?"

멍하니 중얼거리고, 스바루는 어두컴컴한 석실을 비잉 둘러보았다.

그러나 『시련』의 방 어디에도 에밀리아의 모습은 없다. 스바루가 건드려 깨울 때까지 악몽에 시달리며 고뇌해야 할 에밀리아가, 어디에도.

"먼저 깨서, 그리고 날 깨우려다가, 그리고…… 그리고?"

——그리고, 깨어나지 않는 스바루를 두고 이곳을 떠났다?

그것은 너무나도 에밀리아답지 않은 행동이다. 에밀리아라면 밖에 도움을 부르러 가는 것보다 의식이 없는 스바루를 떠메고 묘소 밖으로 갈 법하다.

혹은, 그런 『에밀리아답지 않은』 행동을 할 만큼 평소와 다른 정신 상태라면.

"윽——!"

거기서 스바루는 뒤늦게 깨달았다.

반복하며 이 묘소에서 깨어나는 것은 네 번째가 된다. 하지만 여태까지 한 번도 스바루보다 먼저 에밀리아가 깨어난 적은 없다. 이번이 처음 있는 일이다.

과거의 악몽에 마음이 마모되어 상심한 에밀리아를 위로해 줄 수 없었던 건.

"설마, 착란해서 밖으로 뛰쳐나간 건 아니겠지……!"

과거에 정신을 못 차리는 에밀리아를 떠올리면 그게 있을 수 없다고는 도저히 단언할 수 없다.

묘소 밖에는 람과 오토가 있다. 만약 에밀리아가 흐느끼고 있었다고 하더라도, 두 사람이라면 잘 달래 줄 터다. 그리고 밖에는——.

"——가필과, 류즈 씨가 있어."

뒤돌아서 묘소 입구로 달려가려던 발이 멈추었다. 『사망귀환』한 직후, 아마도 농도가 더 늘었을 스바루의 독기, 그 대책은 아직 아무 생각도 없었다.

지난번 루프 이상으로 독기가 진해지면 가필 패거리가 언제 공격해 올지 모른다. 묘소를 나간 직후, 습격당하지 않는다고 단정할 수도 없다.

"……아냐. 갈 수밖에 없어."

에밀리아의 안부가 염려된다. 그걸 미련에 남길 수는 없다.

그리고 반복할 때마다 독기가 진해진다면, 판단을 그르칠 때마다 상황은 나빠진다. 스바루의 변명이 통할 횟수는 적다. 이번 루프가 마지막일지도 모르는 것이다.

　스바루의 감정적으로도 생각 짧은 가필의 설득은 어렵다. 하지만 류즈에게는 독기 건이 오해라고, 그렇게 호소할 수는 있는 게 아닐까.

　"이번에는, 그 대화에 걸겠어――!"

　한번 멈춘 발을 이번 한정의 가능성에 걸자는 생각에 억지로 움직였다. 한 걸음 내디딘 다음에는 더 이상 망설이지 않는다. 딱딱한 바닥을 박차고 단숨에 달리기 시작했다.

　차가운 묘소의 공기에 발소리가 메아리치고 밖으로 서두르는 스바루의 숨결이 거기에 섞였다. 입구에서는 미지근한 바람이 불어와 스바루는 괜스레 거슬리는 그것을 떨쳐내며 달렸다.

　어금니에 힘을 주자 금세 정면에 달빛이 비치는 입구가 보였다. 통로 바닥이나 벽에 우거진 넝쿨을 뛰어넘어 스바루는 뭘 봐도 동요하지 않겠다는 각오와 함께 밖으로.

　묘소를 뛰쳐나와서 처음으로 눈에 들어오는 것은 에밀리아인가, 아니면 가필인가.

　"――허?"

　순간적으로 급제동을 걸어 몸이 난폭하게 멈추었다. 앞으로 쓰러질 뻔하다가 몸을 회복했다.

　그러나 예상 밖의 놀라움에 얻어맞은 마음은 그 쉽게는 회복되지 않았다.

"───────."

흐느끼는 에밀리아를, 뛰쳐나온 스바루에게 적의를 보내는 가필을, 최악의 가능성으로서 그 두 가지 광경을 머리에 그리고 있었다. 하지만 결과는 양쪽 다 아니다.

에밀리아도, 가필도, 람도 오토도, 류즈도 그곳에는 없다.

그곳에 있는 것은───.

"───그림자다."

나직이, 스바루에게서 얼결에 새어나온 말이 단적으로 그 광경을 표현하고 있다.

묘소 밖, 결계에 둘러싸인 숲의 『성역』은 칠흑의 그림자에 모든 게 삼켜져 있었다.

2

그림자───. 그야말로 눈앞의 광경은 그렇게 표현할 수밖에 없는 몰골이었다.

묘소 입구, 그곳에서 내다보이는 풍경은 돌변했다. 묘소 앞의 광장도, 멀찍이 보이는 촌락도, 밤길을 비추기 위한 화톳불도, 모든 게 다 시야에 들어오지 않는다.

하늘을 우러렀다. 그곳에 이지러진 창백한 달과, 무수히 반짝이는 별들의 빛이 있다.

그 달빛과 별빛도, 『성역』을 어둠으로 물들인 그림자에는 전혀 힘이 못 미치고 있다.

"_____."

　결심한 스바루는 숨을 집어삼키고 묘소 계단을 올라 눈앞에 있는 광장으로 발을 내디뎠다. 신발 밑이 그림자에 접지하자, 눈에는 보이지 않지만 풀과 흙을 밟은 감촉이 있었다. 푸욱 하고 그림자에 잠겨드는 일은 없다. 하지만 복사뼈 언저리까지 그림자가 삼켰다.

　그 즉시, 스바루는 이 으스스한 그림자에 혐오감을 느끼고 목을 울리며 외쳤다.

　"에, 에밀리아! 에밀리아, 어디야! 어디 있어?! 대답해 줘, 에밀리아!"

　그곳에 있는 세계의 불확실함에, 눈에 비치는 세계의 일그러짐에, 스바루는 공포에 쫓겼다.

　무슨 일이 일어나도 변함없겠다는 각오는, 무슨 일이 일어났는지 알 수 없는 부조리에 지워졌다.

　에밀리아의 대답은 없다. 그 목소리를, 모습을 찾을 수 없다.

　"람! 류즈 씨! 오토라도 좋아! 있는 거지! 이리 나와 봐!"

　지금이 『시련』을 받은 직후라면 이름을 부른 이들은 이곳에 있었어야 했다. 스바루가 정신 못 차리는 에밀리아를 달래고 밖으로 데리고 나오는 것을 그들이 맞이한다. 그래야 한다.

　그래야 하는데, 지금 하나도 스바루의 경험대로 진행되지 않고 있다.

　"바보냐, 나는……. 아니 바보지, 나는. 겁먹고 있을 때냐. 무슨 일이 일어나든 간에 너는 머리에 찬물 뒤집어쓴 것처럼 냉정해야만 한다고⋯⋯!"

입술을 찢어져라 깨물어 턱에 피를 흘리면서 스바루는 이 이 변에 애써서 평정을 유지하려고 했다.

마음을 흐트러뜨리고 감정적이 되어 휘둘려서 헛되이 시간을 소비하는 건 이젠 사절이다.

──묘소에서, 에키드나와의 다과회에서 각오를 다진 직후 가 아니던가.

이해할 수 없는 상황일지라도 과감하게 도전해, 만약 정답에 다다르지 못하더라도, 손이 닿을 한 걸음을 내디뎌 다음에 한 방 먹이기 위한 의미 있는 『죽음』을 거듭하자고.

"⋯⋯에밀리아랑 다른 사람들이, 어디에 갔는지 확인한다."

해야 할 일을 입으로 말하고 스바루는 일단 그림자에 도전하기 위한 방침을 결정했다.

발길이 가는 쪽은 촌락. 아람 마을의 사람들이 수용된 대성당이나 로즈월이 요양하는 류즈의 집──. 가깝고 인원이 많은 곳은 대성당이다. 그쪽으로 간다.

그 생각에 따라 스바루는 뛰려고 그림자에 발을 올리고──.

"──우?"

뛰어나가려던 순간, 처음 한 발짝부터 스바루의 움직임이 멎었다. 겁을 집어먹은 건 아니다. 멈춘 이유는, 갑자기 눈앞에서 불어온 바람이다.

미지근한 바람에는 색깔이 있었다. 검은 색깔, 그것은 『성역』을 휩싼 그림자와 많이 비슷한 것.

"_____."

바람은 스바루의 온몸을 핥듯이 스치고 등 뒤로 지나갔다. 뒷목을 간질이는 감각에 살갗이 바짝 일어난다. 스바루는 천천히, 천천히 뒤돌아보았다.

바람을, 눈으로 좇는다. 멍청한 행동이다. 그러나 의미는 분명히 있었다.

"아."

어둠에 떨어진 『성역』, 스바루를 빼고 모두가 없어진 광장, 그림자에 뒤덮인 대지 위에.

숨결이 닿을 만큼 바로 근처에, 그것은, 그 그림자는 조용히 서 있었다.

이 거리로 접근할 때까지 깨닫지 못하게, 이 거리로 접근당할 때까지 깨닫지 못하고, 이런 거리에 접근해왔는데 말도 걸지 않고, 이런 거리에 접근해서 마주 보고 있는데도.

상대의 얼굴이 보이지 않는다. 그런데 보이지 않는 그 얼굴이 무엇보다 명백한 신분증명이다.

"흡——?!"

직후, 대지를 모조리 뒤덮은 그림자가 폭발적으로 부풀어 올라 희미하게 『성역』이라고 부를 수 있던 광경이 완전히 붕괴, 그림자의 바다에 삼켜져, 어둠의 빛깔이 숲을, 촌락을, 세계를 칠해 없앤다.

하지만 그만한 대이변 앞에서 스바루는 그림자에게 삼켜지는 세계에 의식을 돌릴 수 없었다.

의식은 눈앞에, 눈앞의 존재에, 있어서는 안 되는 해후에 빼앗겨 있다.

"너는……."

목소리가 떨렸다. 뒷말이 이어지지 않는다. 목이 멘 스바루. 그를 대신해 그림자가 속삭인다.

무슨 생각으로 있는지, 더할 나위 없을 만큼 알기 쉬운 형태로.

"──사랑해."

그림자는 세계조차 황홀하게 녹일 정도로, 뜨겁고 또 뜨거운 애정을 담아 속삭였다.

3

침식하는 그림자 앞에서, 문과 벽 같은 물리적인 방벽은 아무런 의미도 없다.

돌로 지은 벽이, 세월을 쌓은 목제 문이, 금속제 선반이, 이곳저곳에 놓인 용도를 알 수 없는 어린애들의 공작품이, 쌓여온 시간만큼의 마음이, 그림자에 물들어간다.

"──이거야 원. 아무우──래도 재수가 없어. 설마『시련』의 성패도 알지 못할 줄이야."

그렇게 그림자에 삼켜지는 방 안에서 침식되는 거처를 바라보며, 침대에 누운 인물이 멍하니 그런 감개를 뇌까렸다.

그 목소리에 초조함은 없다. 그림자에 대한 놀람도 전무하다. 단지 허무감과 체념만이 있다.

허무와 체념은 그 인물의 좌우 색이 다른 눈에 각각 떠오르는 감정이었다. 그러나 그중 어느 쪽도 타인은 헤아릴 수 없을 만큼 깊고 오랜, 짙은 세월이 느껴지는 것이었다.

오랜 시간을 들여 발버둥 친 결과, 그 허무와 체념에 다다랐다. 그런 감정이다.

"묘소의 『시련』에 에밀리아 님이 도전하고, 네가 그걸 도우러 가지. 그렇게 하면 상황은 머잖아 반드시 바뀌고. ……다만, 그걸 보는 건 내가 아닌 모양이야."

탄식한 다음 천천히 상반신을 일으킨 그 인물. 침대에서 슬그머니 바닥에 내려섰다. 방의 마루는 이미 그림자에 삼켜져서 그 인물의 발에도 침식이 전파되기 시작했다.

그림자는 가차 없이 가는 발목에 얽혀들어 위로, 또 위로, 그 존재를 칠하고자 굼실댄다.

그림자의 침식에는 걸맞은 아픔이 있을 터다. 그러나 그림자에 발이 먹히면서도 그 인물은 낯빛 하나 바꾸지 않았다. ──아니, 그 낯빛은 하얗게 칠해진 화장 속에 가려져 있다. 그렇다면 그 표정은 털끝만큼도 동요가 없다. 경탄해야 할, 혹은 광기적인 정신력으로.

그림자가 다리를 모조리 뒤덮고, 침식이 허리에 도달한다. 그동안 그 인물은 자신의 상반신에 감긴 붕대를 풀더니 애처로운 상처가 남은 호리호리한 육체를 드러냈다.

피로 물든 붕대가 발밑에 떨어진다. 그림자에 삼켜지는 그것에 눈길도 주지 않고 그 인물은 침대로 손을 뻗었다. 베개를 치우고 그 밑에 있던 물건을 꺼내 든다.

그리고 소중히 가슴에 안았다. 검은 장정, 제목이 없는 책을 소중하게, 아주 소중하게.

사랑스러운 사람을 껴안듯이. 마치 그 책이, 사랑스러운 누군가 그 자체인 것처럼.

붉게 칠한 입술이 요사한 웃음을 본뜨며 속삭이듯 목소리가 흘러 나왔다.

"네가 지옥을 선택한다면, 나는 그걸 환영하지. 네가 지옥을 걷겠다면, 나는 기꺼이 동행하지. 네가 지옥을 살겠다면, 나는 바로 그 지옥을 바라지."

속삭임은 누구에게도 닿지 않는다.

모든 것은 단순한 시간 때우기. 의미도 쓸모도 없는 연극. 아무도 듣지 못하는 영원한 혼잣말.

하지만 그 혼잣말을, 외톨이 연극을, 그 인물은 책을 세게 껴안으며 계속했다.

아무에게도 닿지 않는 곳에서, 아무에게도 닿지 않는 목소리를, 단 한 명이 듣지 못하더라도 말한다.

"──다음에는, 실수하지 말도록. 나츠키 스바루."

그 말을 끝으로, 웃음은 그림자에 삼켜지며 책은 바닥에 떨어지고── 모든 것은 어둠에 잠겨, 사라졌다.

작가 후기

안녕하세요. 언제나 신세를 많이 지고 있습니다. 나가츠키 탓페이입니다. 네즈미이로네코이기도 합니다.

이번에도 리제로 11권 구입＆독파 감사합니다! 구입의 결정타를 원해서 후기에 접촉하신 분에 대한 배려가 제로입니다만, 11권까지 와서 이제 와서 그런 경우도 없을 거라고, 후기에서의 배려는 이미 내던졌다고 생각해 주십시오. 아무튼 고마워요!

지난 권에서 큰 고비인 10권에 도달, 새로 이야기로서도 4장에 돌입한 걸로 달성감이 있었습니다만, 이번 권에서도 별개의 달성감이 있었습니다.

그것은 이번 권부터 선행하고 있는 인터넷판과 내용이 꽤 크게 변했기 때문입니다. 물론 서적으로 이행함에 따라서 어느 권이나 다 문장은 고쳐 썼고 읽기 쉽도록 궁리는 했다고 생각합니다만, 이야기 근간에 관계된 전개까지 포함해서 바꾼 것은 8권 이래로 처음.

다만 8～9권의 변경은 어디까지나 세부 변경의 범위는 넘지 않았다고 자부합니다. 전개의 대폭적인 개조는 바로 이번 권부터, 눈에 보이는 형태로 보내드린다는 말씀을.

　이것은 인터넷에 투고하고 있는 작가라서 할 수 있는 고민입니다만, 역시 이미 한 번 내놓은 것과 다른 내용으로 이야기를 여러분께 보내드리는 건 용기가 필요합니다. 그러니 인터넷판과 다른 형태로 그려지는 서적판 4장, 감상을 기다리고 있습니다!

　이것저것 말했지만 결국은 "감상을 원한다 이거네."라는 말들을 것 같은데요. 뭐 솔직히 그 말이 맞습니다. 그걸 원하니까 글쓴이 노릇 하고 있는 면이 있으니, 꼭 부탁드립니다.

　트위터든 뭐든 다 기쁩니다만, 욕심을 부리자면 편지 기다리겠습니다. 팬레터 보낼 곳은 이 책의 가장 뒤에 써져 있으니 체크 필요. 이건 어느 작가분의 책이라도 마찬가지일 테니 감상은 꼭 용기를 내서서 보내주시면 기쁘겠어요.

　이렇게 장황하게 감상을 보채느라 애쓴 상황에서, 매번 하는 감사의 말 쪽으로 들어가겠습니다.

　담당자 I님, 연내에 내놓아야 할 책은 무사히 전부 마쳤습니다. 이번 권은 특히 개조법부터 시간까지 포함해 여러모로 폐를 끼쳤습니다만 덕분에 살았습니다. 늘 진심으로 감사합니다. 내년도 잘 부탁드립니다.

　일러스트 오츠카 선생님, 전권에서도 4장 신 캐릭터의 디자인으로 폐를 끼쳤습니다만, 이번 권에서도 또 단숨에 캐릭터가 증가하는 등, 대단히 신세를 졌습니다. 하지만 정말로 대죄마녀들 멋진 완성도예요. 감사합니다.

디자인의 쿠사노 선생님, 이번 권은 흐뭇한 일상의 한 컷과 리제로에서는 드문(웃음) 장면이 표지였습니다만, 그 이미지대로 아름답게 디자인해 주셔서 감사합니다! 리제로 관련도 16권! 앞으로도 잘 부탁드립니다!

만화화 담당의 마츠세 다이치 선생님, 후게츠 마코토 선생님, 문장으로는 따라잡을 수 없는 부분을 두 분께서 메워주셔서 늘 진심으로 감사합니다! 2장은 드디어 클라이맥스, 3장도 볼 장면 코앞이라 만화판도 기세 오르는 장면! 부디 두 분의 멋진 리제로를 봐주세요! 작가도 왕창 힘내겠습니다!

그밖에도 MF 문고 J 편집부 분들, 각 서점 분들에 영업 담당자님, 늘 진심으로 감사합니다. 여러분의 협력 덕분에 이 책이 있습니다.

그리고 지난번 리제로 애니메이션 뒤풀이가 있었습니다. 애니메이션 제작진 및 성우 여러분이 대거 모여서 치른 뒤풀이였었는데요. 거기서 정말로 많은 분들로부터 따뜻한 말씀을 들어 매우 기쁘고 감동했습니다. 아직 더 노력해야만 한다고, 활력을 받은 것 같습니다. 관계자 여러분, 정말로 수고하셨습니다.

앞으로도 리제로, 힘내겠습니다! 여러분, 감사합니다!

마지막으로, 이 책을 사서 이야기를 즐겨주시는 독자 여러분께 감사를.

애니화는 작가의 꿈이었습니다. 그 꿈이 이루어졌기에 다시 작가는 다음 꿈을 꾸고 싶습니다. 리제로, 아직 더 나갑니다.

이 책과 같은 시기에는 아카츠키 나츠메 선생님의 『이 멋진 세계에 축복을!』과의 컬래버레이션 북, 내년 2월에는 『렘』이 주역인 이벤트가 기획되고 있는 등, 2016년만이 아니라 2017년부터도 리제로를 잘 부탁드립니다!

그럼 다음 12권에서 만나뵐 수 있기를. 감사합니다—!

2016년 6월 11월 《애니 뒤풀이 다음 날, 의욕에 불타면서》

나가츠키 탓페이

1권은 팬티 축제가
될 예정이었다?!

결국에는 수정해서
스바루의 팬티만
남았습니다 (웃음)

다프네
초기 디자인

프레데리카 컬러
수정 전

튀폰
초기 디자인

Frederica

프레데리카

"프레데리카 언니! 이번은 저희가 다음 회 예고 업무를 볼 차례예요!"

"네. 너무 들뜨는 게 아니어요, 페트라. 메이드에게 필요한 정숙함을 잊으면 안 된답니다. 수줍음도 중요해요."

"네에—, 프레데리카 언니. 그래도 있죠. 프레데리카 언니와 같이해서 무척 든든해요!"

"저도 페트라와 같이해서 기뻐요. 자, 이번은 무슨 이야기가 있었지요?"

"어, 응...... 우선 이 리제로 11권과 같은 12월에, 얼라이브판의 리제로 만화 4권도 발매됩니다! 어떤 이야기냐면......."

"스바루 님과 에밀리아 님, 그리고 페트라에게도 괴로운 이야기가 이어지네요. 하지만 그게 있기에 나중이 빛나고...... 중요한 이야기예요. 그리고?"

"네! 그리고 중요한 합동기획 이야기예요! 아카츠키 나츠메 선생님의 『이 멋진 세계에 축복을!』 과 『Re:제로부터 시작하는 이세계 생활』, 기적의 컬래버레이션!"

"작가 사이의 대담이나, 각자의 담당 일러스트레이터분의 인터뷰. 만화판을 담당하시는 만화가 선생님이 그리는 컬래버레이션 만화 등, 놓칠 수 없는 요소가 그득하네요."

"합동기획본 『Re:제로부터 시작하는 이 멋진 세계 생활』이 지금부터 무척 기대돼요!"

"리제로 본편 뒷얘기, 12권도 내년 3월에 발매 예정이지요. 앞으로도 리제로에서 눈을 뗄 수 없답니다."

"그러네요! 그리고 또, 그리고 또......."

"끝으로...... 내년 2월부터 아키하바라와 시부야에서 개최되는 특별 이벤트, 『렘의 날』을 고지해

Petra

페트라

야겠군요."

"렘의 날...... 저, 그 렘 언니 말인가요?"

"그 아이의 생일을 축하하기 위해 『Re:제로부터 시작하는 렘의 생일 생활 2017 in Akihabara & Shibuya』가 개최되어요. 자세한 내용은 공식 홈페이지 및 공식 트위터에서 앞으로도 전파하실 테지만......."

"렘 언니의 생일을 축하해 기념 상품을 판매하고, 다양한 전시품도 나오나 봐요. 이 이벤트를 위해 새로 그린 일러스트도 많이 있어서, 진짜 진짜로, 무척, 렘 언니가 모두에게 소중히 여겨지고 있다고, 그렇게 느껴요."

"페트라."

"그러니하루라도 빨리 렘 언니가 건강해지기 위해서 저도 앞으로 더욱더 노력해야죠? 프레데리카 언니!"

"──네, 물론이어요. 당신이나 람과 같이, 렘에게도 제가 꼭 가르쳐야 하는 게 아직 많이 남아 있는걸요. 그러기 위해서도 저와 당신이 노력해야죠. 엄하게 할 거랍니다."

"네! 잘 부탁드립니다."

"좋은 대답이군요. ──하아, 귀여워라."

※일본어판 발매 당시 내용입니다.

Re : 제로부터 시작하는 이세계 생활 〈11〉

2017년 06월 25일 제1판 인쇄
2017년 07월 01일 제1판 발행

지음 나가츠키 탓페이 | **일러스트** 오츠카 신이치로 | **옮김** 정홍식

펴낸이 임광순 | **제작 디자인팀장** 오태철

편집1팀 황건수 · 정해권 · 김동규 · 신채윤 · 이병건 · 이경근 · 이홍재
편집2팀 유승애 · 배민영 · 권소현 · 이민재 · 손강은
디자인팀 박진아 · 정연지 · 박창조 | **국제팀** 노석진 · 엄태진 | **마케팅팀** 김원진

펴낸곳 영상출판미디어(주)
등록번호 제 2002-000003호
주소 21311 인천광역시 부평구 평천로 132 (청천동)
전화 032-505-2973(代) | **FAX** 032-505-2982

ISBN 979-11-319-6063-9
ISBN 979-11-319-0097-0 (세트)

Re : ZERO KARA HAJIMERU ISEKAI SEIKATSU volume 11
ⓒTappei Nagatsuki 2016
First published in Japan in 2016 by KADOKAWA CORPORATION, Tokyo.
Korean translation rights arranged with KADOKAWA CORPORATION, Tokyo.

노블엔진(NOVEL ENGINE)은 영상출판미디어(주)의 라이트노벨 및 관련서적 브랜드입니다.

NOVEL ENGINE

나가츠키 탓페이
작품리스트

◆

Re : 제로부터 시작하는 이세계 생활 1~11

Re : 제로부터 시작하는 이세계 생활 단편집 1~2

Re : 제로부터 시작하는 이세계 생활 Ex 1~2

Re : 제로부터 시작하는 이세계 생활 Re:zeropedia

[코믹스]

Re : 제로부터 시작하는 이세계 생활 제1장 왕도의 하루 1~2 (완)
· 만화 : 마츠세 다이치 (원작 :나가츠키 탓페이/캐릭터 원안 : 오츠카 신이치로)

Re : 제로부터 시작하는 이세계 생활 제2장 저택의 일주일 1~3
· 만화 : 후게츠 마코토 (원작 :나가츠키 탓페이/캐릭터 원안 : 오츠카 신이치로)

청춘의 상상, 시동을 걸어라!

암살교사의 프라이드를 걸고, 소녀의 가치를 증명해 보여라.

어쌔신즈 프라이드

1

초회한정 특별부록
일러스트 카드 + 미니 마우스 패드

'절망을 모르는 상태에서 죽여주는 것이——암살자의 자비다.'
마나라는 능력을 지닌 귀족이 인류를 지키는 책무를 지는 세계. 능력자 양성학교에 다니는 귀족이지만, 마나를 가지지 않은 특이한 소녀 메리다 엔젤. 그녀의 재능을 찾아내기 위해 가정교사로서 쿠퍼 방피르가 파견된다.
'그녀에게 재능이 없을 경우, 암살한다' 라는 임무를 지고——.
능력이 전부인 사회, 보답 받지 못하는 노력을 계속하는 메리다에게 쿠퍼는 잔혹한 결단을 내리기로 하는데…….
"제게 목숨을 맡겨보지 않겠습니까?"

암살자도 아니고 교사도 아닌,
암살교사의 긍지를 걸고 소녀의 가치를 세상에 보여라!
제28회 판타지아 대상 〈대상〉 수상작이 마침내 출간!

아마기 케이 지음 | **니노모토니노** 일러스트
청춘의 상상.시동을 걸어라!

——모두와 다시, 만나고 싶어.
가상의 세계에서, 만날 수 없었던 소녀를 다시 만난다.

칠성의 스바루

1

초판한정 특별부록
고급 일러스트 책갈피 + 미니 노트

타오 노리타케 지음 / 부-타 일러스트

과거 세계적 인기작 MMORPG 〈유니온〉에서 전설이 됐던 파티가 있었다. 이름은 스바루. 초등학생인 소꿉친구들로 결성됐던 그 파티는 각자의 센스로 게임의 정점에 도달했지만— 어떤 사망 사고를 계기로 〈유니온〉은 서비스를 종료. 소꿉친구들은 뿔뿔이 흩어져 버린다.

……6년 후. 고등학생이 된 하루토는 로그인한 신생 〈리유니온〉에서 한 소녀와 재회한다. 스바루의 동료이자, 6년 전에 분명 죽었던— 아사히. 그녀는 전자(電子)의 유령인지, 아니면……? 리얼과 게임이 교차하는 혁신적 청춘 온라인!

불우의 사고로 소녀를 잃고, 뿔뿔이 흩어진 소꿉친구들.
그러나 가상의 세계에 나타난 소녀를 계기로, 그들은 다시 모이기 시작한다.
가상 세계에서 벌어지는 재회와 후회, 그리고 감동의 스토리, 그 1권.

타오 노리타케 지음 | 부-타 일러스트
청춘의 상상, 시동을 걸어라!

아무래도 좋아, 이딴 세계는
─퀄리디아 코드─

◆

초판한정 특별부록
일러스트 카드 + 미니 마우스 패드

와타리 와타루(Speakeasy) 지음 / saitom 일러스트
©2016 Wataru WATARI(Speakeasy)/SHOGAKUKAN
©Speakeasy, Marvelous Illustrated by saitom

정체불명의 적 〈언노운(unknown)〉에 의해 세계가 붕괴
된 근미래.
지금도 〈언노운〉과의 전쟁 중인 방위도시 치바에 사는
치구사 카스미는 오늘도 「끝없는 잔업과 헛된 영업」을
상대로 싸우고 있었다──.
성적이 부진해 순진무구 덜렁이 렌게와 함께 전투과에
서 생산과로 좌천된 카스미를 기다리고
있었던 것은 똑 부러지는 상사, 아사가오가 진두지휘하
는 악독한 직장. 생산과의 지위 향상을 꾀하는 아사가오
의 진정한 목적은──?!

NOVEL ENGINE 와타리 와타루(speakeasy) 지음 | saitom 일러스트
청춘의 상상, 시동을 걸어라!